Après des années passées à courir le monde pour une multinationale, **Lynda Aicher** a mis un terme à son mode de vie nomade pour élever ses deux enfants et réaliser son rêve : écrire un roman (et si c'est une romance érotique, c'est encore mieux) avant ses 40 ans. Depuis, son imagination est sa seule limite, et c'est dans un monde torride et sulfureux qu'elle s'échappe lorsque ses activités de mère et d'épouse (comprendre aussi : chauffeur, cuisinière, infirmière, coach et professeur particulier), lui en laissent l'occasion.

Retrouvez son univers sur www.harlequin.fr

Tu apprivoiseras l'inconnu

LYNDA AICHER

Tu apprivoiseras l'inconnu

Sexy

HARLEQUIN

Collection : SEXY

Titre original : BONDS OF HOPE : BOOK FOUR OF WICKED PLAY

Traduction française de LAURA PALMER

HARLEQUIN

83-85, boulevard Vincent-Auriol, 75646 PARIS CEDEX 13.

Service Lectrices — Tél. : 01 45 82 47 47

www.harlequin.fr

ISBN 978-2-2803-3389-4

A mes parents qui m'ont toujours aimée de façon inconditionnelle. Savoir que vous étiez là, à m'encourager et me soutenir dans toutes mes aventures, mes déboires et mes rêves au fil des ans compte énormément pour moi. Vous m'avez donné la force de poursuivre mes objectifs, même lorsqu'ils semblaient farfelus. Je vous aime tous deux. Merci.

Chapitre 1

— Je suis désolé, dit l'imposant vigile sur un ton bourru. Votre nom ne figure pas sur la liste.

Quinn Andrews redressa les épaules et lui lança un regard de défi. Il faisait peut-être une tête de plus qu'elle et pouvait sans doute l'écraser d'un geste de la main, mais il était hors de question qu'elle s'en aille.

— Visiblement pas, répondit-elle en prenant son ton le plus apaisant et compréhensif. Si vous voulez bien contacter Vanessa Delcour, je suis sûre qu'elle règlera ce léger malentendu.

Elle décocha son plus beau sourire et se rendit compte un peu tard de son inutilité derrière son masque de chat.

— Pourriez-vous vous mettre sur le côté, mademoiselle ?

La lumière du spot se réfléchit sur le crâne chauve du videur et sembla rendre ses épais sourcils plus menaçants encore. Il se détourna d'elle pour se concentrer sur les personnes suivantes dans la file d'attente.

Sans se laisser démonter, Quinn se pencha vers lui et essaya une autre tactique.

— Il fait vraiment froid. Pourrais-je juste attendre à l'intérieur jusqu'à l'arrivé de Mme Delcour ?

Elle resserra son trench-coat sur elle, fit semblant de

frissonner et ouvrit grand les yeux. Les yeux de biche, ça marchait toujours.

— Bon sang ! s'exclama une voix derrière elle. C'est un club privé, madame. Avancez !

Le videur le lui avait déjà expliqué, et il ne semblait pas disposé à se répéter.

— Mettez-vous sur le côté, ou je serai forcé de vous déplacer moi-même.

— Je veux bien m'en charger, mugit une voix grave. La petite Soumise a besoin d'apprendre la discipline.

Les rires et acquiescements qui fusèrent finirent par persuader Quinn, mais elle leur lança un regard hautain avant de reculer juste assez pour permettre le passage. La tentation d'user de son statut n'était pas une option dans ce cas précis. De toute façon, elle n'en avait jamais abusé. Mais, dans ce club, cela n'aurait fait que lui attirer de nouvelles railleries, sans pour autant lui accorder l'accès souhaité.

Elle observa le flot de personnes qui entraient à un rythme soutenu en présentant leur carte de membre. Chaque nouveau costume excitait sa curiosité. Beaucoup étaient cachés par de longs manteaux, mais certains hommes avaient bravé la fraîcheur du mois d'octobre dans une tenue plutôt minimaliste — telle qu'un simple harnais et un pantalon en cuir. Impossible de dire s'il s'agissait de costumes d'Halloween ou non. Ses recherches sur internet lui avaient appris que ce genre de tenue était courant dans le milieu du BDSM.

Quinn sortit son portable et tenta d'appeler son contact encore une fois. Quand l'appel bascula sur la messagerie, elle raccrocha et envoya un autre texto à Vanessa. Elle ne l'avait jamais rencontrée, mais son agent lui avait assuré qu'elle avait l'esprit vif, était professionnelle et la meilleure responsable en relations publiques de Minneapolis.

Quinn ne savait pas trop en quoi ce talent pouvait

s'appliquer à un club SM... Mais si la longue file d'attente était un indice, elle aurait sans doute dû songer à engager Vanessa pour son compte. En tout cas, tous ces gens ne cherchaient pas à entrer là par hasard : le bâtiment n'était rien d'autre qu'un entrepôt en brique avec une simple porte grise et une enseigne indiquant « Le Red Room », rien qui attirât l'attention.

Quinn s'apprêtait à s'avouer vaincue quand une beauté mince et élancée aux cheveux noir de jais vêtue d'un corset bleu roi, d'une longue jupe noire et de talons vertigineux, apparut derrière l'imposant vigile. La femme dit quelques mots à ce dernier, puis se tourna vers elle et lui adressa un sourire radieux.

— Quinn ?

— Oui, dit-elle en faisant un pas dans sa direction. Je suppose que vous êtes Vanessa, ajouta-t-elle en lui tendant la main.

Vanessa lui serra fermement la main.

— Oui, désolée de la confusion, dit-elle. Je ne vous attendais pas avant lundi.

La femme lui fit signe de la suivre à l'intérieur du club. Elle dépassait largement Quinn — ce qui n'avait rien de très surprenant : du haut de son mètre cinquante-cinq, elle avait longtemps été confinée à des rôles d'enfant. Et à présent, c'était un handicap qu'elle essayait de compenser en portant des talons. Un accessoire indispensable en toutes circonstances, d'après son agent.

— Je sais, répondit Quinn avec un sourire. Je vous prie de m'excuser, mais j'ai pensé que votre soirée d'Halloween serait une occasion de voir le club sans être vue, dit-elle en désignant son masque de chat.

— Bien sûr. Mais vous ne devez pas vous inquiéter : nous

vous assurons que votre identité sera toujours protégée lorsque vous serez ici.

Le sourire de Vanessa était à la fois chaleureux et autoritaire. Une combinaison que peu de femmes parvenaient à maîtriser, songea Quinn. D'après son expérience, en tout cas. L'impitoyable société hollywoodienne n'avait que rarement recours à la gentillesse… sauf quand on cherchait à obtenir quelque chose de vous bien sûr.

— Déposez vos affaires au vestiaire, et allons discuter à l'intérieur.

— Très bien.

Quinn prit une profonde inspiration et se rendit au vestiaire.

Autour d'elle, les gens parlaient et se mêlaient au rythme de la musique qui grondait chaque fois que s'ouvrait la porte de la salle principale. Ses affaires furent étiquetées par une brunette aux formes généreuses moulées dans une robe en latex rouge brillant. La jeune femme attacha un épais ruban noir orné d'une lanterne rouge à son poignet et lui expliqua les règles de l'établissement : la lanterne rouge qui figurait sur son bracelet indiquait qu'elle ne pouvait participer aux activités qui avaient lieu derrière les portes rouges.

Après ces explications, Vanessa la conduisit dans un long couloir. Les gens semblaient s'écarter légèrement sur son passage, certains s'inclinaient même devant elle. Il y avait eu un temps où tout le monde s'inclinait devant elle, songea Quin, mais aujourd'hui, c'était au tour de Vanessa.

Cette femme dégageait une sorte de vibration intérieure qui indiquait qu'elle ne se laissait pas marcher sur les pieds, mais avec l'élégance et la grâce d'une reine victorienne. Comparé à celui de Vanessa, son costume moulant et brillant, qui lui avait semblé si sexy, lui paraissait désormais enfantin. Exactement ce qu'elle essayait d'éviter.

Cela n'avait pas d'importance. Elle était là pour observer et apprendre, rien de plus. Quinn se redressa, releva le menton et suivit son guide.

— Je peux vous offrir quelque chose à boire ? demanda Vanessa lorsqu'elles furent arrivées dans un salon privé.

— Non, merci.

Elle avait soudain la gorge très sèche, mais hors de question de l'admettre.

— Alors, asseyons-nous.

Quinn s'assit au bord d'une causeuse en cuir et jeta autour d'elle un coup d'œil discret. Le décor sophistiqué dans les tons bordeaux était surprenant — et différent de ce qu'elle attendait d'un club SM.

Vanessa s'assit face à elle et croisa les jambes. Dans le mouvement, les pans de sa jupe s'écartèrent pour révéler ses jambes fuselées... jusqu'à hauteur de sa culotte, si toutefois elle en portait une. Quinn, pour sa part, n'en portait pas aujourd'hui. Elle avait appris très tôt que les marques de culotte sous les vêtements étaient un faux pas qui n'était pas pardonné par la presse féminine.

— Votre agent m'a envoyé tous les documents et engagements signés, dit Vanessa en posant sur elle un regard qui la déstabilisa. Les avez-vous lus ?

— Oui, répondit-elle, refusant de se laisser impressionner.

— Vraiment ? (Le ton de Vanessa semblait annoncer le début d'un interrogatoire.) Dans ce cas, rappelez-moi les termes de notre accord.

Quinn sourit. Ce n'était pas la première fois que quelqu'un doutait de son intelligence en se fondant sur les rôles qu'elle avait joués.

— C'est un accord qui porte sur une semaine pendant laquelle un membre du personnel du Red Room me dévoilera tous les secrets de l'univers du BDSM. Je recevrai un enseignement sur les termes, accessoires, usages, jeux, etc. Et je serai en mesure d'assister à des Séances. A aucun moment mon identité ne sera révélée, et je ne serai pas non plus forcée de faire quoi que ce soit que je ne veux pas faire. Le contrat peut être résilié à tout moment par l'une ou l'autre des parties en cas de violation des termes du contrat.

Le petit sourire affecté qui se dessina sur les lèvres de Vanessa lui rappela celui du parent fier de sa progéniture.

— C'est presque le contrat mot pour mot. Quelles autres surprises nous réservez-vous ?

— Que voulez-vous dire ? demanda-t-elle, désarçonnée par la question.

La plupart des gens étaient agacés ou déroutés lorsqu'elle faisait étalage de sa mémoire phénoménale, acquise en apprenant des scripts depuis l'âge de huit ans.

— Je suis ici pour apprendre, rien de plus.

Vanessa rit à gorge déployée, ce qui ne l'empêchait pas d'être sexy et provocatrice. Cette femme pourrait faire fortune à Hollywood. Cet univers dominé par les hommes lui mangerait dans la main.

— D'après ce que je sais, vous êtes ici pour la préparation d'un nouveau rôle, n'est-ce pas ? Et le tournage commence en décembre ?

— Oui… Je jouerai le rôle d'une Soumise dans un club très semblable à celui-ci, d'après ce que je sais.

— Et c'est ce qui vous rend si nerveuse ?

Quinn laissa échapper un rire qui ressemblait plus à un murmure angoissé. Elle tenta de le masquer en secouant la tête.

— Pas vraiment, mais ce monde m'est totalement inconnu et je veux me préparer pour interpréter mon rôle aussi justement que possible.

Le léger sourire qui joua sur les lèvres de Vanessa indiquait qu'elle ne la croyait pas, ou du moins pas entièrement. La responsable en relations publiques du Red Room se leva brusquement, et sa jupe se remit naturellement en place.

— Officiellement, votre séjour parmi nous ne commence pas avant lundi mais, puisque vous êtes ici, je vais vous faire visiter les lieux.

Elle se dirigea vers la porte, et Quinn s'empressa de la suivre.

— Au cas où vous l'ignoriez, c'est la soirée de réouverture du club. Il a été fermé pendant deux mois pour rénovation, et en plus, c'est Halloween. Les gens risquent d'être un peu plus déchaînés et démonstratifs que d'habitude.

Quinn sentit sa gorge se serrer.

— Qu'est-ce que cela veut dire ?

Vanessa sourit, ouvrit la porte, mais ne sortit pas.

— Cela veut dire que le spectacle risque d'être plus haut en couleur que ce à quoi vous vous attendez. Essayez d'éviter de rester bouche bée et gardez vos opinions pour vous-même. Quoi que vous voyiez, sachez que tous les membres sont consentants. Les jugements et les railleries sont interdits. Compris ?

— Bien sûr.

Quinn n'appréciait pas d'être réprimandée pour quelque chose qu'elle n'avait même pas fait. Elle eut envie de protester, mais, cette fois encore, son professionnalisme et son sens des convenances le lui interdirent.

— Et, une dernière chose, reprit Vanessa sur un ton qui indiquait qu'elle ne plaisantait pas, tant que vous serez ici, je serai « Maîtresse V. ». Les noms de famille ne sont jamais révélés à moins que vous ne l'ayez décidé.

La fermeté du ton et de la voix de la jeune femme résonna en elle, et Quinn détourna les yeux. Puis elle joua le tout pour le tout, essayant ce à quoi elle s'était exercée chez elle.

— Oui, Maîtresse V.

Elle ne sut interpréter le rire de Vanessa, et sa nervosité l'empêcha de lever les yeux pour observer l'expression de son visage.

— Et pour garder votre anonymat, vous serez Quinn, dit Vanessa. Vous ne serez ni Cici Norton ni Missy Andrews, juste Quinn.

Juste Quinn. C'était à la fois libérateur et… dérangeant. ,Elle se sentait exposée. Cela faisait dix-huit ans qu'on ne l'avait pas appelée par son vrai nom. Elle était soit Missy, son personnage hollywoodien, soit Cici, le nom de l'enfant qu'elle avait interprétée dans une série télévisée pendant si longtemps qu'elle avait du mal à se rappeler qui était Quinn Andrews.

Le bref trajet qui la séparait du hall d'entrée lui laissa juste assez de temps pour maîtriser son appréhension et se préparer mentalement à ce qui allait suivre. Même si elle était actrice depuis très longtemps, elle avait toujours ce même trac au fond du ventre juste avant de monter sur scène.

Elles entrèrent dans une grande salle et Quinn fut aussitôt assaillie par la musique tonitruante et la foule qui se pressait autour d'elle. Instantanément, sa nervosité se dissipa et elle se glissa dans un rôle qu'elle maîtrisait : celui de la mystérieuse fêtarde. De celle qui restait en marge, attirait l'attention et ignorait tout le monde. Elle ferait de son mieux pour s'en tenir là. Elle jouerait son rôle à la perfection, et survivrait à cette nuit.

Avec un peu de chance.

Marcus Reese sourit en contemplant le fouet qu'il avait sélectionné pour cette Séance si spéciale. L'adrénaline affluait dans ses veines et semblait battre au rythme du claquement du fouet, du *paddle* et de la cravache. Une musique qu'il appréciait tout particulièrement et qui le faisait toujours décoller.

Son torse se gonfla d'orgueil lorsqu'il posa le regard sur le Donjon, de l'autre côté de la salle. Il faisait vraiment partie de ce lieu. Il travaillait au Red Room depuis son ouverture, six ans plus tôt, mais, pour la première fois, il faisait partie des associés. Il avait atteint son but. Pas mal pour un type de vingt-neuf ans. La transformation du club, les détails de son nouveau statut d'associé et son déménagement l'avaient occupé pendant la fermeture du Red Room. Mais comme c'était bon d'être de retour.

— Salut, dit Deklan, adossé au mur, près de lui.

Le copropriétaire du club chargé de la sécurité des adhérents était toujours aussi imposant, avec sa coupe militaire, ses vêtements noirs et sa barbe de trois jours. Deklan avait toujours l'air menaçant. Et les Soumis adoraient ça.

— Tout va bien, ici ?

Marcus balaya du regard l'étendue du Donjon qui occupait une grande partie du deuxième étage. Presque tous les équipements étaient en cours d'utilisation, et plusieurs rangées de Voyeurs entouraient chaque Séance. La foule ne cessait de croître à mesure que les gens montaient à l'étage pour découvrir les nouveautés créées par Jake. Ces équipements fabriqués sur commande étaient un des attraits du Red Room.

— Ouais, dit-il en respirant l'odeur de sexe, de cuir et de citron si caractéristiques du lieu, qui le confortaient dans son rôle de Dominateur.

— Tout est prêt pour l'inauguration ? demanda Deklan en faisant un mouvement de tête en direction de l'équipement imposant qui était au centre de la salle, caché sous un drap noir.

— Oui. Tara devrait arriver d'un instant à l'autre.

L'anticipation qui imprégnait la salle était presque palpable. Tara était une employée du club. Une Soumise qui l'avait supplié d'être celle sur qui il ferait la démonstration du nouveau matériel. L'honneur d'être le premier à utiliser la dernière création de Jake était convoité par presque tous les Soumis du club.

— Bien, dit Deklan en parcourant la salle du regard. Des questions ?

— Non.

Marcus était plus que prêt. Jake lui avait montré toutes les subtilités du nouvel équipement la veille, et il avait préparé la Séance avec Tara un peu plus tôt, le jour même. Il brûlait de se servir du fouet qui l'attendait.

Il jeta un coup d'œil vers son collègue et ami. Deklan n'avait pas fait de Séance avec qui que ce soit d'autre que Kendra depuis qu'elle était devenue sa Soumise officielle, six mois plus tôt. Marcus avait pensé qu'ils se réserveraient l'honneur d'essayer le nouveau matériel de Jake, mais le couple agissait presque exclusivement dans un cadre privé à présent. Il comprenait ce besoin de protéger ce lien si fort et intime, mais espérait néanmoins que cela ne lui arriverait pas. L'exhibitionnisme faisait partie de l'excitation.

— Tu restes pour le spectacle ?

Deklan sourit et ses fossettes adoucirent son image de mercenaire.

— Kendra veut une place au premier rang.

— J'essaierai de ne pas vous décevoir.

— Aucune chance. Tu as installé toutes tes affaires dans le loft ?

— Plus ou moins.

Quant à déballer ses affaires, c'était une autre histoire.

Elles étaient toujours dans des cartons, au milieu de l'ancien loft de Jake.

— J'adore mon nouveau trajet pour venir bosser ! ajouta-t-il dans un rire.

Deux étages en ascenseur. C'était nettement plus agréable qu'un trajet de trente minutes en voiture pour traverser la ville. L'avantage d'habiter sur son lieu de travail était un nouveau coup du destin qui était presque trop beau pour être vrai.

Sa mère lui disait toujours qu'il était né sous une bonne étoile. Mais il ne pensait pas devoir sa bonne fortune à la chance, plutôt à une détermination sans faille et à beaucoup d'énergie déployée.

Deklan s'écarta du mur.

— J'ai vu Vanessa en bas. Elle te réserve une surprise, après ta Séance.

Le ton légèrement narquois de la voix de Deklan indiquait qu'il n'apprécierait sans doute pas ce que Vanessa lui réservait.

— J'en ai un peu assez de ses surprises.

— Je ne sais pas, celle-ci pourrait te plaire.

— Si tu le dis. Enfin, je verrai bien, dit-il, se passant une main dans les cheveux. Jake est-il toujours en charge de dévoiler son nouvel équipement ?

— D'après ce que je sais, oui, répondit Deklan en s'éloignant.

Marcus fit le tour du Donjon , saluant au passage les trois Maîtres du Donjon . Un certain nombre de Soumis assurant le service évoluaient avec discrétion à travers la salle, nettoyant les équipements après chaque Séance. La plupart n'étaient pas des employés, mais des membres du club qui prenaient leur pied en jouant le personnel de service.

Marcus s'arrêta en chemin pour parler à quelques

Dominateurs, avant de se rapprocher du mur du fond. Il fléchit sa jambe, tentant de soulager la légère douleur qu'il ressentait parfois encore depuis cette blessure au genou qui datait de l'université, tout en réfléchissant à la Séance qui allait avoir lieu avec Tara. Ils seraient sans doute au centre de l'attention ce soir, mais, en tant que Dominateur, toute son attention devait être concentrée sur sa Soumise. En vérité, il était tellement prêt pour cette Séance qu'il en avait déjà la chair de poule. Il avait fait quelques Séances privées pendant la brève fermeture du club, mais ce serait sa première en public depuis plusieurs mois.

Il ferma les yeux et prit une profonde inspiration, et se laissa de nouveau pénétrer par les différentes odeurs. Cela ne faisait aucun doute, il adorait son boulot.

Chapitre 2

— S'il vous plaît, monsieur, gémit la femme sur scène. Encore.

Le bruit sec des lanières de cuir sur le corps nu de la Soumise rythmait des coups assenés de façon régulière. La peau rougie semblait meurtrie et douloureuse, mais les sons émanant de la femme nue étaient sans équivoque des gémissements de plaisir.

La Soumise était suspendue à un étrange engin en forme de H géant. Ses bras et jambes étaient attachés aux poteaux verticaux et une traverse capitonnée située sous son ventre laissait ses fesses offertes au dominateur. Sa peau et la base de ses cheveux coupés en brosse étaient couverts de sueur, mais son visage était détendu, en proie à un plaisir évident. Elle ne se dérobait pas aux coups de fouet, mais semblait au contraire se tendre pour s'en rapprocher.

Quinn regardait fixement la Séance, s'efforçant de comprendre ce qui se jouait, mais en vain. La femme était en train de prendre des coups d'une violence inouïe, et elle adorait ça. Comment était-ce possible ? Les sites qu'elle avait consultés sur internet ne l'avaient pas préparée à cette réalité. Peut-être était-ce en raison de la distance créée par l'écran, à moins que ce ne soit la possibilité que les protagonistes soient des acteurs suivant une mise en scène bien orchestrée, ce qui lui avait permis de les observer avec une distance clinique. Elle avait visionné ces vidéos comme des projets éducatifs qui avaient rempli leur but : elle avait une idée de la chorégraphie générale.

Mais ce qu'elle voyait à présent était bien différent.

Elle aurait voulu détourner les yeux, mais c'était impossible. Maîtresse V. lui avait procuré une place au premier rang. Il n'y avait rien pour la distraire. Et même si personne ne l'y forçait, elle ne pouvait s'empêcher de regarder.

Son sens moral avait beau lui souffler que c'était sadique, cruel et malsain, rien à faire : son désir d'observer la Séance du début à la fin la tenait scotchée à son siège, tout comme le reste des spectateurs. Une badaude, voilà ce qu'elle était. Même si, dans ce monde, elle serait certainement qualifiée de Voyeuse car, contre toute attente, elle était extrêmement excitée.

La longue queue de chat de son costume était serrée entre ses mains, et son extrémité duveteuse lui donnait les mains moites. La température de la salle était devenue brûlante, transformant son costume moulant en une seconde peau l'empêchant presque de respirer. Elle avait le visage en feu — sans qu'elle sache vraiment si c'était dû à l'excitation ou à la gêne, les deux probablement. Cela ne faisait qu'ajouter à l'inconfort du masque posé sur son visage. Mais il lui était impossible de l'ôter.

Les gémissements de la Soumise s'étaient transformés en un son inarticulé, à peine perceptible par-delà le claquement régulier des coups de fouet. Le torse nu du dominateur se contractait à chaque mouvement, exhibant un corps dont rêvaient tous les jeunes premiers d'Hollywood. Le mince duvet qui descendait de son nombril était un appel à la découverte et à l'imagination. Ses cheveux noirs étaient un peu longs, mais brillants. Soignés et négligés à la fois. Encore un équilibre auquel aspiraient désespérément beaucoup d'hommes à Los Angeles, mais peu y parvenaient. La plupart n'avaient en tout cas pas l'aisance décontractée affichée par ce Dominateur.

Non pas qu'il y ait quoi que ce soit de décontracté dans la façon dont il s'occupait de cette Soumise.

L'intensité de la concentration qu'il vouait à la jeune femme créait chez Quinn un trouble presque incontrôlable. Elle tentait de préserver la façade froide et distante qu'elle affichait toujours, mais n'était pas sûre d'y parvenir.

Dire que la seule chose qui l'empêchait d'être totalement exposée était ce stupide masque de chat. Comment devait-elle prendre le fait que dix-huit ans de carrière d'actrice avaient été balayés par trente minutes de déviance sexuelle ?

— Est-ce que tout va bien ?

La question murmurée à son oreille la fit sursauter. Elle sentit le regard de Maîtresse V. sur elle, mais ne put détourner son attention du spectacle fascinant pour lui répondre. Elle réussit seulement à lui adresser un bref hochement de tête.

Sur scène, le dominateur interrompit ses coups de fouet et dans le silence soudain, le souffle haletant et les murmures de la foule envahirent toute la pièce. Le visage rougi par l'effort, les cheveux trempés de sueur, l'homme se tourna pour reposer l'instrument. Son profil révéla une mâchoire carrée, un nez rectiligne et de hautes pommettes.

La Soumise avait l'air aux anges. Sa tête retombait en avant, et le dominateur lui releva le menton pour l'observer — les yeux clos, le souffle court, et aussi nue que le jour de sa naissance. Attachée et exhibée aux yeux de tous.

Elle était magnifique.

C'était tout ce que la Séance inspirait à Quinn. Ce qui

aurait dû être répugnant ne l'était pas. Elle ne savait pas comment interpréter ce qu'elle ressentait.

L'homme effleura les lèvres de la Soumise du bout des doigts et elle s'ouvrit immédiatement à cette caresse. Alors, il se pencha vers elle et l'embrassa sur la bouche tandis qu'il faisait descendre sa main vers son ventre, avant de plonger les doigts entre ses cuisses. La femme gémit et il enfouit sa main libre dans ses cheveux courts pour tirer sa tête en arrière.

— Tu ne vas pas jouir, Tara, n'est-ce pas ? ordonna-t-il d'une voix ferme.

Il regardait la jeune femme droit dans les yeux. Il avait une érection que dissimulait mal son pantalon de cuir moulant.

— Non, monsieur, murmura la Soumise.

Alors, il relâcha son emprise sur ses cheveux, et tira sur les pinces qui enserraient la pointe des seins de la jeune femme. Ses tétons se dressèrent et elle laissa échapper un cri qui trahissait l'intensité de la douleur qu'elle devait ressentir. Quinn sentit les pointes de ses propres seins se dresser face à ce simple spectacle. Elle dut faire un effort sur elle-même pour rester immobile.

Elle devait rester distante, se rappela-t-elle, comme un rôle qu'elle aurait répété. Mais, ce soir, cette stratégie qui avait si souvent fait ses preuves, ne semblait pas vouloir fonctionner.

La sueur brillait sur la peau du dominateur et de la Soumise. Le spot qui éclairait la Séance au-dessus d'eux révélait chaque muscle tendu, chaque courbe, et la peau échauffée. L'air était chargé de tension sexuelle, qui avait un effet enivrant sur les spectateurs.

Le dominateur se déplaça sur le côté et fit un signe de tête à l'homme qui se tenait près de Maîtresse V. C'était celui qui avait révélé l'équipement. Il monta sur scène et, ensemble, ils dévissèrent des écrous sur les côtés de l'installation en forme de H, puis la firent basculer légèrement en avant. Ils ajustèrent les chaînes pour que la Soumise puisse conserver sa nouvelle position.

Le deuxième homme s'éloigna. Le dominateur leva les yeux, et son regard se posa sur Quinn. Aussitôt, la flamme qu'elle tentait de maîtriser depuis le début de la Séance s'embrasa et elle entrouvrit les lèvres malgré elle. Elle vit un éclair passer dans le regard de l'homme, une lueur sombre, à la fois sensuelle et provocante. Puis il détourna le regard pour se concentrer de nouveau sur la Soumise.

Oh ! mon Dieu… C'était si… Quinn ne savait que penser de ce qui venait de se produire.

Maîtresse V. choisit ce moment pour poser une main dans son dos. Quinn sentit son souffle près de son oreille et retint sa respiration.

— A propos, murmura Maîtresse V., je vous présente Maître Marcus. Il sera votre guide et votre coach pour la semaine à venir.

Quinn sentit son cœur s'emballer, son souffle se bloquer dans sa gorge et ses genoux trembler. Elle serra aussitôt les jambes pour essayer de se contrôler. Elle devait y parvenir, il y avait trop de choses en jeu, et l'échec n'était pas une option.

Mais comment allait-elle réussir à travailler avec cet homme ? Ce dominateur !

Il l'avait seulement regardée et toute volonté l'avait aussitôt abandonnée. Ce n'était pas bon signe.

Mais elle n'était pas n'importe qui. Elle était la célèbre Missy Andrews, l'ex-enfant star récompensée par un Emmy Award. Elle pouvait tout simplement demander quelqu'un d'autre. Elle n'avait pas à travailler avec cet homme si elle ne le souhaitait pas.

Cette pensée lui apporta un certain réconfort et elle laissa échapper un long soupir. Et en attendant, il n'y avait rien de mal à apprécier le spectacle fascinant qui se déroulait sous ses yeux. C'était très instructif. Elle faillit laisser échapper un petit rire à cette pensée en regardant le dominateur s'approcher des cuisses écartées de la Soumise, un gode de taille impressionnante à la main. Quinn reprit son souffle... Aucun doute là-dessus, c'était vraiment très instructif.

Marcus enroula une couverture autour de Tara et la porta jusqu'à un sofa situé dans un coin éloigné du Donjon . Elle n'avait toujours pas repris ses esprits. Il l'installa sur ses genoux et se cala confortablement contre des coussins. Toutes les Soumises n'aimaient pas être étreintes après une Séance, mais Tara avait besoin de ce contact avec lui lorsqu'elle revenait à elle.

Un des Maîtres du Donjon déposa des bouteilles d'eau, de soda et une serviette sur la table basse.

— C'était une très belle Séance, dit-il, la voix vibrant de sincérité. Avez-vous besoin d'autre chose ?

— Non, merci.

L'homme s'éloigna et Marcus sentit Tara remuer dans ses bras, puis elle enfouit le visage au creux de son épaule. Il lui caressa les cheveux et se concentra sur elle pour lui accorder toute l'attention qu'elle méritait. Elle avait été fabuleuse. Normalement, après une Séance, il ressentait toujours une montée d'adrénaline, une certaine euphorie. Mais pas ce soir.

Ce soir, il ressentait encore une certaine fébrilité, comme s'il avait besoin de courir quinze kilomètres pour éliminer son excès d'énergie. Cette sensation disparaissait en général après une Séance.

Merde. Il saisit une bouteille d'eau et en vida la moitié d'un trait. Cela ne l'apaisa pas. Il avait la gorge sèche, et les nerfs à vif — il avait une sensation d'inachevé. Et cela n'avait rien à voir avec le fait qu'il n'avait pas joui. C'était courant lors d'une Séance — son job consistait à satisfaire les désirs de la Soumise et il n'avait pas besoin d'avoir un orgasme pour trouver son plaisir dans la domination.

Son regard se posa sur le petit bout de femme revêtue d'une combinaison moulante qui se tenait près de Vanessa. Le costume noir révélait toutes les courbes juvéniles de son corps dans les moindres détails, et notamment qu'elle ne portait absolument rien en dessous. Ses petits seins étaient à peine visibles, et sa taille était tellement fine qu'il aurait sans doute pu en faire le tour de ses deux mains. Ses jambes frêles parvenaient à conserver leur équilibre sur des talons d'au moins dix centimètres.

Elle dégageait une sorte de vulnérabilité. Mais ce sentiment n'était peut-être dû qu'à sa petite taille, car sa posture était droite et assurée. Ses cheveux étaient rassemblés en une queue-de-cheval qui descendait en boucles dans son dos. Ils étaient d'une telle blondeur qu'ils semblaient presque blancs. Le contraste avec le costume noir était stupéfiant.

Oui, en y regardant de plus près, une certaine force se dégageait de son menton relevé et de la moue de ses lèvres. Des lèvres qu'il reconnut. Il n'avait pas besoin qu'on lui envoie un faire-part pour savoir que c'était Quinn Andrews qui se cachait derrière ce costume. C'était presque un crime de cacher un si beau visage derrière un masque de chat pailleté.

La jeune femme jeta un coup d'œil dans sa direction. Un coup d'œil si subtil qu'il aurait pu passer inaperçu, mais il vit ses lèvres s'entrouvrir, son abdomen se contracter et ses seins se soulever. Elle baissa aussitôt les yeux, et il réprima un gémissement approbateur. Bon sang !

A quoi pensait Vanessa, pour emmener Quinn au Red Room justement ce soir ? D'après le contrat, il n'avait pas à se préoccuper de cette femme avant lundi, et il refusait de commencer maintenant. Même s'il bandait de nouveau dur comme fer.

Il balaya le Donjon du regard. La vision des scènes de décadence qui s'y déroulaient aurait choqué n'importe qui n'étant pas préparé à cela. Et à en juger par la raideur de sa posture, Quinn n'était pas préparée. Il pouvait seulement imaginer ce que Miss innocente avait pensé de sa Séance.

Tara remua sur ses genoux, et le rappela à ses obligations. Il l'aida à se relever.

— Tiens, Tara, dit-il en lui offrant un soda. Bois un peu.

Le sucre l'aiderait à se remettre de ses émotions.

Les mains de la jeune femme tremblaient encore lorsqu'elle prit la canette, et elle but de longues gorgées avant de la lui rendre. Elle lui sourit.

— Merci, monsieur. C'était incroyable.

Il essaya de lui sourire à son tour.

— Tu as été merveilleuse.

Ils se connaissaient depuis des années et avaient fait de nombreuses Séances de démonstration ensemble au Red Room. C'était également une de ses meilleures amies. Ils avaient depuis longtemps dépassé la relation de Maître à Soumise, et elle méritait toute son attention. Pourtant, il ne put s'empêcher couler un regard à la petite chatte.

Tara lui jeta un coup d'œil inquiet, ce qui les fit aussitôt quitter la Séance pour basculer sur un mode amical.

— Est-ce que ça va ? demanda-t-elle.

— Bien sûr, dit-il en lui tendant le soda de nouveau. Tu devrais boire encore un peu.

C'était une piètre façon de détourner son attention, mais cela fonctionna.

Son soda terminé, Tara se redressa et se pelotonna contre lui pour observer la salle. Il saisit une serviette et essuya son visage et son torse en en sueur.

— Je peux te poser une question ?

— Oui.

Tara se passa un doigt sur les lèvres en jetant un coup d'œil à travers la pièce.

— Qui est la femme qui te trouble autant ?

Il prit une mine renfrognée.

— Personne.

Merde. Il n'était pas si transparent d'habitude.

Tara pencha la tête et lui lança un petit regard qui disait qu'elle n'était pas si stupide.

— Je te connais trop. Ne t'inquiète pas. Personne ne s'en rendra compte.

Il feignit de s'essuyer le visage pour se dissimuler à son regard.

— Je suis juste nerveux à cause de la réouverture, dit-il, tentant de se dérober. Les choses sont différentes maintenant que je suis associé.

Il n'aurait pas admis cela face à beaucoup de gens, même si c'était vrai.

Son amie rit doucement d'une voix un peu rauque.

— C'est ce que tu voulais, alors tout ira bien, dit-elle avant de se pencher vers lui pour lui murmurer : Et je sais que tu bluffes, mais je n'insisterai pas. Bon, je dois aller me doucher, merci encore pour cette super Séance, ajouta-t-elle en l'embrassant sur la joue, resserrant la couverture autour d'elle.

Il hocha la tête, puis la regarda s'éloigner et disparaître derrière la porte réservée aux employés. Une douche, c'était exactement ce dont il avait besoin pour se remettre les idées en place. Et avec un peu de chance, la petite chatte serait partie lorsqu'il aurait terminé.

Il reposa la serviette, prit une bouteille d'eau et se leva. Immédiatement, un Soumis de service apparut pour mettre de l'ordre. Il le remercia et se dirigea vers la sortie du Donjon .

— Maître Marcus.

Deux pas de plus, et il était sorti. Il envisagea d'ignorer la voix douce et sensuelle, mais il n'avait aucune raison légitime de le faire. Et la connaissant, Vanessa l'aurait suivi de toute façon. Il se retourna pour voir ce qu'elle attendait de lui.

— Maîtresse V., que puis-je faire pour vous ?

Son ton excessivement formel amena un sourire suffisant sur les lèvres de Vanessa.

— J'aimerais vous présenter à notre invitée, dit-elle en posant la main sur l'épaule de la petite chatte. Voici Quinn.

Il détailla délibérément chaque partie du corps de la jeune femme, le temps de contrôler son agacement. Ses abdos se contractèrent lorsqu'elle inspira, et ses seins pointèrent sous son costume lorsqu'il fit remonter le regard le long de son corps. Il se sentit bander en voyant qu'elle réagissait si vivement à sa présence. Il ne l'admettrait pour rien au monde, mais cela ne faisait qu'aiguiser son intérêt pour elle.

C'était inutile si elle n'était qu'une spectatrice.

Lorsqu'il croisa le regard de la jeune femme, il fut surpris par son intensité, qui contrastait avec son apparence frêle. Elle le soutint pendant un court instant — assez pour que des milliers de choses soient dites sans qu'un seul mot ne soit échangé — puis elle baissa les yeux.

Que Dieu lui vienne en aide si ce signe de soumission était bien réel. Mais si elle jouait la comédie, elle était diablement douée.

— Vous avez quelques jours d'avance, n'est-ce pas, petite chatte ?

Son ton était volontairement ferme, plus froid que de coutume. Sa réponse lui en dirait plus sur elle.

Les longs cils de la jeune femme masquaient l'expression de ses yeux, jusqu'à ce qu'elle redresse la tête et le regarde droit dans les yeux.

— Oui.

C'était tout. Ni excuse ni explication. Mais cela dit, il ne lui en avait pas demandé. Il sentit l'excitation le gagner. En quelques secondes, il envisagea plusieurs approches. Chaque Soumise était différente, et réagissait différemment aux diverses tactiques.

Et s'il ne se trompait pas, il n'avait pas droit à l'erreur avec elle.

Il la regarda de nouveau des pieds à la tête.

— Je vous verrai donc lundi. A 14 heures.

Les lèvres de la jeune femme s'entrouvrirent de façon imperceptible. Elles brillèrent à la lumière des spots — véritable appel au baiser. Elle sourit légèrement et répondit d'une voix douce :

— Très bien, Maître Marcus. 14 heures, ce sera parfait.

Il y avait juste une légère pointe de sarcasme dans son acquiescement, une note légère qui éveilla son désir de la dompter. De la posséder.

Il lui tourna le dos calmement, ouvrit la porte et emprunta le couloir du personnel, laissant la porte se refermer derrière lui. Il sentait son cœur battre à tout rompre, sa peau était moite et il ressentait de nouveau ce trop-plein d'énergie. C'était comme danser sur des braises. Quelle que soit la raison de son drôle d'état, cela devait cesser. Elle n'était qu'une putain d'actrice qui n'était là que pour une semaine. Et, plus important, elle n'était pas là pour être une véritable Soumise.

Mais elle était parfaite. Elle était l'incarnation de tous

ses désirs, et en éveillait de nouveaux, qu'il ne connaissait même pas. La petite chatte s'aventurait sur un terrain dont elle ne connaissait rien. Sa naïveté alliée à son insolence pouvaient être facilement manipulées si elle tombait entre les mains du mauvais dominateur.

Mais pas tant qu'il veillerait sur elle. Pour la semaine à venir, elle serait sous son contrôle, et il s'assurerait que personne ne lui ferait de mal — y compris lui-même.

Chapitre 3

Quinn faisait les cent pas entre la gigantesque fenêtre et le comptoir de la cuisine. Une rafale de vent fit trembler l'imposante vitre et le bruit résonna dans la pièce vide. En même temps que la sonnerie insistante de son téléphone portable, lui indiquant l'arrivée d'un nouveau texto. Sans doute un nouveau message de sa mère. Quinn s'arrêta pour observer une nouvelle fois son environnement. L'appartement de location était agréable, propre et meublé avec tout le nécessaire pour rendre son séjour de trois semaines confortable. Mais il était également froid et impersonnel, comme l'était sa propre demeure. Elle frissonna, mais le froid qu'elle ressentait venait d'elle-même.

Sa maison de Beverly Hills avait été achetée par sa mère pendant l'apogée de la gloire de Quinn. Sa mère n'avait jamais éprouvé la moindre difficulté à dépenser l'argent de sa fille, et Quinn ne l'en avait jamais empêchée. Cela n'aurait pas valu le couplet sur le sacrifice qu'elle aurait dû supporter en retour. « J'ai renoncé à tellement de choses pour que tu deviennes une star. » Ou : « Tu ne te rends pas compte de tout ce que j'ai fait pour toi. » Elle avait si souvent entendu ce refrain qu'elle le connaissait par cœur.

Etre loin de sa mère était une des raisons pour lesquelles elle avait accepté de faire ses recherches à Minneapolis.

Elle s'approcha de la fenêtre. La pièce était sombre, seulement éclairée par la lumière grise du dehors. Il était peut-être midi, mais l'orage qui se profilait avait assombri le ciel. L'air était chargé d'une sorte d'attente qui lui rappela la sensation qu'elle essayait précisément d'oublier. Celle qui la poursuivait depuis sa rencontre avec Maître Marcus.

Elle appuya son front sur la vitre fraîche. Comment allait-elle survivre à la semaine qui s'annonçait ? Elle avait demandé un autre « tuteur », mais en vain. Vanessa l'avait informée que ce serait Marcus ou personne. Et même lorsqu'elle avait fait pression en passant par son agent, la jeune femme était restée sur ses positions avec fermeté.

Quinn avait passé le week-end à réfléchir au choix qui s'offrait à elle. Le temps passait, et elle ne savait toujours pas ce qu'elle allait faire. Martin, son agent, et Jewels, son attachée de presse, lui avaient tous deux dit qu'il était indispensable qu'elle suive cette formation. Et après ce qu'elle avait vu le vendredi, elle savait à quel point ils avaient raison.

Mais avec Maître Marcus ? Comment allait-elle faire ?

La seule évocation du dominateur la mettait dans tous ses états. Elle n'était ni vierge ni innocente, en dépit de l'image qu'elle renvoyait. Hollywood se chargeait de débarrasser les gens de ce poids. Elle avait eu sa première relation sexuelle à seize ans. Un rapide tango avec un autre adolescent star qui n'avait pas créé l'événement ni une grande histoire d'amour, mais l'avait débarrassée de sa virginité.

Et sa mère, à son plus grand embarras, l'avait accueillie avec un petit sourire narquois à sa sortie de la caravane du jeune homme, aussitôt suivi d'un « As-tu utilisé un préservatif ? », prononcé d'une voix sèche. Quinn ressentait encore de l'humiliation rien qu'en y repensant. Quelle mère voudrait que sa fille adolescente se fasse sauter ? Cela dit, quelle mère briserait une famille au nom de la célébrité ?

Avant que Quinn ne puisse s'aventurer sur ce terrain dangereux, le petit signal lui rappelant qu'elle avait reçu un message la tira de ses pensées. Elle ne consulta pas son téléphone pour autant. Elle avait déjà parlé à sa mère, à Martin et à Jewels ce matin, et elle n'avait plus l'énergie nécessaire pour renouveler cette expérience avec aucun d'eux.

L'effet rafraîchissant de la vitre contre son front se dissipa, et elle s'éloigna de la fenêtre. Ce n'était rien de plus qu'un nouveau rôle, voilà tout. Elle essaya une nouvelle fois de se raisonner, sans y parvenir. Cette fois, il y avait quelque chose de différent, quelque chose qu'elle ne voulait pas admettre. Pas ouvertement.

Un éclair zébra le ciel et elle sourit. Cela faisait des années qu'elle n'avait pas vu de beaux éclairs, car ils étaient rares en Californie. Le grondement du tonnerre retentit, résonnant comme un train lancé à grande vitesse.

Enfant, elle avait l'habitude de regarder les orages avec Lance, son frère aîné. Ils s'asseyaient l'un à côté de l'autre près de la fenêtre, et il la prenait dans ses bras pour la protéger. Elle sursautait chaque fois que le tonnerre grondait, puis riait de sa propre sottise tandis qu'ils attendaient l'éclair suivant. C'était avant qu'on les sépare.

Elle avait du mal à croire que cela faisait douze ans qu'elle n'avait pas vu Lance. Quand ils étaient jeunes, ils avaient été victimes des circonstances et de leurs parents, mais cela n'excusait pas la distance qui les séparait maintenant qu'ils étaient adultes et responsables, et elle espérait y remédier pendant son séjour.

La sonnerie de son téléphone portable retentit dans le silence de la pièce. Elle eut envie d'ignorer cette nouvelle intrusion, mais se ravisa : cela ne réglerait rien. Qui que ce soit, il rappellerait jusqu'à ce qu'elle finisse par répondre. Très rares étaient les personnes qui l'appelaient juste pour lui faire la conversation.

Elle saisit le portable posé sur le comptoir de la cuisine et jeta un coup d'œil sur l'écran. Elle tiqua en ne reconnaissant pas l'identité de l'appelant. Curieusement, elle répondit. Car très peu de gens avaient son numéro privé.

— Allô.

— Quinn ?

Le timbre grave de la voix résonna au creux de son oreille, et elle fut parcourue de frissons.

— C'est Maître Marcus, ajouta la voix.

Comme si elle ne l'avait pas su à la seconde où elle avait entendu sa voix. Le rôle… il fallait qu'elle pense à son rôle.

— Oui, souffla-t-elle en se laissant tomber sur une chaise. Que puis-je faire pour vous ?

Le rire léger de Marcus semblait un prélude au plaisir plus qu'un véritable signe d'amusement.

— Vous pouvez faire beaucoup de choses pour moi, Quinn. Mais je ne pense pas que vous soyez prête pour cela. Pas pour l'instant.

Ses derniers mots restèrent suspendus, comme une provocation.

Elle ferma les yeux et essaya de respirer normalement. Il l'avait attrapée dans ses filets, et elle avait bien trop d'expérience pour ignorer une provocation aussi évidente.

— Si ceci est un jeu pour vous, il est sans doute préférable que j'aille ailleurs.

Où, elle n'en avait aucune idée. Elle jouait un jeu dangereux. Le tournage commençait dans moins d'un mois, et trouver un nouveau club aussi sûr, discret que le Red Room, et qui accepterait sa présence serait très compliqué.

— *Ceci*, comme vous l'appelez, n'est jamais un jeu.

La voix du dominateur avait perdu toute trace de plaisanterie.

— Bien sûr que non, dit-elle, conservant le ton sec qui convenait à une conversation professionnelle. Tout comme mon métier n'en est pas un. On m'a promis que le Red Room traiterait ma formation avec respect et professionnalisme.

Il rit de nouveau. Un grondement rauque et profond qui ne fit qu'attiser son trouble.

— J'attends cette semaine de collaboration avec impatience, mademoiselle Andrews, dit-il d'une voix légère. Vous serez donc là à quatorze heures ?

— Oui, répondit-elle plus vite qu'elle ne l'aurait voulu. Je viendrai comme convenu. Y a-t-il quoi que ce soit que je doive savoir avant de venir ? Quelque chose que je dois apporter ?

Vanessa lui avait fourni quelques informations, mais ce n'était pas avec elle que Quinn allait travailler.

— Nous discuterons de tout cela à votre arrivée. Mais portez une tenue appropriée.

Quinn laissa à son tour échapper un petit rire.

— Je suis sûre que je dois avoir quelque chose qui conviendra dans ma garde-robe. Je vis à Beverly Hills, et les vêtements conventionnels y sont presque interdits !

Même le jean à cinq cents dollars qu'elle portait aujourd'hui avait été acheté chez un créateur en vue.

— Je n'en doute pas, dit-il, laissant le silence s'installer, avant d'ajouter : Jusqu'où voulez-vous poursuivre votre éducation ?

Le malaise qui avait assailli Quinn tout le week-end lui noua l'estomac.

— Que voulez-vous dire ?

— Ce que vous pouvez apprendre par l'observation est

limité. Si vous voulez réellement comprendre, vous devez en faire l'expérience par vous-même.

C'était précisément ce qu'elle redoutait. Tout en sachant qu'il avait raison. La seule nuit pendant laquelle elle avait été confrontée au monde du BDSM lui en avait fait prendre conscience. Mais était-elle capable d'aller aussi loin pour un rôle ? De vivre quelque chose d'aussi extrême ? Pourquoi pas après tout ? Ce n'était qu'un rôle de plus qu'elle pourrait ajouter à son répertoire… Non ?

— Nous verrons, dit-elle. Je suppose que cela dépend de vos talents de pédagogue.

Il rit de nouveau.

— Et de votre capacité à apprendre. Je vous dis donc à dans deux heures.

Il raccrocha sans attendre sa réponse et Quinn se prit la tête entre les mains. Elle n'était peut-être pas innocente, mais, là, c'était comme plonger dans une piscine infestée de requins. Même le monde d'Hollywood n'avait rien de commun avec ces maniaques du contrôle qu'elle avait vus à l'œuvre.

Pire, une fois dans ce club, elle-même ne contrôlerait rien. Mais il en avait toujours été ainsi : elle avait toujours eu très peu de contrôle sur sa vie, et il était peu probable que cela change un jour. Alors, en quoi était-ce différent cette fois ? Elle devrait juste faire ce qu'on lui dirait de faire, et la semaine serait terminée avant même qu'elle ne s'en rende compte. Ensuite, elle passerait du temps à Minneapolis, à reconstruire sa relation avec son frère.

C'était le plan. Maintenant, il ne lui restait plus qu'à l'exécuter.

Une vérification rapide vint confirmer son hypothèse. Le texto provenait bien de sa mère, qui lui rappelait de manger quelque chose de sain pour son déjeuner. Comme si elle allait tout à coup se mettre à manger n'importe quoi, juste parce qu'elle passait une semaine loin de chez elle.

Elle se leva et laissa le téléphone sur la table. Elle devait incarner le personnage d'une Soumise, et cela ne laissait place à aucune distraction. Tout ce qu'elle avait lu sur les règles et protocoles à suivre commença à tourner en boucle dans son esprit.

Il était temps de devenir Quinn — l'obéissante Soumise d'un dominateur sévère et autoritaire.

Chapitre 4

L'entrée du club était anormalement calme. Officiellement, le Red Room n'ouvrirait pas avant une bonne heure et les membres du personnel commençaient à peine à arriver à un rythme régulier. C'était une heure que Marcus appréciait. Un peu comme si le temps était suspendu, l'excitation montant peu à peu avant d'atteindre son apogée plus tard dans la soirée, quand l'air serait saturé de cris et de gémissements.

Le week-end était passé à toute vitesse, tant il avait été débordé, entre les Séances et les clients. Et pendant tout ce temps, dans un coin de sa tête, il n'avait cessé de penser à Quinn. Il avait fait des recherches à son sujet, et ce qu'il avait appris l'avait laissé plus intrigué encore.

Il jeta un coup d'œil à la pendule de l'entrée — il était 14 h 10. Il avait volontairement laissé à un autre dominateur le soin de l'accompagner dans une chambre privée lorsqu'elle était arrivée, avec dix minutes d'avance.

Il tourna la poignée et entra dans la pièce d'un pas vif. La première réaction était cruciale, il le savait, mais il n'avait pas anticipé la sienne. Son ventre se noua et il eut le souffle coupé à la vision qui l'accueillit.

Au lieu des gestes nerveux ou du regard effronté de princesse agacée qu'il avait anticipés, il trouva une Soumise agenouillée devant son Maître respectant à la lettre les règles en vigueur dans l'univers du BDSM. Il banda instantanément, et fut soudain incapable de toute pensée logique.

L'image de la perfection. C'était la seule impression qu'il pouvait formuler. Elle était plus que parfaite. Et elle prétendait ne pas être une Soumise. Ben voyons…

Elle ne leva pas les yeux et garda imperturbablement la pose. C'était la pose de repos des Soumis telle qu'elle était présentée dans la plupart des livres. Fesses reposant sur les talons, genoux écartés, épaules redressées, mains croisées dans le dos et regard baissé.

De fines lanières de cuir noir serpentaient entre ses jambes, juste assez pour couvrir son sexe, et s'entrecroisaient sur son ventre avant de se rejoindre au niveau du soutien-gorge à balconnet qui dissimulait ses seins et les faisait pigeonner. Elle était couverte et exposée à la fois. Sa tenue ne montrait rien ouvertement, mais donnait néanmoins l'impression que tout était exhibé.

Non, sa tenue n'avait rien d'anodin ni de conventionnel. Elle avait joué avec lui au téléphone… Cette pensée lui rappela qu'elle n'était pas une Soumise en formation traditionnelle. Elle était loin de l'être, à vrai dire.

Il se ressaisit et referma la porte derrière lui, puis il tourna lentement autour de la jeune femme. Le bruit de ses bottes résonnait sur le sol, mais elle resta immobile. Une fois derrière elle, la vision des deux globes parfaits de ses fesses s'offrit à lui, séparés par une mince lanière de cuir. Ses cheveux étaient noués sagement. La sévérité de sa coiffure mettait en valeur la grâce de sa nuque et de son dos.

Elle était mince, mais pas maigre. Et cela lui plaisait. Il devinait que son corps était naturellement mince, contrairement aux mannequins qui forçaient leurs corps à faire trois tailles de moins que leur poids de forme. Elle avait la peau légèrement hâlée, qui mettait en valeur les parties plus claires, normalement cachées sous son Bikini.

Il avait envisagé différents scénarios pour cette rencontre, mais pas celui-ci. Il détestait être pris au dépourvu. Elle l'avait accusé de jouer un jeu, puis était arrivée au club habillée ainsi.

Sur une impulsion, il se plaça devant elle, la saisit sous les bras et la souleva. Elle était aussi légère qu'il s'y était attendu — sans doute à peine cinquante kilos.

Elle poussa un petit cri, les yeux écarquillés, et enroula les jambes autour de ses hanches, sans doute pour ne pas tomber. En trois pas, il la plaqua contre le mur, la bouche à quelques centimètres de la sienne. Elle resserra son étreinte sur ses épaules mais ne se débattit pas, et ne le repoussa pas.

— Que faites-vous ? demanda-t-elle d'une voix incertaine.

Il sentit son souffle léger sur ses lèvres. Elle était bien trop près et sa bouche bien trop désirable.

— La même chose que toi.

Elle le regarda droit dans les yeux pendant quelques instants, puis elle baissa les yeux.

— Oui, monsieur.

Une série de jurons qui auraient fait rougir n'importe qui lui traversa l'esprit.

— Tu ne peux pas jouer avec moi.

— Non, monsieur.

Foutaises. Il pencha la tête vers son cou jusqu'à ce qu'il trouve ce qu'il cherchait. Sous ses lèvres, il sentit le pouls de la jeune femme battre à tout rompre, et il passa doucement la langue sur la veine qui battait.

— C'est ta seule chance, Quinn, dit-il, les lèvres toujours dans son cou, avant de le mordiller légèrement — aussitôt le pouls s'accéléra sous ses lèvres. Dis stop, ou tu seras ma Soumise le temps que tu seras ici.

Elle frémit de tout son corps, et il sentit ses cuisses se resserrer autour de sa taille.

— C'est ce que je veux, monsieur.

Il réprima un grognement de satisfaction et accentua la pression de sa bouche sur le cou de la jeune femme. Il aspira avec force. Elle haleta, mais ce fut le petit gémissement qui suivit qui procura à Marcus une montée d'adrénaline. Puis il s'écarta d'elle pour admirer son suçon. Il était d'un rouge violacé et cette vision le fit bander.

Cela lui allait si bien.

— Les règles, dit-elle d'une voix haletante. N'y a-t-il pas des règles ?

A ces mots, il redescendit sur terre. Bien sûr qu'il y avait des règles. Comment avait-il pu sauter cette étape ? C'était presque la première leçon de la formation de dominateur. Mais peut-être était-ce la première leçon qu'il allait lui apprendre : ne jamais aguicher un dominateur.

— Si, dit-il en lui mordillant le lobe de l'oreille pour faire bonne mesure. Connais-tu celles que tu dois suivre ?

Elle avait les pupilles dilatées, ce qui soulignait la couleur bleu vert de son iris. Son maquillage charbonneux rendait ses yeux très sensuels. Ses lèvres rouges étaient entrouvertes, ce qui pouvait être une invitation, ou simplement un besoin d'air. Il ne restait plus rien en elle de l'enfant star. Son déguisement était total. Mais jusqu'où allait-il ?

Comme elle ne répondait pas, Marcus fut traversé d'un doute et la douche froide de la réalité balaya son désir.

— Oui, finit-elle par répondre. Je pense que oui…, monsieur.

Il s'écarta et la reposa à terre. Elle garda les mains en appui sur ses avant-bras et il passa les siennes autour de ses hanches. Elle était beaucoup plus petite que lui et elle dut incliner la tête en arrière pour le regarder dans les yeux.

— Alors je pense qu'on devrait en discuter, dit-il, contrôlant sa voix.

— Bien.

Il la conduisit vers le seul endroit de la pièce où il était possible de s'asseoir — le lit. C'était un grand lit qui occupait la majorité de l'espace. La structure à baldaquin en métal avait été agrémentée de crochets et de chaînes par Jake, ce qui en faisait un espace de jeu idéal. Marcus avait choisi cette salle privée dans l'unique but d'observer la réaction de Quinn, de la pousser dans ses retranchements. Mais, à présent, il ressentait l'envie de l'utiliser pour ce pour quoi elle avait été imaginée. Quinn serait magnifique attachée et ouverte pour lui, ses cheveux blonds étalés sur les draps noirs.

Elle s'assit au bord du lit et se recula jusqu'à ce que ses pieds ne touchent plus le sol. Il s'assit près d'elle et s'adossa à l'un des montants, avant de croiser les bras.

— Quelles sont tes règles ?

Elle tritura nerveusement les draps avant de lever les yeux. Pour la première fois depuis qu'il était entré dans la pièce, il avait l'impression d'avoir accès à sa véritable personnalité. Il voulait la connaître davantage.

— Mon *safe word* est « safran », dit-elle, prenant peu à peu de l'assurance à mesure qu'elle se fermait, comme si elle réintégrait un rôle. Je me réserve le droit de refuser tout ce qui ne me plairait pas. Je veux essayer des choses nouvelles, mais je ne veux pas prendre le risque d'être reconnue en public lors d'une Séance.

— Et si ton identité était totalement dissimulée ? Le ferais-tu ?

— Cela dépend.

— Autre chose ?

— Je ne me soumets qu'à vous. Je ne veux jouer ce rôle pendant une Séance avec personne d'autre.

— Petite chatte… Cela ne sera pas un problème.

Il se pencha vers elle, mais elle resta parfaitement immobile.

Pire, le sourire qu'elle avait plaqué sur ses lèvres était faux, glacial.

— J'espère bien que non. Surtout lorsque vous êtes payé pour vous assurer que cela n'arrive pas.

— Leçon numéro un, dit-il avant de marquer une pause pour être sûr qu'il avait toute son attention. Les dominateurs sont des êtres possessifs. Si nous sommes le Maître d'une Soumise, personne ne la touchera sans notre accord, dit-il en caressant du bout du doigt la marque laissée sur le cou de la jeune femme. Cela garantit ta sécurité.

Il sentit le pouls de Quinn s'accélérer sous son doigt, et elle ferma les yeux, l'espace d'un instant. Elle ne jouait plus la comédie.

— Leçon numéro deux, poursuivit-il, les Soumises font confiance à leur Dominateur pour assurer leur sécurité. Si cette confiance n'existe pas, alors la Soumise ne devrait jamais se soumettre à cette personne, dit-il avant de relever le menton de Quinn pour qu'elle le regarde dans les yeux. Ce n'est peut-être qu'un rôle pour toi mais, si tu ne me fais pas confiance pour assurer ta sécurité, alors nous devons mettre un terme à notre accord immédiatement.

— Mais je vous connais à peine, murmura-t-elle. Cette confiance n'a pas eu le temps de se créer.

— Et cela te rend vulnérable.

Ce n'était pas une question, mais elle acquiesça néanmoins.

— Et pour une raison qui t'échappe, cela t'excite, ajouta-t-il.

Elle dégagea son menton et se leva, visiblement en colère.

— Tout ça a un caractère purement informatif pour moi.

Et cela n'a rien à voir avec qui je suis vraiment. J'apprécierais que vous vous en souveniez.

Il eut envie de rire. Seules ses longues années d'expérience lui permirent de s'en empêcher. Mais il afficha un sourire narquois.

— Je m'en souviendrai. Et toi ?

Les joues de la jeune femme s'empourprèrent et, pendant un instant, il eut peur qu'elle ne parte sur-le-champ en claquant la porte. Mais elle le surprit de nouveau en s'agenouillant, reprenant sa pose de Soumise. Les yeux fixés sur le sol, elle demanda :

— Et quelles sont vos règles, monsieur ?

Aussitôt, un éclair de désir — fulgurant — le traversa. Oh ! merde. Sa première impression avait été juste. Cette femme ne manquait pas d'assurance, mais elle ne demandait qu'à lui abandonner le contrôle. Et il ne pensait pas qu'elle en soit consciente. S'en rendrait-elle compte avant son départ du club ? Peut-être, s'il faisait son travail correctement.

Il se dirigea vers le bureau situé le long d'un des murs et en sortit le collier noir qu'il y avait rangé un peu plus tôt. Il marqua un temps d'arrêt, hésitant malgré lui. Ce ne serait que temporaire, et simplement une façon d'étayer ses propos, mais c'était la première Soumise à qui il offrait un collier et il ne voulait pas prendre cela à la légère.

Elle serait totalement à lui si elle consentait à le porter. Cette pensée était à la fois grisante et effrayante. Et pourtant, elle lui semblait juste. Quinn avait besoin de lui. Elle ne le savait peut-être pas encore, mais il ferait en sorte qu'elle le sache avant son départ.

Il retourna auprès de sa Soumise et s'agenouilla derrière elle. Elle avait conservé sa position comme une pro. Il s'interrompit pour admirer la ligne droite de sa colonne vertébrale.

Il fallait à la plupart des gens des heures d'entraînement pour y parvenir.

— Tu t'es entraînée, n'est-ce pas ? demanda-t-il en effleurant la courbe de son épaule.

— Oui, monsieur.

Il lui effleura la nuque et fut récompensé par le frisson qui la secoua.

— A quoi d'autre t'es-tu entraînée ?

— Tout ce que j'ai pu trouver au cours de mes recherches.

— Alors pourquoi avoir choisi cette voie ? Pourquoi être une Soumise au lieu de simplement regarder et apprendre ?

Elle sembla hésiter avant de répondre.

— Parce que vous aviez raison au téléphone. Je ne peux réellement comprendre ce qu'est la soumission qu'en la vivant. Cela rendra mon personnage plus crédible.

— Et c'est la seule raison ? murmura-t-il au creux de son oreille.

— Oui, répondit-elle d'une voix si basse qu'il doutait qu'elle y crût elle-même.

Il lui glissa le collier autour du cou, et elle tressaillit enfin, trahissant pour la première fois sa surprise.

— Tu porteras ce collier chaque fois que tu seras ici. Il te protégera et te désignera comme m'appartenant.

— Je croyais que le suçon était censé avoir cet effet.

Il sourit de son trait d'humour, mais seulement parce qu'elle ne pouvait le voir.

— C'était un début, dit-il, refermant la boucle du collier et vérifiant qu'elle était bien serrée avant d'y attacher le cadenas qui se referma d'un clic. Ceci le garantira.

Quinn leva la main jusqu'à son cou, touchant le collier. Oubliant soudain son rôle, elle se retourna vers lui, bouche bée.

— L'avez-vous fermé à clé ?

Il sentit son cœur s'emballer. Il joua avec le cadenas, se laissant imprégner par la promesse tacite qu'il contenait.

— Oui.

Une lueur de défiance passa dans le regard de la jeune femme, avant qu'elle ne la dissimule derrière la réserve qu'elle affichait avec lui.

— Je ne le porterai pas en dehors du club.

— Je ne te le demanderai pas, dit-il avant de lui montrer la clé. Mais je garde ceci. Je te libérerai à la fin de chaque nuit.

Ce n'était qu'un jeu lié au club, rien de plus, n'est-ce pas ?

— Dans le cas contraire, je pourrai toujours le découper en rentrant chez moi, grommela-t-elle en se retournant.

Cette fois encore, il eut envie de rire. Au lieu de cela, il suivit du bout des doigts le contour du fin collier, puis referma les mains autour de son cou.

— Je peux en trouver un plus solide, en métal ou en chaîne, si tu préfères.

Elle frémit de nouveau, et il prit plaisir à admirer la chair de poule naissante dans son dos.

— Ça ira, monsieur.

Elle avait repris son ton légèrement implorant, ce qui voulait dire qu'elle était rentrée dans son rôle de Soumise.

Jusqu'où irait ce rôle ?

— Comprends-tu ce que le collier signifie ?

— Que je vous appartiens, répondit-elle.

Oui, elle le savait.

— Et quoi d'autre ?

— Que je vous obéirai.

Les mots étaient aussi simples que le collier, mais tous deux lui donnèrent une immense sensation de pouvoir. Et le mieux, c'était qu'elle n'avait aucune idée de ce qu'elle venait de lui offrir.

Il s'approcha de Quinn jusqu'à se plaquer contre son

dos. Il laissa les mains autour de son cou pour marquer sa présence. Dans cette position, la tête de Quinn était enserrée entre ses cuisses, et il bandait légèrement contre sa tête.

— Jusqu'où pouvons-nous aller ? demanda-t-il.

Pour expliciter sa question, il fit descendre une de ses mains sur la poitrine de la jeune femme et il saisit un de ses seins. Pour seule réaction, elle fronça ses yeux déjà clos, et inspira profondément, appuyant son sein plus fermement contre sa main.

— Refuserais-tu ceci ? demanda-t-il.

Et si elle répondait oui ?

— C'est une chose que je dois apprendre, monsieur.

Elle avait prononcé ces mots d'une voix sèche. Il la testait, et elle le comprenait.

— Mais tu ne dois pas la subir. Comprends-tu la différence ?

Il n'avait jamais forcé une Soumise à faire quoi que ce soit qui dépassait ses limites.

— Tu dois remplir une liste complète de limites. Il y a beaucoup de choses pour lesquelles je pense que tu n'es pas prête.

Il vit ses épaules se décontracter, à mesure que la tension qu'elle ressentait se relâchait.

— Merci.

Il eut un pincement au cœur. La vision de cette femme prononçant ce mot lors d'une Séance était le nouveau but qu'il se fixait.

Brusquement, il se releva.

— Suis-moi, dit-il en lui tendant la main pour l'aider. Tu as de la paperasse à faire avant que nous puissions commencer.

— Très bien, acquiesça-t-elle.

Il constata qu'elle avait la main moite.

— Quinn.

Elle leva les yeux vers lui, le visage fermé et neutre.

— Ne refais jamais ça.

— Quoi ? demanda-t-elle, fronçant les sourcils.

— Ton petit spectacle. C'était incroyablement dangereux et stupide de te mettre à ma merci ainsi. Tu ne me connais pas. Et nous n'avions pas de contrat, ni même de discussion sur tes limites et ta sécurité.

— Mais il y a des caméras, dit-elle en désignant celle qui était située dans un coin de la pièce. Et on m'a assuré que je ne courais aucun risque ici.

— Au Red Room, avec moi, non, dit-il en lui lançant un regard dur, dans le but de l'effrayer. Mais pas partout. Même ici, tu es la seule à jouer un rôle. Pour tout le monde en dehors de toi, ce lieu est un mode de vie, un choix. Et pour ce qui est des caméras, nous n'intervenons pas, à moins qu'un Soumis ne soit en situation de détresse évidente.

— Et si j'appelle à l'aide ?

Elle cherchait la sécurité maintenant que sa liberté venait de lui être retirée. Il le comprenait, mais cela ne changeait rien à la brutalité des faits.

Il prit son visage entre les mains et lui caressa la joue.

— Ici, cela ne garantit rien. C'est pour cette raison que nous employons les *safe words*. De nombreux Soumis peuvent dire non ou crier à l'aide dans le cadre d'une Séance, mais cela ne veut pas dire qu'ils veulent qu'elle s'arrête ou que quelqu'un intervienne.

— Oh ! dit-elle en affichant un faible sourire. J'ai encore beaucoup à apprendre apparemment.

Courageuse. C'était un mot qui la définissait. A cet instant, pour la première fois, elle paraissait aussi jeune que l'âge indiqué dans son dossier. Et malgré son statut de star, elle n'était pas trop arrogante pour admettre qu'elle avait commis une erreur. Plus il la découvrait, plus il voulait la connaître. Il voulait en apprendre davantage à son sujet, jusqu'à ce qu'il sache qui était la véritable Quinn.

— Oui, dit-il, avant de céder en partie à son désir, et de l'embrasser doucement sur le front. Et je t'apprendrai ce que je peux, ajouta-t-il en la regardant droit dans les yeux. Mais fais attention : si tu joues avec le feu, tu te brûleras.

— Dit le pyromane, répliqua-t-elle, avant de lui renvoyer un sourire détendu. Compris. Je suivrai vos consignes à partir de maintenant.

— Tu parles comme une vraie petite Soumise, dit-il en lui faisant un clin d'œil lorsqu'il vit qu'elle était sur le point de protester. Et rappelle-toi qu'il n'est jamais bon de protester. Si tu veux sérieusement devenir ma Soumise, alors mieux vaut t'habituer aux idées que les autres se feront de toi. Si tu es ma Soumise, on attend de toi que tu te comportes comme telle. Personne ne saura que tu joues un rôle. Es-tu sûre de pouvoir le supporter ?

Elle haussa les épaules.

— Je ne le saurai pas tant que je n'aurai pas essayé, dit-elle enfin avant d'opiner. Oui, j'ai besoin de le faire.

Maintenant, on allait pouvoir s'amuser. Marcus ouvrit la porte.

— Viens. Je vais t'aider à remplir la paperasse, et ensuite ton éducation pourra commencer.

Elle le regarda, l'air médusé.

— Ma quoi ?

Oh oui, cela allait être très amusant.

— Ton éducation. Si tu te destines à être ma Soumise, tu dois comprendre ce que j'attends de toi, ainsi que les conséquences.

— Les conséquences ? dit-elle en élevant la voix d'un ton.

Il résista à l'envie de soupirer. Ce serait peut-être amusant, mais ce serait également une longue et difficile semaine de travail. Former une nouvelle Soumise était toujours épuisant. Cela nécessitait d'être constamment au diapason de la Soumise. Il devait être à l'écoute et faire preuve d'intuition. La plupart des gens pensaient que son métier était facile, même pas vraiment un travail. Mais c'était souvent mentalement et physiquement éreintant.

— Oui, répondit-il. Les conséquences. Si tu ne suis pas mes règles, ou si tu ne respectes pas le protocole, il y aura des punitions.

L'air renfrogné de Quinn s'accentua.

— Contrairement à ce que ma taille pourrait indiquer, je ne suis plus une enfant. L'idée de punition n'est pas séduisante.

— Nous en parlerons. Mais c'est un aspect de la relation SM à laquelle adhèrent la plupart des Dominateurs et des Soumis. Tous les actes entraînent des récompenses et des conséquences. C'est aussi vrai dans la vie.

— Très bien, répliqua-t-elle, prenant la mouche. Parlons-en.

En cet instant, son inexpérience était flagrante. Mais d'une certaine façon, sa mauvaise humeur la rendait plus vraie. C'était une émotion rare et honnête venant d'elle.

Il la conduisit en direction de l'escalier.

— Très jolie tenue, au fait.

Elle rougit.

— Merci. Et je peux vous assurer que je n'ai jamais porté cela dans les rues de Beverly Hills.

Le rire de Marcus résonna dans le couloir vide.

— J'espère bien que non, tu créerais des embouteillages et tu te ferais arrêter.

— Et cela ferait le bonheur des paparazzis ! dit-elle en lui décochant un sourire complice.

Il s'arrêta en haut de l'escalier, puis redescendit de deux marches pour avoir les yeux au même niveau que les siens.

— Ton identité est bien gardée ici. Tu peux me faire confiance là-dessus.

Elle ne répondit pas immédiatement mais, lorsqu'elle le fit, ce fut avec un sourire.

— D'accord. Mais si j'avais des doutes à ce sujet, je ne serais pas là, dit-elle en levant une main hésitante vers son visage, avant de lui effleurer la joue, la main tremblante, mais sans le quitter du regard. Et j'ai aussi envie de vous faire confiance. Alors ne me faites pas de mal, O.K. ?

Sa requête ne portait pas seulement sur la douleur physique, il le comprenait. Elle avait dû être meurtrie à un moment de sa vie, et en aucun cas il ne lui infligerait de nouvelles blessures.

— Non, tu peux compter sur moi.

Il avait prononcé ce serment avec une honnêteté et une intensité qui lui nouèrent le ventre.

Alors, elle baissa la main et il vit une ombre passer dans son regard. Cela ne lui plaisait pas. Du tout. Une semaine suffirait-elle vraiment pour effacer un peu de cette souffrance ? Il n'en était pas certain, mais nom de Dieu, il ferait tout ce qu'il pourrait.

Chapitre 5

— Prête ?

Quinn réprima son envie de fuir et se tourna résolument vers Maître Marcus.

— Oui.

Elle espérait qu'il n'avait pas remarqué le tremblement de sa voix. Elle avait fait appel à tous ses talents d'actrice pour jouer le rôle de Soumise, dans la salle privée. Et elle avait lamentablement échoué. Il avait lu en elle comme dans un livre ouvert et souligné ses nombreuses erreurs.

Heureusement qu'il avait l'air d'être un homme bien. Il venait de passer en revue avec elle pendant plus d'une heure la liste des limites pour lui expliquer patiemment chacune d'elles. Asphyxie, cire de bougie, douche dorée… Bon sang ! Sans parler de la zoophilie et de l'infantilisation. Elle n'avait jamais imaginé l'existence de ce genre de choses. « Non, merci ! », avait-elle répondu à chacune de ces pratiques.

A un moment donné, elle avait eu l'impression que ses joues allaient prendre feu tant elle se sentait rougir. Quoi qu'il en soit, c'était une chance qui lui était donnée d'explorer sa sexualité, et elle avait accepté la possibilité de faire des choses qui l'avaient toujours intimidée jusqu'à ce qu'elle envisage de les faire avec Marcus. *Bondage*, fessée et accessoires devenaient soudain excitants lorsqu'elle imaginait le beau dominateur penché au-dessus d'elle.

L'amende non négligeable indiquée par son avocat dans le contrat la liant au Red Room en cas de fuites dans la presse lui donna le courage de signer. Lorsqu'ils eurent terminé, elle se sentait presque en sécurité en sortant de la pièce avec Marcus.

Presque.

Elle devait lui faire confiance, au moins jusqu'à un certain point, sinon mieux valait tout arrêter et partir dès maintenant. Et elle ne pouvait pas faire cela.

— Il n'y aura pas beaucoup de monde ce soir, beaucoup moins que vendredi, je suppose que ce sera plus difficile pour toi.

Elle dut lever la tête pour le regarder dans les yeux.

— Comment cela ?

— On te verra mieux.

Il prit une laisse, posée sur la table près d'eux, qu'elle avait remarquée en entrant. Elle s'était brièvement demandé qui avait un chien avant de se concentrer sur les papiers que lui faisait signer Marcus.

Sa confusion s'amplifia lorsqu'il attacha la laisse à l'anneau situé sur le devant de son collier. Elle avait oublié le collier, mais, à présent, elle se sentait de plus en plus étranglée. Son pouls s'accéléra et elle dut faire un effort pour ne pas se laisser envahir par la panique : elle détestait cette sensation d'étouffer. Elle avala sa salive, et sentit le mince collier en cuir contre sa peau.

— Pour quelle raison m'avez-vous mis cela ?

Elle s'était exprimée d'une voix si faible, tremblante. Ce n'était pas bon signe ! Malgré les apparences, elle devait garder le contrôle, au moins de ses émotions.

— C'est pour ta protection.

Marcus tira légèrement sur le collier, qui se serra autour de son cou. Elle s'efforça de ne pas fermer les yeux. Elle n'avait jamais eu beaucoup de pouvoir mais, cette fois, elle n'en avait plus aucun.

— Ce soir, nous nous contenterons d'observer. Tu suivras mon exemple, tu écouteras ce que je te dis et obéiras à mes ordres.

— Oui, monsieur, parvint-elle à articuler.

Le sourire satisfait qui s'afficha sur les lèvres de Marcus fut sa récompense.

— Emploie ton *safe word* si tu es réellement stressée mais, petite chatte… ne t'en sers pas avant d'être absolument certaine de vouloir arrêter. Cela entraînera l'arrêt immédiat de ce que nous serons en train de faire. Compris ?

Elle laissa échapper un soupir.

— Oui.

— Si tu as besoin de faire une pause, de souffler, dis « safran ». Ce soir, tu pourras poser toutes les questions que tu veux. A moi. Tu ne pourras parler aux autres dominateurs que si j'y consens.

Tous ces ordres débités à un rythme soutenu lui donnaient le tournis. Elle fut presque tentée de se rebeller devant tant de restrictions, mais à quoi bon ? A qui parlerait-elle de toute façon ?

— Oui, monsieur.

— Quand nous sortirons de cette pièce, tu seras ma Soumise. Dans le contrat privé que tu viens de signer, tu as donné ton accord pour une soumission totale vis-à-vis de moi.

Elle jeta un coup d'œil à la pile de papiers posés sur le bureau. Le document qu'elle venait de signer était un contrat uniquement entre Marcus et elle. Par une seule signature, elle s'était donnée à lui.

— Je sais, répliqua-t-elle, oubliant son rôle tandis que sa nervosité prenait le dessus. J'étais là quand je l'ai signé.

Il haussa les sourcils. Rien de plus. Elle savait qu'elle était allée trop loin.

— Pardon, monsieur.

Elle avait prononcé ces mots sans réfléchir. Elle sentit son ventre se nouer, comme chaque fois que quelqu'un était contrarié, en colère ou déçu par elle, ou simplement pas tout à fait satisfait.

Il la força à relever le menton pour le regarder dans les yeux.

— Je pense que le moment est bien choisi pour parler des conséquences.

Quinn déglutit et sentit le collier lui comprimer la gorge, une fois encore. Enfant, lorsqu'on la réprimandait, cela la rendait malade — physiquement — et il lui était désagréable de revivre cette sensation.

— Je crois que cette idée ne me plaît pas beaucoup.

Un demi-sourire se dessina sur les lèvres de Marcus.

— C'est le cas de la plupart des gens. Mais cela plaît à certains, dit-il en lui caressant le menton du bout des doigts. Tu serais surprise par le nombre de Soumis qui se conduisent mal pour être punis. Bien sûr, ils obtiennent rarement la punition qu'ils souhaitent. Un bon dominateur ne se laisse pas berner par ce genre de supercherie, poursuivit-il avant de l'observer quelques instants. Je ne te connais pas assez pour comprendre tes motivations. Donc, pour ce soir, nous nous contenterons d'avertissements. Peut-être que tu auras droit à une fessée si tu te comportes vraiment mal.

Une fessée ?

Un rôle. C'était un rôle. Quinn s'efforça de garder cette pensée à l'esprit et tenta d'oublier le désir que cette promesse avait suscité en elle. Mais tant que Marcus continuerait à lui caresser le menton du bout des doigts, ça serait difficile. Elle était comme électrisée par le contact de la main de Marcus sur sa peau.

— Oui, monsieur.

— Viens, ma petite chatte, dit-il en tirant sur sa laisse. Allons jouer.

Sa petite chatte ? Etait-il sérieux ? Un coup sec tiré sur la laisse lui indiqua qu'il était tout à fait sérieux.

Elle le suivit d'un pas chancelant, repensant à ses instructions : garder les yeux baissés et rester derrière lui. Comme un chien. Elle laissa échapper un rire étouffé. Elle s'était elle-même prise au piège du rôle de la petite chatte. Stupide costume !

Ils entrèrent dans la salle où se trouvait la piste de danse et elle sentit l'espace se refermer autour d'elle. La musique résonnait fort, la tirant de ses pensées tandis qu'elle était entourée et bousculée par un flot de gens. Ils pouvaient la voir ! Quinn Andrews était exhibée et elle n'était pas préparée à cela. La sensation que tout le monde la regardait menaça d'avoir raison du peu de courage dont elle disposait.

Elle avait le visage brûlant face à l'humiliation d'être tenue au bout d'une laisse. Elle commençait à avoir du mal à respirer. Un frisson glacé la parcourut et sa vision se brouilla. Elle était en proie à une panique indescriptible.

Avant qu'elle ait eu le temps de dire quoi que ce soit, Marcus fut là, contre elle. Il l'attira dans ses bras et elle sentit la surface lisse de sa chemise en coton lui caresser le visage.

— Respire, ma petite chatte.

Son ordre, prononcé d'un ton ferme et calme, se fraya un chemin jusqu'à elle à travers l'obscurité. « Respire ». Elle inspira et fut submergée par l'odeur masculine de Marcus, mêlée à celle, plus fraîche, de sa chemise.

— Arrête de t'inquiéter, continua-t-il sur le même ton ferme. Aie confiance en moi.

Comment ne pas s'inquiéter ? Comment lui faire confiance ? C'était l'instant de vérité, Quinn le devinait. Soit elle surmontait sa peur, soit elle renonçait. Et elle avait déjà décidé que la deuxième solution n'était pas envisageable. Elle pouvait y arriver. Elle devait le faire.

Reprenant le contrôle d'elle-même, elle se remit dans la peau de son personnage. Vraiment, cette fois. Elle fit les exercices de respiration enseignés par un de ses nombreux professeurs de théâtre, et chercha en elle le calme qui lui permettrait de mieux s'imprégner d'un personnage.

Le contact ferme de la main de Marcus sur sa nuque devint le point sur lequel elle concentrait toute son attention. Elle imagina la chaleur de sa main se transmettre peu à peu à l'ensemble de son corps jusqu'à ce qu'il le contrôle totalement.

Elle lui appartenait.

Ce fut cette idée, la prise de conscience qu'ici — et maintenant — elle était vraie, qui l'aida à achever sa transformation. Elle lui appartenait. Elle pressa les lèvres contre le torse de Marcus, mettant dans ce baiser tout ce qu'elle ne pouvait dire.

— C'est très bien, ma petite chatte.

Les gens se resserraient toujours plus autour d'eux, la musique jouait à plein volume, mais cela n'avait plus d'importance. Elle leva les yeux et ne vit que lui. Sa mâchoire carrée, ses grands sourcils et ses lèvres pleines étaient comme autant d'avertissements de sa nature dominante. Mais ce fut surtout sur ses yeux qu'elle se concentra. La vérité profonde de qui il était, de ce que cet univers signifiait pour lui, brillait dans leur profondeur sombre.

— Je suis là, dit-il. N'en doute jamais.

— Oui, monsieur.

Elle ne pensait pas qu'il avait entendu sa réponse, tant elle avait prononcé les mots à voix basse, plus pour elle que pour lui, mais son regard brilla, ce qui semblait indiquer le contraire.

— Concentre-toi sur moi, dit-il en lui posant un doigt sur les lèvres. Je suis le seul que tu dois satisfaire, personne d'autre ne compte.

Cela semblait si simple. Elle n'avait qu'une seule chose à faire. Elle ne devait se soucier de rien, à l'exception de cette seule tâche. Cela avait quelque chose de libérateur. Incapable de parler, elle hocha la tête.

Ils continuèrent à traverser la salle et se dirigèrent vers le bar. Marcus s'interrompit en chemin pour parler à d'autres personnes, mais elle ne leva jamais la tête pour voir de qui il s'agissait. La curiosité de la première soirée passée avec Vanessa avait laissé place au seul désir de satisfaire son dominateur.

Quoi qu'il lui en coûte.

Marcus conduisit sa petite Soumise jusqu'au bar, puis il l'entraîna dans l'arrière-salle. Après une brève crise de panique, elle s'était calmée et transformée en parfaite Soumise. Trop parfaite.

Elle était toujours à son côté, sans jamais être envahissante. Jamais une question, ni même un haussement de sourcils quand les autres dominateurs faisaient des commentaires à son sujet. Elle était formidable. En tant que petite nouvelle, superbe dans sa tenue provocante, bien sûr, les gens la remarquaient. A chaque marque d'appréciation, il se sentait de plus en plus fier.

Il enroula la laisse autour de son poing et l'attira plus près de lui, jusqu'à sentir le bras nu de la jeune femme contre le sien, lui communiquant sa chaleur. Il se pencha vers elle.

— Est-ce que ma petite chatte va bien ?

— Je ne savais pas que vous aviez une chatte, monsieur.

Son éclat de rire éclata sans qu'il puisse le retenir. Quelle chipie ! Un sourire irrépressible se dessina sur les lèvres de Quinn. D'un coup brusque sur la laisse il la fit se retourner. Elle le fixa, le regard ébahi, bouche bée.

— Réclames-tu déjà une punition ?

— Non, monsieur, dit-elle, secouant la tête. Je tentais simplement de clarifier votre question. Vous avez demandé si votre chatte allait bien, dit-elle, détournant les yeux, avant de le regarder de nouveau. Avez-vous une chatte… monsieur ?

Elle le tenait. Il avait autant envie de la fesser que de l'applaudir. Quand avait-il ri avec une Soumise pour la dernière fois ? Cela lui était-il jamais arrivé ?

— Ta bouche va t'attirer des ennuis.

Elle se passa la langue sur les lèvres, les yeux brillants d'humour.

— Est-ce un avertissement ?

— Je ne fais que des promesses, lâcha-t-il, s'efforçant de cacher son sourire.

— Dans ce cas, monsieur, répondit-elle en souriant de nouveau, je vous promets que votre chatte va bien.

Incapable de s'en empêcher plus longtemps, il éclata de rire. Son rire résonna dans la pièce, et plusieurs personnes le regardèrent fixement. Il passa un bras autour de Quinn et la serra contre lui. Elle rit doucement avec lui. Après quelques instants, il reprit enfin le contrôle de lui-même et gronda :

— Les sales mômes dans ton genre reçoivent des fessées.

Elle cessa aussitôt de rire.

— Je pensais que vous ne donniez que des avertissements ce soir. Ou était-ce une promesse ?

— Continue ainsi, et tu ne tarderas pas à le savoir.

S'il s'était agi d'une autre Soumise, elle se serait déjà retrouvée sur ses genoux, et il serait en train de lui montrer qu'il ne plaisantait pas. Alors, pourquoi se dérobait-il ? D'un geste, il fit basculer Quinn sur son épaule et traversa la salle avec un air digne.

Elle se débattit, le souffle court.

— Que faites-vous ?

Pour toute réponse, il lui donna une petite claque sur les fesses. Il trouva une chaise et, d'un mouvement vif, il la fit glisser sur ses genoux, allongée, les fesses à l'air.

— Tu as oublié de rester à ta place, ma petite Soumise.

— Mais je…

Elle se débattit un instant, puis cessa de bouger. Haletante, elle s'agrippa à son mollet, laissant sa tête retomber vers le sol.

— Je suis désolée, monsieur, ajouta-t-elle.

Il caressa les globes fermes de ses fesses, et sa peau aussi douce que de la soie lui donna envie de jouer, quand il n'aurait pas dû. Pas encore. La petite claque qu'il lui administra résonna dans l'air. Elle se raidit. Il laissa sa main remonter dans le dos de la jeune femme, puis redescendre, et il la fessa de nouveau, sur chaque fesse.

Elle se tortilla, le souffle court.

— Monsieur ?

Elle semblait toujours en proie à une grande confusion.

— Oui ?

Il passa la paume de sa main sur les marques roses, là où il l'avait fessée. Elles étaient magnifiques, et il voulait les rendre plus intenses, plus rouges, jusqu'à ce qu'elles soient brûlantes sous ses doigts.

Elle gémit, et il sentit une légère vibration sur ses cuisses, qui se répercuta aussitôt sur son sexe.

— Pourquoi est-ce agréable ?

Merde ! Pourquoi fallait-il qu'elle soit si parfaite ? Il s'éclaircit la gorge, et en couvrit le bruit en lui administrant une nouvelle fessée. Le gémissement qui s'échappa des lèvres de Quinn était sans équivoque : il n'avait rien à voir avec la peur. Marcus la releva et l'aida à se tourner jusqu'à ce qu'elle se retrouve à califourchon sur lui. Un regard noir, par-dessus l'épaule de la jeune femme, éloigna les voyeurs. Ce n'était pas une Séance, mais ils étaient dans un lieu public. Heureusement, avec son maquillage et sa tenue, Quinn ne ressemblait en rien à la douce petite princesse qu'elle jouait à la télévision.

Elle avait le visage enflammé et les pupilles dilatées, et ses yeux lui semblèrent plus grands encore que d'habitude. Ils étaient remplis de questions, et cependant elle gardait le silence. Il trouva son pouls à son poignet, et son battement rapide vint confirmer ce qu'il pensait. Pourquoi il battait si vite, ce serait à elle de le déterminer. Il pouvait la guider, mais elle devrait comprendre et accepter par elle-même, sinon ce serait inutile.

— Tu devras répondre à cette question par toi-même, répondit-il. Le lien entre douleur et plaisir est différent pour chacun.

Il lui pinça une fesse pour étayer son propos. Elle sursauta, puis se détendit de nouveau entre ses mains. Sa peau était chaude sous ses doigts, et il sentit ses fesses se contracter sur ses genoux tandis qu'une lueur de confusion passait dans son regard.

Après un long moment, elle posa la tête contre son épaule.

— Je n'aurais jamais imaginé cela.

— Oh ! ma petite chatte, dit-il avec un sourire, la serrant contre lui.

Elle était l'image même de l'innocence, attendant d'être exploitée ou protégée, et elle n'en avait même pas conscience. Bon sang, heureusement qu'elle portait son collier !

— Tu as tant de choses à apprendre.

Chapitre 6

Concentrée, Quinn pencha la tête d'un côté, puis de l'autre, mais cela ne faisait aucune différence. Il n'y avait rien dans la position de cette Soumise sur scène qui semblât un tant soit peu confortable. Marcus avait indiqué que c'était voulu et qu'elle faisait cela pour son Maître. La Soumise avait les bras attachés dans le dos, les jambes largement écartées par une série de nœuds complexes qui s'étendaient sur l'ensemble de son corps et passaient entre ses cuisses. Le schéma suivi était incroyablement précis et avait pris un temps fou. Ce modèle de *bondage* japonais était appelé « robe de cordes », lui avait dit Marcus. C'était étrangement beau d'un point de vue artistique, et le visage du modèle avait une expression tout à fait sereine. Pourtant…

— Ce n'est pas mon truc, lui dit-elle à voix basse.

Elle ne voulait surtout pas que la Soumise l'entende. Et encore moins le dominateur qui semblait si fier.

Marcus esquissa un bref sourire.

— C'est noté.

Toutes les réponses de Marcus avaient été très brèves au cours des deux dernières nuits. Il avait dit qu'elle pouvait poser des questions, mais ses réponses étaient extrêmement succinctes. Il s'éloigna de la Séance et tira sur la laisse. Elle le suivit sans un mot, obéissante, mais ne put s'empêcher de se retourner pour observer la femme.

Qu'est-ce que Marcus allait lui demander de faire ? Après tout ce qu'elle avait vu et appris, elle n'était pas sûre d'avoir envie de faire quoi que ce soit. Mais elle se rappela sa brève fessée et changea aussitôt d'avis.

Plus de la moitié des équipements du Donjon étaient utilisés ce soir, et elle était presque gênée d'admettre qu'elle devenait de plus en plus blasée. L'effet de choc s'était émoussé à partir de la fin de la première soirée passée avec Marcus et, maintenant, ce n'était plus qu'un décor dans lequel elle jouait son rôle.

— Des questions ?

Elle s'était habituée au ton bref et au rythme haché de ses phrases, mais une part d'elle-même se demandait où était passé l'homme plus doux et gentil qui riait de ses provocations.

Il désigna le sol d'un geste et elle s'agenouilla près de lui. A bien des égards, c'était mieux ainsi. Elle prit la position qu'il attendait d'elle et poussa un soupir. Les yeux fixés sur le sol, elle n'avait à penser à rien d'autre qu'à lui. C'était plus facile que d'essayer d'analyser ce qu'elle ressentait. Le rôle était tellement plus simple quand elle n'avait pas à s'en préoccuper.

Marcus parlait à un autre dominateur, mais sa main lui caressait la tête de façon distraite comme si elle était une gentille petite chatte. Etrangement, c'était à la fois agaçant et apaisant. Que ferait-il si elle se débattait et le griffait ? Elle préféra ne pas tenter d'analyser le frisson qui la parcourut à cette pensée. Elle avait renoncé à être dans le déni, et était désormais très intriguée par la perspective de faire une Séance avec Marcus. D'être attachée par lui, puis fessée de nouveau.

Mais elle n'était pas encore prête à l'admettre ouvertement. Cela dit, il ne le lui avait pas demandé. Cela faisait-il partie du jeu de domination et de soumission ? Bien sûr, il n'allait pas lui demander ce qu'elle voulait, les dominateurs n'agissaient pas ainsi. Mais si elle ne le lui demandait pas, comment obtiendrait-elle ce qu'elle désirait ?

— Viens ici, ma petite chatte.

Son ordre la tira de ses pensées et elle se leva immédiatement. C'était presque automatique à présent. Il parlait, elle agissait. Elle était surprise de constater la rapidité avec laquelle elle était tombée dans cette routine, et le réconfort que cela lui apportait. C'était une forme de simplicité dans un monde souvent complexe et, à de nombreux égards, libérateur.

Marcus la conduisit dans une des salles consacrées aux voyeurs, où il s'assit à l'écart avant de l'attirer sur ses genoux. Le dos plaqué contre son torse et les jambes ouvertes sur ses genoux, comme il le lui avait appris, elle était ouverte pour lui. Sa fine culotte ne l'empêchait pas de sentir l'air passer sous sa minijupe.

— Détends-toi, lui murmura-t-il à l'oreille.

En sentant son souffle chaud sur sa nuque, elle se cambra en une supplique silencieuse. Surtout, qu'il n'arrête pas, qu'il continue. Le rire léger de Marcus résonna à ses oreilles et fit monter d'un cran son excitation. Il lui mordit le lobe de l'oreille, suffisamment fort pour la faire grimacer, mais il le suça ensuite pour apaiser la douleur.

C'était si bon… Tout comme ses mains qui montaient et descendaient le long de ses cuisses en de lentes caresses sensuelles. Jamais il ne l'avait autant touchée depuis leur rencontre et elle avait l'impression d'être au paradis. Ce fut seulement à cet instant qu'elle prit conscience de son désir d'être caressée par lui. Après plusieurs jours de distance presque froide, elle était comme plongée dans un bain de sensations brûlantes.

— Est-ce que tu regardes ?

Elle ouvrit brusquement les yeux et s'efforça de regarder ce qui se passait sur la scène. Regarder ? Non ! Elle était bien trop occupée à ressentir ce qui se passait en elle. Ce n'était pas la première Séance qu'il lui montrait, mais c'était la première dont elle se fichait.

— Non, monsieur, répondit-elle avec franchise.

— Tu devrais.

— Pourquoi, monsieur ?

Il lui mordilla l'épaule.

— Pour que tu puisses apprendre.

— Pourquoi ne pas me montrer vous-même, monsieur ?

— Es-tu prête pour cela ?

La langue de Marcus traça une longue trajectoire sur son épaule, et elle ne put réprimer un frisson.

Peut-être était-ce à cause de l'obscurité qui régnait dans la salle, ou de sa frustration grandissante, mais elle ne put étouffer les paroles qui lui brûlaient les lèvres derrière le masque de l'obéissance.

— Et vous ?

— Ah, revoilà mon indomptable petite chatte.

Il saisit ses seins et elle se cambra instantanément. Son haut en dentelle ne présentait qu'une mince barrière face à ses caresses brûlantes.

— J'avais peur qu'elle ne se soit échappée, renchérit-il.

Il lui effleura les tétons du bout des doigts et elle se mordit la lèvre pour se retenir de gémir. Elle ne pouvait ni réfléchir ni répondre lorsqu'il la touchait ainsi. Alors, il lui pinça les tétons jusqu'à ce qu'elle se contorsionne sur ses genoux.

— Ne bouge pas.

Aussitôt, elle s'immobilisa. Elle sentit la pression s'accentuer, elle se cambra de nouveau, et renversa la tête contre son épaule pour se plier à sa demande.

Elle gémit doucement tandis que les fourmillements envahissaient sa chair tendre. C'était un étrange mélange. Une sensation agréable et désagréable.

— Respire.

Elle inspira, et il relâcha la pression sur ses seins. Aussitôt, elle s'effondra contre lui, en proie à une grande confusion. Comme pour la fessée, elle avait eu mal et n'aurait pas dû apprécier cette expérience, et pourtant elle avait ressenti une intensité nouvelle.

Elle reprit lentement son souffle et tourna la tête vers Marcus.

— Je ne comprends pas, murmura-t-elle.

— Quoi ?

— Comment cela peut être à la fois agréable et désagréable.

Il lui pinça très brièvement les tétons de nouveau, et le mélange de douleur et de plaisir déclencha une réaction immédiate à l'intérieur de son sexe.

— Es-tu prête à ressentir cela de nouveau ?

L'était-elle ? C'était pour cela qu'elle était là, non ? La raison pour laquelle elle avait signé le contrat qui la liait à lui de façon si impulsive, c'était qu'elle voulait éprouver toutes ces choses, pas simplement les regarder. C'était peut-être sa seule chance de sauter le pas — si toutefois elle en avait le courage.

— Oui, monsieur.

« Oui, monsieur » — deux simples mots qui eurent pour effet d'embraser Marcus et faillirent faire voler en éclats la façade dure qu'il affichait en présence de Quinn. La distance qu'il conservait avec les Soumises en cours de formation tendait à s'effacer à mesure qu'il passait du temps avec elle. Elle était devenue une Soumise modèle depuis la petite fessée qu'il lui avait administrée le premier soir, elle avait suivi toutes les règles à la lettre, obéi à chacun de ses ordres… ce qui avait attisé son désir comme jamais.

Et maintenant, c'était elle qui en demandait plus.

La peau de Quinn était douce et chaude sous ses doigts, tandis qu'il lui caressait les jambes jusqu'à l'ourlet de sa jupe ultracourte. Il en profitait pour l'exciter, intensifiant sa frustration, retardant sa satisfaction.

Elle était magnifique à regarder, et à exhiber. Ses joues s'enflammaient à mesure qu'elle se contorsionnait sous ses caresses, luttant pour ne pas jouir, tout en brûlant de le faire. Pour lui. Il voulait qu'elle jouisse pour lui. Trop.

Mais il était temps de lui faire prendre conscience des réalités dans le conte de fées qu'elle vivait. Obéir à ses ordres tandis qu'il la conduisait à travers le club n'était que la partie émergée de la soumission. Et cela n'était qu'une partie infime de ce dont il la croyait capable — si elle voulait bien lui faire confiance.

Sans un mot, il la fit se relever et l'entraîna hors de la salle en silence. Il enroula la laisse autour de son poignet pour qu'elle reste tout près de lui, jusqu'à ce que leurs bras se touchent. Chaque effleurement rappelait à Marcus la chance qu'il avait de se voir confier un tel trésor.

Quinn ne posa pas la moindre question, et il eut envie de la féliciter et de la réprimander à la fois. Suivrait-elle n'importe qui, ou juste lui ? Le bruit de la porte qui se refermait derrière eux la fit frissonner. Enfin une réaction !

Il l'attira face à lui.

— Tu as peur ?

Le long soupir qu'elle laissa échapper était aussi révélateur que son hochement de tête.

— Je suis nerveuse.

— Pourquoi ?

Un sourire éclaira le visage de Quinn, effaçant son air inquiet, l'espace d'un instant.

— Comme si vous ne le saviez pas.

Elle avait beau dire qu'elle était prête à passer à des choses plus sérieuses, et peut-être l'était-elle d'une certaine façon, elle était loin d'être prête à quoi que ce soit d'important.

— Tu veux arrêter ?

— Non, monsieur.

Elle avait répondu instantanément, d'une voix ferme. Si elle éprouvait des doutes, ils n'étaient pas assez profonds pour la faire fuir.

La pièce dans laquelle il avait attiré Quinn était simple. Il n'y avait ni lit, ni banc, ni aucun matériel de BDSM en évidence. Elle était de la taille d'une petite chambre, et il n'y avait de place pour rien d'autre que la chaise située au milieu de la pièce et une armoire, contre le mur du fond.

Il lui ôta sa laisse et désigna la chaise.

— Assieds-toi.

Elle suivit son ordre d'un pas assuré. Le plaisir qu'il ressentit lorsqu'elle joignit les mains derrière le dossier de la chaise et écarta largement les jambes fut indescriptible. Aussitôt, son pouls s'accéléra. Il avait beau le nier depuis ce premier soir où Quinn l'avait attendu, agenouillée, ce soir, ce n'était plus possible : il voulait que ce collier qu'elle portait prenne toute sa signification. Plus que tout.

— Nous allons commencer par les bases, dit-il, sortant des liens de l'armoire.

Quinn écarquilla les yeux en voyant les divers objets qu'il avait réunis, mais ne protesta pas. Tant mieux. Son objectif n'était pas de l'effrayer. En aucun cas.

— Oui, monsieur.

Seul le léger tremblement de sa voix trahissait la nervosité de la jeune femme.

Elle épia chacun de ses mouvements tandis qu'il s'agenouillait devant elle. Un élancement au niveau des tendons de son genou et le pincement vif lui rappelèrent ses propres faiblesses.

— Je vais t'attacher à la chaise, puis nous passerons à des exercices sensoriels.

— Sensoriels ?

Il lui montra le bandeau et le bâillon boule.

— Sensoriels.

Elle regarda les objets, avant de baisser les yeux.

— Oui, monsieur.

Bientôt, le silence envahit la pièce, seulement interrompu par ses mouvements. Le bruit de ses bottes, des menottes qui se refermaient autour des chevilles de Quinn et de ses poignets, le déclic d'un fermoir. Pendant ce temps, Quinn se montra docile et resta silencieuse. Sa respiration se coupa lorsqu'il lui banda les yeux mais, lorsqu'il referma une main sur sa nuque, elle inspira une grande bouffée d'air.

— Détends-toi, Quinn, lui murmura-t-il à l'oreille.

Les effluves légers et musqués du parfum de la jeune femme vinrent aussitôt le narguer, lui donnant envie de se perdre dans son cou, d'enfouir le visage dans ses cheveux. Il inspira de nouveau, savourant le parfum.

— Fais-moi confiance, ajouta-t-il.

— Je vous fais confiance, murmura-t-elle.

Jamais ces mots n'avaient eu autant d'importance pour lui. Il ne la décevrait pas.

— Je vais bientôt te mettre le bâillon, lui dit-il.

Le bâillon boule n'était pas très large. Il en avait choisi un qui n'écarterait pas sa mâchoire et ses lèvres au point d'être douloureux. Ce n'était pas le but de cette Séance. Il lui mit une écharpe rouge au creux de la main, et attendit qu'elle referme les doigts dessus.

— Tu ne pourras pas prononcer ton *safe word* avec le bâillon. Lâche cette écharpe si tu as besoin d'arrêter, quelle qu'en soit la raison. Compris ?

Son hochement de tête fut aussi hésitant que son accord.

— Oui.

Elle était peut-être hésitante, mais la confiance qu'elle lui témoignait était grisante. Travailler avec une Soumise expérimentée, la pousser dans ses derniers retranchements jusqu'à ce qu'elle trouve le plaisir souhaité était une chose. Mais que quelqu'un de si neuf s'offre ainsi à lui, ça lui donnait une indescriptible sensation de pouvoir.

Du bout des doigts, il dessina le contour des lèvres de la jeune femme. Elle les ouvrit pour lui, exactement comme il le souhaitait. Ses lèvres s'écartèrent et elle passa la langue dessus. Il recula d'un pas et s'immobilisa.

Privée de la vue, Quinn était forcée d'utiliser ses autres sens. Elle releva légèrement le menton, puis tourna à peine la tête, pour que son oreille soit plus proche de lui. Elle remua sur son siège, avant de s'immobiliser. Après un long moment, elle pencha la tête en avant, poussant un long soupir.

Maintenant, elle était prête.

Un tapotement léger suffit à lui faire ouvrir largement la bouche. La boule entra facilement à l'intérieur, et ses dents se refermèrent dessus de façon naturelle. Les trous percés à travers la boule lui permettraient de respirer lorsqu'il resserrerait le bâillon derrière sa tête.

Elle fut secouée d'un premier frisson lorsqu'il tendit la lanière.

— Est-ce que ça va ? demanda-t-il, s'accroupissant devant elle, les mains sur ses cuisses.

Elle respirait de façon saccadée, de plus en plus difficilement.

— Quinn ! s'écria-t-il, essayant d'obtenir son attention.

Comme si elle ne l'entendait pas, elle fut saisie d'un nouveau tremblement. Délicatement, il prit son visage entre les mains et lui caressa les joues.

— Doucement, ma petite chatte. Ça va aller.

Elle tenta de déglutir, mais c'était comme si elle ne parvenait pas à respirer avec le bâillon. De la bave coula au coin de ses lèvres, suivie d'un petit bruit étouffé.

Merde. Il était déjà en train de dénouer la lanière quand le premier son d'étouffement s'échappa d'entre ses lèvres. Elle eut un mouvement violent vers l'avant. Il arracha la lanière et lui ôta le bâillon avant le haut-le-cœur suivant. Prise d'une quinte de toux, elle tenta de reprendre son souffle.

— Respire, Quinn.

Il entendait à peine ses propres mots par-delà le martèlement qui résonnait dans ses tempes. Il ne pensait plus qu'à Quinn, à sa sécurité, à calmer la panique qui s'était emparée d'elle. Il n'y avait rien de plus important. Pas même les reproches qu'il se faisait d'avoir merdé à ce point.

Il lui ôta le bandeau et les liens qui la retenaient à la chaise avec dextérité, puis se pencha doucement au-dessus de ses genoux. La peau de la jeune femme était moite sous ses paumes tandis qu'il lui caressait les épaules d'un geste apaisant.

— Doucement…

Elle prit enfin une profonde inspiration, et expira longuement, visiblement ébranlée. Il continua à lui murmurer des paroles réconfortantes tandis qu'il lui détachait les chevilles, puis la prenait dans ses bras.

Au prix d'un immense effort, il calma les battements erratiques de son propre cœur. Il n'avait jamais vu une

Soumise réagir aussi mal, et aussi vite. Les bâillons ne convenaient pas à tout le monde, mais il n'avait jamais été témoin d'un rejet aussi intense.

Quinn fut de nouveau secouée d'un spasme violent, et il la serra plus fort contre lui jusqu'à ce qu'elle se calme enfin. Alors il s'écarta d'elle, et essuya les larmes qui coulaient sur ses joues.

— Je suis désolée.

— Tu n'as pas à être désolée, la rassura-t-il. Est-ce que ça va ?

Elle avait les yeux brillants, et ses larmes rendaient plus intense encore le vert de ses yeux. Elle hocha doucement la tête et voulut détourner les yeux, mais il l'en empêcha. Il ne voulait pas qu'elle se cache, ni qu'elle se sente gênée.

— Je pense que le bâillon n'est pas fait pour toi.

Son petit rire et son pâle sourire étaient exactement ce qu'il cherchait.

— Oui, convint-elle. Ce n'est pas mon truc.

En entendant sa voix un peu rauque, Marcus alla chercher une bouteille d'eau dans le minibar caché dans l'armoire. Elle essuyait ses dernières larmes avec l'écharpe qu'il lui avait donnée lorsqu'il lui tendit la bouteille.

— Merci.

Elle semblait si vulnérable qu'il ne put résister à l'envie de la prendre de nouveau dans ses bras. Elle ne dit mot lorsqu'il s'assit sur la chaise et l'installa sur ses genoux, la serrant contre lui. Elle posa la tête au creux de son cou, là où cela semblait naturel. Il ne l'aurait pas qualifiée de fragile mais, à cet instant, il sentit redoubler son besoin de la protéger.

— Qu'as-tu appris ? lui demanda-t-il, la bouche dans ses cheveux, lorsqu'elle eut repris une respiration normale.

Elle se raidit presque immédiatement.

— Que voulez-vous dire ?

— Qu'as-tu appris de cette expérience ?

— Que je n'aime pas les bâillons ?

Son ton interrogateur lui déplut. Cela minimisait l'importance de ce qui venait de se passer. Ce n'était pas un jeu, quand allait-elle le comprendre ?

— Ne me le demande pas. Dis-le-moi.

Il avait prononcé ces mots sur un ton plus dur qu'il ne l'aurait voulu, mais elle devait intégrer les bases de la sécurité au plus vite. C'était à elle de connaître ses limites et d'être assez forte pour les formuler.

Soudain, elle sembla de nouveau manquer d'air, et il lui fallut quelques secondes de plus avant de pouvoir dire :

— Je n'aime pas les bâillons.

Elle s'était exprimée avec force. Elle commençait à apprendre.

— Quoi d'autre ?

Elle haussa les épaules.

— Je ne sais pas.

— As-tu été perturbée d'être attachée sur la chaise ? demanda-t-il.

— Non, pas avec vous.

— Et le bandeau sur les yeux ? Il t'a gênée ?

— Non, pas vraiment. Quand j'ai réussi à me détendre, ça a été.

Et maintenant, la question la plus difficile.

— Que s'est-il passé avec le bâillon ?

Elle se blottit au creux de son épaule, comme si elle avait voulu se cacher ou disparaître. Il comprenait ce besoin, mais il ne pouvait pas la laisser faire. C'était trop important.

— Tu dois me répondre, ajouta-t-il d'une voix plus douce. Sinon, on arrête tout maintenant. Tu aurais pu être gravement blessée, et ça n'est pas envisageable. Alors, dis-moi ce qui s'est passé.

Elle fut secouée d'un léger spasme. Il la serra contre lui pour la réconforter. Toute l'attention de Quinn était focalisée sur l'écharpe rouge qu'elle serrait entre les doigts.

— J'ai eu un petit problème d'anorexie à l'adolescence, répondit-elle après une longue pause. J'étais devenue très douée pour provoquer une réaction réflexe très rapide pour que personne ne le découvre. Et la sensation du bâillon sur ma langue était trop proche de celle de mon doigt, à cette époque.

Merde. Il ferma les yeux, mais résista à l'envie de se masser le front en sentant le mal de tête le gagner.

— Et tu n'as pas jugé important de m'en parler ?

— Ça ne vous regarde pas, répliqua-t-elle.

— Faux, dit-il en la tournant vers lui pour la forcer à le regarder dans les yeux. Ça a commencé à me regarder le jour où tu as pris mon collier et signé le contrat, assena-t-il en portant la main à son collier en guise de rappel. Toute blessure, toute histoire ou événement de ton passé qui pourrait mettre ta vie en danger me regarde. Tu me fais confiance pour assurer ta sécurité, mais comment le pourrai-je si je n'ai pas toutes les données ?

Sa mâchoire était douloureuse, serrée par l'effort qu'il faisait pour refouler sa colère. S'il n'avait pas réagi aussi vite… Il fut incapable d'aller au bout de sa pensée. Elle était trop effrayante.

— Je suis désolée, murmura Quinn, l'air sincèrement stupéfaite comme si elle venait de comprendre ce qui était en jeu. Je n'avais pas conscience de tout cela.

Putain ! Elle était encore si étrangère à ce monde… Il aurait dû lui poser plus de questions, s'assurer qu'elle comprenne l'importance de se mettre totalement à nu avant de commencer. C'était sa faute à lui ! Il l'attira vers lui et déposa un baiser sur sa tempe.

— Moi aussi, je suis désolé.

Quinn se détendit aussitôt, et laissa échapper un soupir de soulagement.

— Je me sens tellement perdue ici.

Il eut un pincement au cœur en entendant son aveu. Quel dominateur, quel homme, n'aurait pas envie de la protéger ?

— Je veillerai sur toi. Je te le promets.

Elle s'abandonna contre lui de nouveau, posant rapidement les lèvres sur son cou, avant de se lover au creux de son épaule. La fraîcheur des lèvres de Quinn sur son cou ébranla Marcus. C'était un geste d'une telle douceur, d'une telle simplicité. Comment était-il censé résister à cela ?

Il secoua la tête pour remettre de l'ordre dans ses pensées et reprit le fil de leur conversation.

— Que tiens-tu à la main ?

Les doigts de Quinn se figèrent sur l'écharpe.

— L'écharpe.

— Tu aurais dû la laisser tomber à la seconde où tu as senti qu'il y avait un problème avec le bâillon.

— Je pensais pouvoir aller jusqu'au bout, insista-t-elle, d'une voix qui manquait de conviction. Et je ne voulais pas vous décevoir.

— Quinn, dit-il avec un soupir. Je t'ai dit que je ne t'en voudrais jamais d'utiliser ton *safe word*. Ce qui me déçoit, c'est que tu aies risqué de te blesser par orgueil.

Avec d'autres Soumises, il aurait aussitôt prévu une punition pour avoir fait preuve de tant de stupidité. Mais avec Quinn, il entendait presque les reproches qu'elle se faisait à elle-même. Il n'avait pas besoin de la réprimander lui aussi.

— Lève-toi, dit-il en posant une main rassurante sur sa cuisse.

Elle s'exécuta aussitôt. Il n'y avait plus rien à apprendre de cet incident et il ne voulait pas la laisser s'enfoncer dans les remords. Il lui prit la bouteille d'eau qu'elle tenait à la main, rattacha la laisse à son collier, et lui releva le menton pour qu'elle le regarde dans les yeux.

— Je t'ai promis de ne jamais te faire de mal, dit-il d'une voix brisée par l'émotion. Maintenant, tu dois me faire la même promesse. Je ne veux pas que tu te mettes en danger, compris ?

— Ce n'était pas mon intention, murmura-t-elle avec nervosité.

— Je sais, dit-il en déposant un baiser sur son front, mais sans s'attarder autant qu'il l'aurait souhaité. Maintenant, je veux que tu me le promettes.

Elle s'éclaircit la gorge.

— Vous faites beaucoup de promesses.

— Et je les tiens, répondit-il fermement.

Son éducation lui avait appris la valeur des mots.

Quinn l'observa longuement, puis un léger sourire se dessina sur ses lèvres.

— Je le promets, murmura-t-elle.

— Bien.

Il ressentait toujours l'envie irrépressible de l'embrasser, mais il n'en ferait rien. S'il sentait ses lèvres contre les siennes, jamais il ne pourrait faire marche arrière. Et elle n'était pas prête pour ça, pour lui.

— Es-tu prête à venir avec moi à l'étage inférieur ?

Elle baissa les yeux, qu'elle garda fixés sur son torse. La solennité de son attitude montrait qu'elle comprenait l'importance de la leçon qu'elle venait d'apprendre.

— Oui, monsieur.

Il ne lui avait pas demandé si elle voulait arrêter. La possibilité qu'elle lui réponde « Oui, monsieur » était trop grande pour qu'il prenne ce risque. Oh ! il savait qu'il était trop investi dans cette relation, qu'il s'attachait trop rapidement à elle pour son propre bien. Mais il refusait de s'en préoccuper. L'inquiétude ne l'avait jamais conduit nulle part, si ce n'était à la frustration, ce qui n'avait rien de très productif.

La seule pensée de ce qui aurait pu se passer ce soir, la façon dont la Séance aurait pu tourner lui donna un frisson d'angoisse. Il veillerait à sa sécurité, la garderait près de lui, et rouerait de coups tous ceux qui oseraient lui faire du mal.

Chapitre 7

La merveilleuse odeur du café frais atteignit Quinn à la seconde où elle entra dans le petit établissement. Elle jeta un rapide coup d'œil dans la salle et aperçut Marcus qui l'attendait à une table située dans le fond. L'accélération immédiate de son rythme cardiaque n'avait rien à voir avec son allure très sexy dans ce jean et ce simple pull noir qui mettait ses épaules en valeur. Enfin, peut-être que si, mais cela ne voulait rien dire. C'était seulement la nervosité de le rencontrer dans un lieu public.

Elle lui sourit avant de se diriger vers le comptoir pour commander un *latte*. Comment attendait-il qu'elle se comporte en dehors du club ? Comment agirait-il ? C'était surtout par curiosité qu'elle avait accepté de le retrouver ici. Par curiosité et parce qu'il s'agissait d'une rencontre professionnelle. Elle était là pour apprendre tout ce qu'elle pouvait sur l'univers du BDSM.

Après trois nuits au club, elle avait une bonne compréhension de la palette des jeux entre Soumis et dominateurs. Elle pouvait même citer certains termes et accessoires, mais elle avait encore du mal à saisir la logique intrinsèque de tout cela. Le pourquoi.

Et l'incident du bâillon, la veille, lui avait prouvé à quel point elle avait encore beaucoup à apprendre pour pouvoir *être* une Soumise. L'absence de responsabilité, la liberté qui devenait possible lorsqu'on donnait le contrôle à quelqu'un d'autre, cela, elle le comprenait. Mais tout ce qui était lié à la douleur et à l'humiliation lui échappait. Elle avait encore le ventre noué en repensant à son erreur avec le bâillon.

Franchement, après cela, elle ne pouvait pas refuser de rencontrer Marcus à l'extérieur du club. A vrai dire, elle espérait que cette rencontre n'avait pas pour but de mettre un terme à leur contrat. Elle n'y était pas prête. Et cette pensée en soi n'était-elle pas déjà matière à réflexion ?

Son café à la main, elle se fraya un chemin jusqu'à la table où Marcus l'attendait. Avec une galanterie qui la surprit, il se leva pour l'aider à enlever son manteau, qu'il posa sur le dossier de son fauteuil.

— Merci, lui dit-elle en s'asseyant.

Elle sortit son téléphone de son sac et le mit en mode silencieux. Elle n'avait pas besoin que sa mère vienne interrompre cette conversation. Les six textos qu'elle avait reçus depuis le matin donnaient le ton.

Elle rangea son téléphone, et mit les mains autour de son gobelet, autant pour la chaleur bienfaisante qui se propageait dans ses doigts que pour se donner une contenance. Son pull à col roulé et son pantalon en laine ne suffisaient pas à la réchauffer, elle qui était habituée aux températures californiennes, pas à ce froid glacial.

— Vous avez trouvé facilement ? demanda Marcus avec un sourire amical.

La froideur du dominateur s'était envolée, et il avait repris un vouvoiement professionnel.

— Oui, m… sans problème.

Quinn regarda ostensiblement par-dessus l'épaule de

Marcus pour masquer sa gêne et le faux pas qu'elle venait de commettre. Il n'était pas « monsieur » en dehors du club, si ?

Le café était décoré dans des tons chauds et les murs étaient couverts de photos de l'équipe de hockey de l'université du Minnesota. Plus de la moitié des tables étaient occupées et les canapés et fauteuils qui entouraient la cheminée étaient pris d'assaut par des étudiants en sweat à capuche plongés dans leurs manuels scolaires. Et personne ne semblait leur prêter la moindre attention. C'était une chose à laquelle elle n'était pas habituée.

— C'est sympa.

Il suivit son regard à travers la pièce.

— J'aime bien cet endroit. Et les sandwichs ne sont pas mal non plus. Je mangeais ici tout le temps quand j'étais à la fac.

Elle but une gorgée de *latte*. L'homme qui était face à elle était transformé, et, l'espace d'un instant, elle se plut à espérer qu'il demeure ainsi.

— Vous êtes donc d'ici ?

Il hocha la tête et un large sourire se dessina sur son visage, venant achever sa transformation. Face à elle, ce n'était plus Maître Marcus, mais un homme ordinaire dont le sourire la chamboulait au point d'avoir des papillons dans le ventre. Son sourire adoucissait l'aspect anguleux de sa mâchoire et révélait les petites fossettes qui encadraient sa bouche. C'était l'homme qu'elle avait aperçu le lundi soir, lorsqu'il s'était détendu et avait ri ouvertement. Juste avant de lui donner une fessée…

— Je suis né et j'ai grandi à trente kilomètres d'ici, répondit-il d'une voix pleine de fierté. Quand j'étais gamin, j'avais juré d'aller vivre dans un endroit chaud une fois adulte. Mais, maintenant, je ne me verrais pas vivre quelque part où il ne neige jamais.

A ce moment, un frisson la parcourut et ils rirent ensemble de bon cœur.

— Je n'ai pas ce problème… Je n'arrive toujours pas à m'habituer au froid !

— Vous trouvez qu'il fait froid ? demanda-t-il en jetant un coup d'œil à l'extérieur. Mais c'est la journée parfaite.

Le soleil brillait à travers la vitre, se reflétant sur les cheveux de Marcus, éclairant ses mèches brunes de reflets auburn. C'était un détail qu'elle n'avait jamais remarqué sous les spots du Red Room.

— Pas tout à fait, répliqua-t-elle d'un ton gentiment moqueur. La journée parfaite, c'est vingt-six degrés avec du soleil, et pas cinq degrés avec du givre partout !

Il se pencha vers elle, les yeux brillants de curiosité.

— Quand avez-vous joué dans la neige pour la dernière fois ?

La question la laissa perplexe, et elle dut y réfléchir pendant un instant.

— J'avais huit ans quand ma mère a déménagé et que nous avons quitté la région, alors je dirais que ça fait… dix-sept ans ?

— Je n'arrive pas à le croire ! s'exclama-t-il, incrédule. Ne me dites pas que vous n'êtes jamais allée à la montagne en hiver !

— Si, j'y suis allée. Mais je n'ai pas joué dans la neige depuis l'âge de huit ans.

— Eh bien, si vous avez de la chance, il neigera peut-être avant que vous ne retourniez dans votre chaude et insipide Californie.

Elle secoua la tête.

— Si j'ai de la chance, je quitterai cet Etat sans avoir vu ce truc blanc et glacé.

— Et qu'y aurait-il d'amusant là-dedans ?

Quinn esquissa un sourire tandis qu'elle croisait les jambes et se calait dans son fauteuil. Ce n'était pas ce à quoi elle s'était attendue en acceptant de retrouver Marcus dans ce café. Mais elle aimait cet aspect de lui, l'homme caché derrière le dominateur.

Marcus était peut-être autoritaire, arrogant et scandaleusement direct, mais il était vrai. C'était une qualité qui ne se démentait jamais chez lui, et qu'elle commençait à apprécier. Et maintenant, il superposait à cette image celle du type ouvert et amical, qui était tout aussi séduisante. Peut-être jouait-il autant de rôles qu'elle, après tout.

— Vous êtes proche de votre famille ? demanda-t-elle.

Il pencha la tête.

— Oui, je suppose qu'on peut dire ça.

— Que voulez-vous dire ?

Il haussa les épaules.

— Je vais chez moi dès que je le peux. Mes parents habitent toujours dans la maison où j'ai grandi. Mon petit frère travaille tout à côté, mais nos agendas respectifs nous empêchent de nous voir très souvent.

— Sont-ils au courant pour votre boulot ? Savent-ils quel genre de métier vous faites ?

Cela ne la regardait pas vraiment, mais elle était curieuse de savoir jusqu'à quel point il était honnête et ouvert sur ce qu'il faisait.

Il but une gorgée de café, et redressa les épaules dans une attitude qui lui rappela le dominateur. Son sourire s'effaça et, aussitôt, Quinn regretta d'avoir posé la question.

— Ils sont au courant, dit-il. On ne peut pas dire qu'ils comprennent, mais ils savent.

— Je ne voulais pas être indiscrète, je suis désolée, s'exclama-t-elle avec sincérité. Votre vie privée ne me regarde pas.

Elle-même détestait quand les gens mettaient le nez dans ses affaires.

— Pas de problème, c'est ce que je suis. Et j'ai la chance que mes parents m'ont toujours soutenu, même s'ils ne sont pas d'accord avec mes choix.

— Cela doit être agréable.

Elle garda les yeux rivés sur ses mains, se demandant ce qu'on devait ressentir lorsqu'on était soutenu de façon aussi inconditionnelle.

— Et vous ? Vous êtes née dans la région ?

Elle réprima une grimace en entendant sa question. Ça lui apprendrait à se mêler des affaires des autres.

— Oui.

Elle aurait pu s'arrêter là, comme elle le faisait d'habitude. Mais il s'était montré si honnête avec elle qu'elle se surprit à lui en dire un peu plus.

— C'était avant que ma mère ne décide que je devais aller à Hollywood si je voulais réussir.

— Vous ne semblez pas ravie de cette décision.

Ce fut elle qui haussa les épaules cette fois.

— Ça n'a plus beaucoup d'importance maintenant.

Elle jeta un coup d'œil autour d'eux dans le café, observant les étudiants et autres clients. A quel point sa vie aurait-elle été différente si sa mère n'avait pas été si dévorée d'ambition ?

— Mon père et mon frère vivent toujours ici, ajouta-t-elle.

— Vraiment ? dit-il, visiblement surpris. Je ne savais pas que vous aviez un frère.

— La plupart des gens ne le savent pas.

— Etes-vous proches ?

Elle secoua la tête.

— Non, dit-elle en baissant les yeux, soudain assaillie par un relent de culpabilité — *comment aurait-il pu comprendre ?* Mes parents ont divorcé quand ma mère m'a emmenée en

Californie. Mon frère aîné, Lance, est resté ici avec mon père. Ça fait des années que je ne leur ai pas vraiment parlé. J'espère voir Lance la semaine prochaine, quand j'aurais terminé au club.

— Et pas votre père ?

Il n'y avait rien d'autre que de la curiosité dans la voix de Marcus, et l'absence de jugement qu'elle lisait dans son regard l'encouragea à poursuivre.

— Je vais déjà commencer par mon frère, et voir comment ça se passe.

Pourquoi lui en disait-elle autant ? Elle ne put s'empêcher de jeter un regard derrière elle pour vérifier si personne ne les écoutait ou s'il n'y avait pas de paparazzi.

Marcus se leva et prit son blouson en cuir.

— Allons-y.

Interloquée, elle le regarda sans bouger.

— Où ?

Il lui tendit son manteau afin de l'aider à l'enfiler.

— Faire une promenade. Autant apprécier le soleil tant qu'il y en a.

Sa voix avait pris un ton plus grave, celui qu'il avait au Red Room, et Quinn se retrouva debout, habillée, avant même d'avoir consenti à le suivre.

— Et…, ajouta-t-il, vous n'aurez pas à vous inquiéter de savoir si quelqu'un écoute notre conversation.

Elle se tourna vers lui prête à répliquer que c'était son problème, mais le sourire malicieux de Marcus lui souffla qu'il était inutile de nier.

— Pourquoi m'avez-vous demandé de venir ici, d'ailleurs ?

Elle essayait de comprendre les émotions qui affluaient en elle, en vain. Le désir de se plier aux directives de Marcus, même ici, dans ce café, se heurtait à sa détermination à être plus indépendante. C'était déroutant et inutile. Elle n'aurait pas dû venir.

Elle passa devant lui en le bousculant et se dirigea vers la sortie. D'un geste automatique, elle sortit ses lunettes de soleil de son sac et les mit dès qu'elle fut à l'extérieur. Elle enfonça les poings dans les poches de son manteau en s'éloignant à grands pas. Sa sortie frondeuse dura deux pas de plus, jusqu'à ce qu'une main se pose sur son épaule.

— Ma petite chatte…

Le timbre de la voix de Marcus était redevenu ferme, résonnant comme un avertissement. Ils n'étaient pas dans ce stupide Donjon … et malgré tout, elle s'arrêta. Elle serra les poings, enfonçant les ongles dans les paumes, luttant contre le besoin irrépressible d'obtempérer. Mais son seul geste de rébellion fut de refuser de lui faire face.

— J'ai un nom, répliqua-t-elle sèchement.

Ce surnom n'avait pas sa place en dehors du club.

— Je croyais que vous vouliez garder votre identité secrète…

Il passa devant elle et elle garda les yeux obstinément fixés sur son torse jusqu'à ce qu'il la force à le regarder. La sévérité du ton de sa voix ne s'était pas transmise à son regard, mais la douceur de celui-ci ne suffit pas à calmer sa colère. Que lui reprochait-elle au juste ? Tout. Rien. Elle n'aurait su le dire. Il la troublait, elle perdait tous ses repères.

Un brusque courant d'air fit voler ses cheveux, couvrant son visage, mais Marcus ôta la mèche qui s'était glissée entre ses lèvres avant qu'elle n'ait le temps de le faire. Le geste était tendre, c'était celui d'un amoureux. Mais il n'était pas son amoureux. Il était son Dominateur — et un Dominateur « de façade », de surcroît. Celui qui avait passé trois nuits à la diriger au bout d'une laisse, lui montrant toutes les formes de pratiques déviantes qu'elle pouvait imaginer.

Il aurait dû la laisser indifférente, et pourtant ses lèvres étaient comme électrisées là où il les avait touchées, et elle dut faire appel à toute sa volonté pour s'empêcher d'y passer la langue et de se demander ce qu'elle ressentirait s'il l'embrassait.

— Pourquoi me faites-vous cela ?

La question lui avait échappé… elle n'avait même pas pris conscience qu'elle parlait à voix haute.

— Pardon ? dit-il, visiblement surpris.

Elle ne savait pas si elle devait lui dire à quel point il la déstabilisait. Elle ferma les yeux un instant, même s'il ne pouvait voir ses yeux à travers les verres sombres, et prit une profonde inspiration.

— Rien, désolée. Encore.

Il sembla prêt à la pousser dans ses retranchements, mais dit simplement :

— Allez !

Il lui tendit le *latte* qu'elle avait laissé à la cafétéria, puis passa un bras autour de son épaule, et l'attira contre lui.

Ils marchèrent en silence pendant quelques instants, tandis qu'elle sirotait son café. Peu à peu, elle se détendait, se laissant aller au réconfort qu'il lui offrait. Etrangement, elle se sentait toujours en sécurité en sa présence, ce qui était assez rare pour être signalé.

L'air était vif, mais les rayons de soleil lui réchauffaient le visage. L'odeur de feuilles mortes et d'herbe mouillée se mêlait agréablement au parfum de Marcus. Des étudiants allaient et venaient autour d'eux, portant des sacs remplis de livres, leurs paroles et leurs rires portés par le vent. Tout semblait si normal, si inhabituel pour elle.

— Vous avez étudié ici ? demanda-t-elle en jetant son gobelet dans une poubelle.

— Oui, j'étais en sports études en section football…

jusqu'à ce que je me blesse à la jambe en licence. Ça a été très dur mais, par chance, j'ai eu la présence d'esprit d'aller au bout de mon diplôme.

— Oui, c'est une chance, acquiesça-t-elle.

Une chance qu'elle n'avait pas eue. Jouer la comédie était sa seule option. Ses études s'étaient résumées à quelques cours avec un répétiteur dans une caravane exiguë quand elle était encore enfant.

— Et pourtant, vous avez fait le choix d'être un dominateur au lieu de tirer profit de vos études, ajouta-t-elle après un silence.

— J'en tire profit, répondit-il sans sembler le moins du monde sur la défensive. Mon boulot implique beaucoup de logique et d'organisation. Contrairement à ce que pensent les gens, il n'est pas simplement question de fesser ou de fouetter les clients.

— Vous les baisez aussi ?

Quinn aurait voulu rattraper les mots qui venaient de franchir ses lèvres, mais c'était trop tard. Tant pis. De toute façon, après lui avoir posé des questions personnelles sur sa famille, elle n'était plus à une ineptie près.

Il s'arrêta pour la regarder.

— Que me demandez-vous, au juste ?

— Cela, insista-t-elle, refusant d'abdiquer.

C'était une question qu'elle s'était posée et, maintenant qu'elle l'avait formulée, elle attendait une réponse.

— Le faites-vous avec toutes les Soumises ? précisa-t-elle.

— Avec certaines, finit-il par répondre tandis que son visage se fermait, reprenant le masque froid du dominateur. Mais pas toutes. Beaucoup de mes clientes ne viennent pas me voir pour cela. Je n'ai pas besoin de baiser une personne pour qu'elle obtienne ce qu'elle est venue chercher.

— Et ce dont vous avez besoin, vous, dans tout ça ?

Il laissa échapper un petit rire et secoua la tête.

— Dominer les autres, puiser dans leur espace mental pour découvrir leurs besoins profonds, les décomposer, puis les reconstruire — c'est une montée d'adrénaline très puissante. Je choisis mes clients, ils ne me sont pas assignés. Et nous parlons de leurs besoins et de leurs limites avant. Comme nous l'avons fait ensemble.

— Je comprends cela, insista-t-elle, ignorant volontairement tous les signes qui lui indiquaient de renoncer, de changer de sujet. Mais il doit être bien pratique de disposer de tant de femmes prêtes à tout toutes les nuits. Je suis sûre que vous ne vous limitez pas à vos clientes.

Quinn était la première surprise par son insistance. Elle n'avait pas analysé son besoin viscéral d'aller au bout de ce sujet. Avec qui Marcus couchait ne la regardait absolument pas, et malgré tout, elle ne pouvait s'empêcher de ressentir une pointe de jalousie en l'imaginant coucher avec d'autres Soumises.

— Un dominateur n'est pas un prostitué, lâcha-t-il, sans plus cacher son irritation.

Il se tourna brusquement et lança un regard furieux aux trois filles qui passaient près d'eux en riant. Puis il la saisit par le bras et l'attira à l'écart.

— Je ne baise n'importe qui, et je ne suis pas non plus payé pour coucher. Et, oui, les exhibitions sexuelles sont omniprésentes au club, mais il s'agit en général de couples établis, et toujours consentants.

Quinn sentait son pouls battre à tout rompre. Pas sous l'effet de la peur, mais plutôt à cause d'une sorte d'excitation nerveuse.

— Vous n'avez pas baisé cette Soumise vendredi dernier, celle qui était attachée sur scène. Pourquoi ?

Elle tressaillit lorsqu'il lui ôta ses lunettes noires d'un

geste brusque. Elle ne s'y était pas attendue. Le souffle court, elle cligna les yeux pour s'habituer à la lumière vive, jusqu'à ce qu'elle puisse de nouveau se concentrer sur lui.

Le regard de Marcus s'était assombri, reflétant son irritation.

— Tara et moi ne couchons pas ensemble en public.

— En privé alors ? dit-elle d'une voix étonnamment claire qui contrastait avec ses jambes tremblantes. C'est votre petite amie ?

— C'est mon amie et ma collègue. A quoi riment toutes ces questions ?

— J'essaie juste de comprendre, murmura-t-elle. Je n'ai aucune idée de ce que fait ou ne fait pas un dominateur professionnel, ajouta-t-elle, cherchant une porte de sortie, avant d'opter pour la solution de facilité. Considérez que cela fait partie de ma formation.

— Et cela nous ramène à votre précédente question sur la raison de votre présence ici.

Il mit les lunettes de Quinn dans la poche de son blouson, et l'entraîna vers un banc au soleil. Il chassa d'un geste les feuilles mortes tombées sur le banc, puis ils s'assirent.

— Vous venez de passer trois nuits au Red Room à observer et à me suivre. J'ai pensé qu'il serait bon de parler en dehors du club. Et voir quelles questions vous vous posiez lorsque vous n'êtes pas plongée dans cet environnement. Et je voulais aussi m'assurer que vous alliez bien après l'incident d'hier soir avec le bâillon.

N'était-ce pas adorable de sa part ? Inattendu, en tout cas. Ce rendez-vous était totalement différent de ce qu'elle s'était imaginé.

— Je ne pensais pas que les dominateurs répondaient aux questions. Je croyais qu'ils se contentaient de donner des ordres.

— Pourtant, je réponds à toutes vos questions, dit-il en posant sur elle un regard plein de dureté. Même les questions indiscrètes et personnelles.

Elle baissa les yeux.

— Je suis désolée, murmura-t-elle.

— Pour commencer, poursuivit-il, chaque dominateur est différent, et il n'existe pas de relation type entre dominateur et Soumise. Ensuite, il n'y a pas de dominateur standard. Il n'y a que des stéréotypes qui sont en général des caricatures. Exactement comme les divas hollywoodiennes.

Elle lui donna un petit coup de coude et réprima un sourire.

— C'était un reproche ?

— Non, dit-il en passant un bras autour de son épaule. Juste une remarque.

Une remarque méritée. Quinn donna de petits coups de pied dans les feuilles éparses sous le banc, et imagina aussitôt sa mère se crisper en la voyant traiter ses précieuses bottes Prada avec si peu de soin. La plupart des feuilles étaient tombées à présent, laissant les arbres nus et solitaires. C'était une sensation qu'elle comprenait.

— Alors, quel âge avez-vous ? demanda-t-elle, cherchant à faire dévier la conversation loin du sexe avant que Marcus ne commence à la cuisiner comme elle l'avait elle-même fait.

— J'aurai trente ans au mois de janvier.

Il avait donc vingt-neuf ans. Elle le croyait un peu plus âgé.

— Depuis combien de temps êtes-vous dominateur au club ?

Il avait le regard fixé sur le match de foot qui se déroulait sur la pelouse, face à eux.

— Depuis l'ouverture, il y a six ans.

— Waouh ! s'exclama-t-elle, incapable de cacher sa

surprise. Je suppose qu'on peut dire que c'est un choix de carrière.

— Pas plus que vous n'avez choisi d'être actrice.

Il n'y avait aucun sarcasme dans sa voix, juste la vérité. Jouer la comédie était ce qu'elle savait faire et aimait, mais ce n'était pas une voie qu'elle avait réellement choisie.

— Cela dit, c'est vrai, reprit-il, ça me plaît. Mais cela ne veut pas dire que c'est la seule chose que j'aie envie de faire de ma vie.

— Comment avez-vous commencé ? Enfin, je veux dire que le métier de dominateur ne figure pas en tête de liste des choix de carrière qui s'offrent aux étudiants. Alors, comment avez-vous découvert vos goûts ?

Le regard de Marcus était toujours fixé sur le match de foot et, lorsqu'il répondit, elle perçut des accents de mélancolie dans sa voix.

— J'étais un peu perdu quand les médecins m'ont annoncé que je ne pourrais plus jamais jouer au football. Ma blessure au genou était trop grave pour que je prenne le risque d'être blessé de nouveau. Je jouais depuis l'âge de huit ans et, tout d'un coup, c'était terminé. Cela faisait partie de mon identité depuis si longtemps que je ne savais plus réellement qui j'étais sans cela.

Il s'étira sur le banc, passa une main dans ses cheveux, puis se frotta le genou de façon aussi instinctive qu'inconsciente.

— Je marchais encore avec des béquilles quand un de mes amis m'a emmené dans un club SM, et j'ai eu une sorte de déclic. En voyant les dominateurs, leur force et ces échanges de pouvoir qui étaient en jeu, cela a résonné en moi. Dans un premier temps, cela m'a redonné la sensation de contrôle et de pouvoir que j'avais perdus. Et cela a fini par m'apporter un épanouissement que le football ne m'avait jamais apporté.

— Mais vous n'êtes pas simplement un dominateur.

— Non. Mais c'est une partie importante de ce que je suis. C'est comme si on disait que vous êtes juste une actrice, alors que c'est une partie de ce que vous êtes.

Elle se tourna vers lui pour mieux le regarder. Son profil était intact, ce qui était incroyable pour quelqu'un qui avait pratiqué le football de façon si intensive. Aucune bosse sur le nez, aucune cicatrice ne venait entraver ses traits lisses et bien dessinés.

— Pourquoi me livrez-vous tout cela ?

Un large sourire se dessina sur le visage de Marcus.

— Parce que vous me posez la question, dit-il en plongeant le regard dans le sien. Je n'ai rien à cacher.

— Rien, vraiment ? demanda-t-elle, dubitative. Tout le monde a quelque chose à cacher.

— Non, dit-il, secouant la tête. Pas à vous en tout cas.

— Je ne vous crois pas.

Elle posa la tête sur l'épaule de son compagnon, et regarda le ciel à travers les arbres, chassant de son esprit et de son cœur ce que sous-entendait la dernière phrase de Marcus — que ce qu'ils partageaient était plus qu'un rapprochement passager. Tout ça, cet après-midi au soleil, cette balade, ça lui semblait trop confortable. Trop normal. Elle ne pouvait, ne *devait*, pas s'y habituer, mais elle n'avait aucune envie que ça s'arrête.

— Pas de cadavre caché dans le placard ? demanda-t-elle d'une voix malicieuse.

— Aucun dont je puisse avoir peur.

— Ça doit être agréable.

Son propre passé était rempli de secrets inavouables, mais, pour la première fois depuis longtemps, cela ne lui semblait pas si important.

Ils restèrent un moment assis en silence, les étudiants

allaient et venaient autour d'eux, mais personne ne les regardait. C'était un peu comme être cachée au vu et au su de tous. Et c'était exactement le genre de liberté qu'elle avait recherchée en venant se réfugier dans cette ville. Voilà que Marcus la lui offrait sans le savoir.

— J'ai réservé une salle privée pour ce soir.

Il avait prononcé cette phrase sur un ton si calme qu'elle dut faire un effort pour rassembler ses pensées et comprendre ce qu'il venait de dire.

— Vous voulez dire au club ?

— Eh bien, nous pourrions nous retrouver dans un hôtel, mais j'ai pensé que le Red Room serait plus tranquille.

Elle lui donna un coup de coude.

— Les sarcasmes ne sont pas les bienvenus.

Il lui attrapa la main et la pressa contre lui.

— Vous n'arrêtez pas de me donner des coups, et je vais commencer à penser que c'est une sorte de message.

Vraiment ? Elle avait passé des heures à analyser la façon dont elle avait réagi à la brève fessée qu'il lui avait donnée la première nuit. Passé le premier instant de choc, la légère douleur s'était transformée en étrange désir qu'elle essayait toujours de comprendre.

— Pourquoi ne me demandez-vous pas de vous appeler « monsieur » ici ?

— C'est ce que vous voulez ?

L'était-ce ? Il ne cessait de lui poser des questions auxquelles il n'aurait pas dû être difficile de répondre... Mais ça l'était.

— Non, pas vraiment, finit-elle par répondre. Certaines personnes jouent-elles à ce petit jeu ?

— Certains ont ce genre de relation vingt-quatre heures sur vingt-quatre, donc oui.

Cette pensée la fit frémir. Mais était-ce de dégoût ou de désir ? Elle n'avait jamais été si désorientée avec un homme. Il fallait bien avouer que ceux avec lesquels elle avait fait la une des journaux n'avaient suscité qu'un intérêt superficiel de sa part.

— Venez par ici, dit Marcus en se tapotant la cuisse. Personne ne nous prête la moindre attention.

Elle fronça les sourcils lorsqu'elle comprit ce qu'il lui demandait.

— Je pensais que vous me faisiez confiance, insista-t-il d'une voix plus douce.

Si c'était un test, elle était en train d'échouer. Quinn sentit son ventre se nouer, puis regarda autour d'elle et vit d'autres couples blottis l'un contre l'autre, se moquant bien de ce que les passants pensaient. Ce qu'il lui demandait n'était pas très différent.

Elle était venue à Minneapolis pour fuir les paparazzis et vivre une vie normale. Après quelques instants d'indécision, elle posa son sac sur le banc et s'assit sur Marcus à califourchon. Il la prit par la taille, puis glissa une main sous son manteau pour lui caresser le dos, par-dessus son pull.

— Que voyez-vous ?

Elle n'était pas sûre de ce qu'il voulait dire.

— Vous.

Elle ne voyait rien d'autre que lui. Etant enfin à hauteur de ses yeux, il lui était impossible de ne pas scruter son visage. Il était détendu, mais pas aussi ouvert qu'il l'avait été au café.

— Je suis un homme qui a un fort côté dominant, dit-il en tendant la main vers elle pour dégager avec douceur la longue mèche de cheveux que le vent venait de rabattre sur son visage. J'ai déjà eu une Soumise vingt-quatre heures sur vingt-quatre, mais ça n'était pas mon truc. Vous m'avez dit que votre rôle n'avait pas non plus ce genre de rapport.

Quinn retint son souffle. Elle avait totalement oublié

son rôle. A un moment donné de la conversation, elle avait cessé de faire semblant et elle avait répondu en son nom. Et il le savait. Elle le vit à son regard.

— Je pense que vous avez appris tout ce que vous pouvez en regardant, poursuivit-il. Ce soir, vous allez essayer de vivre les choses. Si vous êtes prête.

Soudain à court de mots, Quinn eut l'impression que le reste du monde s'évanouissait. *Vivre ?* Elle reprit son souffle et s'agrippa aux épaules de Marcus, essayant d'ignorer les images qui affluaient à son esprit. C'est à cet instant qu'elle sentit le sexe de Marcus durcir contre le sien.

— Je ne vais pas vous attacher. J'envisage plutôt de vous donner une fessée sur un banc pour commencer. Puis sur le lit, lui dit-il, le regard fixé sur ses lèvres.

Elle finit par se passer la langue sur les lèvres, qu'elle mordilla, et elle sentit l'érection de Marcus durcir un peu plus entre ses cuisses.

— Je veux vous montrer les différentes sensations procurées par chaque instrument, poursuivit-il. Un *paddle*, un fouet, une canne, une cravache, un martinet, ma main. Vous choisirez ce que vous préférez, et comme vous êtes ma Soumise, je vous l'administrerai. Mais je déciderai du nombre de coups et du moment.

Rien de tout ce qu'il venait d'énoncer n'était attrayant. Ou plutôt rien de tout cela *n'aurait dû* être attrayant. Mais cette simple description lui avait fait courir une multitude de frissons d'anticipation sur tout le corps. Elle ferma les yeux et essaya de chasser de son esprit le souvenir de sa première et brève fessée. Mais incapable d'interrompre l'excitation qu'elle sentait monter en elle, elle ondula contre Marcus.

Il la saisit par les hanches d'un geste ferme.

— Arrête ça, ma petite chatte. Je contrôle ça aussi.

Son sexe était incroyablement dur à présent. Il était là,

tout près d'elle, qui avait si désespérément besoin de le sentir en elle. Ce petit jeu presque innocent avait quelque chose de terriblement érotique.

— Oui, monsieur.

Les mots lui étaient venus aux lèvres naturellement. Cela aurait dû la choquer, mais ce n'était pas le cas. Ils lui semblaient au contraire terriblement « normaux ». A un moment donné, le rôle de dominateur de Marcus avait repris le dessus, tout comme le tutoiement, et elle avait agi à l'unisson.

— Si j'en éprouve l'envie, continua-t-il de cette voix basse et terriblement régulière qui la suspendait à ses paroles. J'essaierai peut-être des *sex toys* sur toi. As-tu déjà utilisé un vibro ?

Elle secoua la tête.

— Un gode ?

De nouveau, elle fit non de la tête.

Il sembla surpris.

— Pas même un objet pris au hasard ? Comme une bouteille de parfum ou quelque chose de taille adéquate ?

Elle aurait pu mentir, mais il s'en serait sans doute rendu compte. Une fois encore, elle secoua la tête.

Un sourire légèrement machiavélique se dessina sur le visage de Marcus.

— Je crois que je vais devoir remédier à cela, dit-il, faisant lentement descendre les mains le long de son corps, avant de s'arrêter entre ses jambes. Est-ce que je dois aussi supposer que tu es vierge du côté anal ?

Quinn ne voulait pas rougir, mais elle sentit ses joues s'empourprer. Elle acquiesça de façon imperceptible, vu que ça n'était pas vraiment nécessaire.

— Tu disposes toujours de ton *safe word*, tu sais.

Cette idée la réconforta, mais elle n'y avait même pas pensé jusque-là. Il poursuivit :

— Si tu dis non maintenant, je changerai de plan. Nous pouvons continuer de regarder. C'est à toi de décider.

C'était sa décision ? Mais un dominateur n'était-il pas censé décider de tout ? Quelle que soit sa réponse, elle serait responsable de ce qu'il adviendrait. Cette idée la perturbait, mais n'était-ce pas exactement ce qu'elle avait affirmé vouloir ? Faire ses propres choix. Et c'était à l'opposé de ce qu'elle s'imaginait des relations entre dominateur et Soumis.

— Ça n'est pas normal, n'est-ce pas ? demanda-t-elle, la gorge sèche.

— Quoi ? demanda-t-il en faisant lentement glisser les doigts… tout près de son point sensible, là où elle mourait d'envie qu'il la touche. Que tu aies le pouvoir de décider ?

Elle hocha la tête.

— C'est une nouvelle leçon pour toi. La Soumise a toujours le pouvoir. Le dominateur n'est qu'un catalyseur. C'est la Soumise qui contrôle la Séance.

— Pourquoi ?

— Un bon dominateur, un vrai dominateur, comprend que la Séance peut avoir lieu uniquement parce que la Soumise l'autorise, dit-il, l'effleurant entre les cuisses, juste assez pour raviver son désir. Alors, quelle est ta décision ?

Il ne jouait pas à la loyale. Pas vraiment. Mais elle lui faisait confiance pour arrêter quand elle le déciderait. Il le lui avait prouvé la veille, alors même qu'elle avait oublié d'employer son *safe word*.

— Essayons, dit-elle, le souffle court.

Il caressa de nouveau son sexe, une caresse légère, presque imperceptible, puis attira son visage au creux de son épaule pour étouffer ses gémissements. Alors, il relâcha la pression de son doigt, et elle entendit un léger rire au creux de son oreille.

— Vous ne jouez pas franc jeu, murmura-t-elle.

Elle lui mordilla le lobe de l'oreille, et sentit aussitôt le doigt de Marcus entre ses cuisses. Elle dut mobiliser toute sa discipline pour s'efforcer de rester immobile.

— Ce ne serait pas amusant, sinon, répondit-il avant d'interrompre brusquement sa délicieuse torture.

Elle leva la tête pour le regarder dans les yeux.

— Et cet orgasme que tu as failli avoir, ajouta-t-il, il m'appartient. Interdiction de jouir une fois rentrée chez toi. Tu jouiras quand je te le dirai. Compris ?

Nombre de réponses vindicatives lui traversèrent l'esprit, mais elle s'entendit répondre :

— Oui, monsieur.

Il s'approcha d'elle, ses lèvres n'étaient plus qu'à quelques centimètres des siennes, qu'elle avait entrouvertes, brûlante de désir. Il posa les yeux sur sa bouche, sembla la contempler un long moment, puis il croisa son regard, et recula.

— Parfait, dit-il d'une voix rauque.

Il s'éclaircit la gorge, et avant d'ajouter quoi que ce soit, il la releva et la reposa à terre. Alors, il retrouva son sourire d'homme franc et ouvert. Etait-ce toujours le même homme ? Tout cela était bien trop déroutant.

— On ferait mieux d'y aller.

Il lui tendit son sac à main, et heureusement car elle l'aurait sans doute laissé sur le banc. Elle était si troublée par ce qui venait de se passer. Il la prit par le bras et l'entraîna hors du campus avec l'assurance de quelqu'un qui avait emprunté ce chemin de nombreuses fois.

— Le chauffeur viendra te chercher à huit heures ce soir, lui dit-il lorsqu'ils furent de retour devant la cafétéria.

Elle hocha la tête. Il avait insisté pour qu'un employé

du Red Room vienne la chercher et la raccompagne tous les soirs. Elle aurait pu protester mais, à dire vrai, elle ne détestait pas la sensation de sécurité que cela lui procurait.

— Quinn, dit-il, attendant qu'elle le regarde. Est-ce que ça va ?

Il y avait tant de réponses possibles à cette question.

— Oui, ça va, dit-elle en sortant les clés de sa voiture de location de son sac. Je suis garée au parking, ajouta-t-elle en désignant les lieux d'un mouvement de tête, avant de plonger le regard dans celui de Marcus. Merci pour cette conversation.

— Je suis à votre service.

Sa réponse mielleuse la fit hésiter.

— Faites-vous cela pour toutes vos Soumises ?

— Non, Quinn.

Il tendit la main et replaça une nouvelle fois une de ses mèches qui volait au gré du vent derrière son oreille.

— Je n'ai jamais fait ça pour une cliente.

— Oh ! dit-elle, sans trop savoir comment réagir. A ce soir.

Décidant alors qu'il était temps de s'éclipser, elle s'éloigna d'une démarche aussi détachée que possible, quand elle aurait voulu rejoindre sa voiture en courant. Et seules des années de pratique l'empêchèrent de vaciller sur ses talons. Elle s'autorisa à se retourner seulement après avoir traversé la rue. Marcus se tenait toujours au même endroit, le regard posé sur elle avec une intensité qui aurait dû l'effrayer. Mais le petit pincement au cœur qu'elle ressentit n'avait rien à voir avec la peur.

Cet homme, ce dominateur et quasi-inconnu la déstabilisait. Elle s'était déjà ouverte à lui comme elle ne l'avait jamais fait avec aucun autre homme. Mais il ne pouvait révéler à qui que ce soit ce qu'il savait, et la seule chose qu'il semblait attendre d'elle en retour était sa soumission.

Mais découvrir si sa soumission était celle du personnage qu'elle jouait ou la sienne était bien plus effrayant que le fait de le laisser la dominer ne le serait jamais.

Chapitre 8

Tout était prêt. La salle était aménagée exactement selon le souhait de Marcus. Les accessoires étaient disposés sur la petite table qui jouxtait le banc, chacun ayant été sélectionné avec soin à l'attention de Quinn. Les lumières étaient tamisées, et la salle approvisionnée en serviettes propres et en bouteilles d'eau.

La seule chose qui lui manquait, c'était elle.

Merde. Cela ne sonnait pas juste. Pas même dans sa tête.

Marcus sortit de la pièce en coup de vent, mais ralentit le pas une fois dans le couloir. Il n'avait aucune envie de descendre à l'étage principal. Les bruits émanant du Donjon résonnaient dans l'escalier, avec leur cortège habituel de craquements, de gémissements et de supplications. Ils ne l'attirèrent pas du tout.

Empruntant l'escalier du personnel, il se dirigea vers le poste de sécurité. Rock était fidèle au poste, surveillant une multitude d'écrans et gardant un œil sur tout ce qui se passait dans le club. Il leva brusquement la tête quand Marcus entra dans le bureau, le visage impassible. Cet homme ne laissait jamais filtrer ce qu'il pensait.

— Salut, Rock, dit Marcus avec un sourire.

Ils travaillaient tous les deux au Red Room depuis son ouverture.

— Il se passe quelque chose d'excitant ce soir ?

Rock eut un léger haussement de sourcil.

— Non.

Il avait toujours été un homme de peu de mots, se contentant du strict nécessaire. Cela ne dérangeait pas Marcus. Il n'était pas venu là pour faire la conversation de toute façon.

Il s'approcha du mur d'écrans, et les observa un à un. L'étage principal commençait à se remplir. Les gens avaient tendance à arriver plus tôt le jeudi soir. Il y avait trois spectacles d'exhibition dans les différentes salles publiques, mais seulement deux des salles privées étaient occupées.

— T'en as pas marre des fois de regarder toutes ces conneries ? demanda Marcus en se tournant vers Rock, réellement curieux de connaître sa réponse.

— Non, répondit Rock en cliquant sur un de ses écrans, avant de passer au suivant. C'est mon boulot.

— Bien sûr. Mais t'as pas envie de sortir de cette salle, des fois ?

Marcus regarda tour à tour les murs ternes de la pièce, puis les différentes formes de relations sexuelles qui s'affichaient sur les écrans, avant d'ajouter :

— T'as pas envie de sortir d'ici et d'aller t'amuser avec les autres ?

— C'est pas mon truc.

Marcus le savait. Après six ans de bons et loyaux services au Red Room, Rock aurait fini par se joindre aux autres si jamais ça l'avait intéressé. Pourtant, il ne pouvait s'empêcher de le titiller. Ça l'amusait. Jusqu'où pourrait-il aller avant que son ami ne craque ?

Jusque-là, il n'avait jamais réussi à parvenir à ce point.

— Arrête tes conneries, insista-t-il en s'adossant au mur. Tout en toi transpire la domination. Tu ferais un sacré dominateur.

— Tu me l'as déjà dit. Et ma réponse est toujours la même.

Très bien. Après tout, Marcus n'avait pas l'habitude de s'intéresser à la vie privée des autres. Et cette notion prenait des proportions particulièrement importantes chez Rock.

— Mais tu es toujours ici. Quand as-tu le temps d'avoir une vie privée ?

Rock resta imperturbable. Non seulement cet homme sentait le dominateur à plein nez, mais aussi le militaire. Il avait les cheveux coupés à ras, et une condition physique irréprochable.

— Comment va la petite chatte ?

Marcus sourit, mais ne se laissa pas distraire par le changement de sujet.

— Bien essayé.

— La petite chatte te donne du fil à retordre ?

Rock eut un petit sourire en coin avant de se tourner de nouveau vers ses écrans. Ce qui était sans doute préférable, se dit Marcus. Entendre un autre homme utiliser ce surnom qu'il avait lui-même donné à Quinn avait éveillé sa colère à une vitesse qui l'avait lui-même surpris. Personne n'avait le droit de l'appeler ainsi en dehors de lui. Venant de Rock, cela semblait désobligeant et insultant.

Il se redressa brusquement.

— Elle s'appelle Quinn.

— Je sais.

Marcus attendit que son ami poursuive, mais il n'ajouta rien. Bien entendu.

— Je crois que tu as besoin de te trouver ta propre chatte.

Rock se déplaça devant les écrans et appuya sur quelques touches.

— Elles causent trop de problèmes. Mais ça, tu dois le savoir.

Il avait eu tort de venir. Marcus se dirigea brusquement vers la porte de sortie, mais s'arrêta net lorsque celle-ci s'ouvrit d'un coup sec.

— Marcus, dit Jake. Je te cherchais.

— Pourquoi ?

Son ton était sans doute un peu trop sec, mais il était déjà sur les nerfs et n'avait pas besoin que quelqu'un d'autre se permette de lui faire des commentaires.

Jake referma la porte et jeta un coup d'œil en direction de Rock, qui les ignorait l'un et l'autre.

— Je voulais vérifier comment ça se passait avec Quinn. Des problèmes ?

Rock laissa échapper un petit rire et Marcus lui lança un regard furieux — ce qui était inutile vu qu'il lui tournait le dos.

— Tout va bien.

Jake l'observa un instant, puis un sourire se dessina lentement sur son visage.

— Très bien.

Il baissa les yeux et tourna la tête, mais pas assez vite pour dissimuler un sourire moqueur.

C'en était trop.

— Quoi ? s'exclama Marcus.

— Rien, répondit Jake avec un grand sourire. Tu es juste un peu susceptible pour quelqu'un qui va très bien.

— Oh ! va te faire voir ! lâcha Marcus en lançant un regard furieux à Jake, puis à Rock. Allez vous faire voir tous les deux !

— Tu vois ? dit Jake. Il est susceptible.

Marcus fit un effort sur lui-même pour se rappeler que Jake et lui étaient collègues et amis. Il l'avait rencontré alors qu'il était encore étudiant et Jake était devenu une sorte de mentor pour lui. Il avait pris le temps de lui enseigner les dessous de ce milieu. C'était également lui qui l'avait engagé à l'ouverture du Red Room.

— Comment se passe la vie conjugale ? demanda-t-il finalement, satisfait quand il vit le petit sourire en coin disparaître sur le visage de Jake. Tout va bien avec Cali ?

— Tout va bien, répondit Jake, avant de secouer la tête. Merde, à qui est-ce que je veux essayer de faire croire ça ? Je n'ai pas vécu avec quelqu'un depuis vingt ans. Disons que je dois passer par une période d'adaptation.

— Tu vois, conclut Rock. C'est bien ce que je disais… C'est des problèmes.

Ni Jake ni Marcus ne se donnèrent la peine de le contredire.

— J'ai reçu de nouveaux cuirs, si tu veux jeter un coup d'œil, dit Jake après un silence.

— Super, répondit-il, reconnaissant de la diversion qu'il lui offrait.

Jake construisait les équipements du club, mais Marcus concevait parfois ses propres fouets et cravaches. La sensation de savoir qu'il avait lui-même créé les instruments qui infligeaient de la douleur à ses Soumis était particulièrement grisante. Unique. Et puis, cela lui permettait de concevoir chaque instrument exactement en fonction du résultat recherché.

— J'y jetterai un coup d'œil demain.

— Tout est dans mon atelier.

Jake avança vers Rock, et Marcus en profita pour s'éclipser. Il regarda l'heure. Quinn n'arriverait pas avant trente minutes, et le temps semblait passer beaucoup trop lentement. La fin de la journée lui avait semblé interminable. Il n'avait pas réussi à se changer les idées en installant ses affaires dans son nouvel appartement au-dessus du club, et sa séance de sport ne lui avait pas vidé la tête comme il l'avait espéré. Car ses pensées le ramenaient toujours vers elle.

Avoir retrouvé Quinn en dehors du club avait été une pure folie, mais cela avait été incroyable. Pendant un court instant, elle avait cessé de jouer son rôle et il avait entrevu la véritable Quinn Andrews. Bien sûr, il avait perçu des bribes de sa personnalité pendant les nuits passées au club, mais pas qui elle était vraiment.

Cet après-midi, elle s'était montrée étonnamment opiniâtre et douce à la fois. Et elle avait beau prétendre que la soumission était uniquement un rôle, il savait que cela lui correspondait profondément. Oui, sa petite chatte voulait qu'il prenne le contrôle — sexuellement du moins. Car, d'après ce qu'elle lui avait dit, il y avait déjà eu assez de gens qui avaient pris le contrôle de sa vie.

Et il pouvait sans problème tenir le rôle qu'elle attendait de lui. En fait, il en mourait d'envie. Et cela ne se passerait sans doute pas sans son cortège de problèmes. Exactement comme Rock l'avait prédit. Mais cela n'avait aucune importance.

Ce soir, il allait tester Quinn. Il la pousserait dans ses derniers retranchements et verrait comment la Soumise qui sommeillait en elle allait réagir.

Chapitre 9

Quinn se déshabilla lentement. Elle ouvrit un à un les crochets sur le devant de son corset, les doigts tremblants. « Ton Maître te veut nue. » L'ordre prononcé par le dominateur qui l'avait accompagnée jusqu'à la salle privée résonnait dans son esprit.

Nue. Elle ne pouvait refuser. Il était dans son droit. Un nouveau crochet s'ouvrit, et le vêtement tomba à terre. Elle inspira à pleins poumons pour se donner du courage. Ce n'était pas la nudité qui la rendait nerveuse. Son expérience du cinéma lui avait appris à ne plus éprouver aucune pudeur lorsqu'elle exposait son corps. Elle devrait être nue pour le rôle qu'elle s'apprêtait à jouer, et tout le monde, des habilleurs aux maquilleurs, l'avait vue nue à un moment ou à un autre dans ses précédents films.

Elle posa le corset sur la petite table près de la porte et ôta ses chaussures avant de faire glisser sa jupe et sa culotte le long de son corps. Nue. Elle frémit en dépit de la chaleur qui régnait dans la pièce. Le cœur battant de plus en plus vite, elle essaya de se concentrer sur autre chose que ce qui l'attendait.

Et elle n'y parvint pas davantage que depuis qu'elle avait quitté Marcus plusieurs heures plus tôt. Elle avait déjà joué les Soumises auparavant mais, ce soir, elle allait en être une. Réellement.

Et toutes ses tentatives de l'après-midi pour se convaincre que ce n'était qu'un rôle de plus avaient lamentablement échoué. Elle lui avait révélé trop de choses pour faire machine arrière. A moins de fuir. Elle aurait des raisons de le faire, et personne ne lui aurait posé de questions vu qu'elle avait déjà passé un certain temps au club. Si elle prétendait en avoir appris assez, tout le monde la croirait. Excepté elle-même.

Ce soir, il était question d'elle. Elle le faisait pour elle.

Elle marcha jusqu'au centre de la pièce et se mit à genoux.

C'était la même salle que le premier soir. Mais, cette fois, en plus du grand lit, il y avait un banc de fessée. Un éventail d'accessoires BDSM étaient disposés sur une table contre le mur. La plupart étaient des instruments destinés à infliger de la douleur. Elle reconnaissait chacun d'eux maintenant, grâce aux explications de Marcus. Mais ses connaissances ne la rassurèrent pas. Pas du tout.

Elle croisa les poignets dans son dos.

Dans la salle, il n'y avait que le silence. Juste ses pensées et son cœur qu'elle entendait battre la chamade. Elle était là de son plein gré. Et elle y restait par choix.

Elle baissa la tête et ferma les yeux.

Le calme s'installa en elle, et elle relâcha la tension de ses épaules et de son dos. Elle prit une lente inspiration.

La porte s'ouvrit d'un bruit sec.

Parfaitement immobile, Quinn garda sa pose. Elle n'avait aucun doute sur l'identité de celui qui venait d'entrer. Elle le reconnaissait à présent comme s'ils étaient reliés par un fil invisible. Trois nuits attachée à un homme par une laisse produisaient en vous cet effet… Mais c'était plus que cela.

Au claquement de ses bottes, elle sut qu'il approchait

d'elle. Il tourna lentement autour d'elle et elle sentit la texture souple du cuir sur son cou tandis qu'il lui enfilait le collier. Aussitôt, une sensation de familiarité et d'appartenance la submergea. Le collier la serrait, lui coupant un peu la respiration, elle dut prendre une lente inspiration.

— Détache tes cheveux.

La vibration profonde de la voix de Marcus la fit frémir.

— Oui, monsieur.

Sans relever le visage, elle ôta les épingles qui retenaient son chignon. Elle résista à l'envie de secouer la tête pour mettre ses cheveux en place, et les laissa retomber de façon désordonnée sur ses épaules et autour de son visage. Puis elle posa les épingles sur le sol, près d'elle.

Elle entendit le bruit des bottes de Marcus tandis qu'il lui tournait autour, avant de s'arrêter, face à elle, à quelques centimètres de ses genoux. Il portait des Doc Martens noires. Elle sentit sa main glisser dans ses cheveux, puis il les relâcha.

— Sur le banc, ma petite chatte.

L'espace d'un instant, la douceur de sa voix la désarçonna. Reprenant rapidement ses esprits, elle se leva et avança vers le banc. Sans qu'il le lui demande, elle s'agenouilla sur la base épaisse et s'étira sur la longueur du banc matelassé. Le vinyle était frais contre sa poitrine, mais pas désagréable.

Elle n'avait toujours pas vu son visage lorsqu'il prit ses mains pour les passer dans les poignées du banc et qu'il lui écarta les genoux. Elle sentit l'air passer sur son sexe, lui rappelant à quel point elle était exposée. Elle était totalement exhibée face à lui, et cette sensation était renforcée par l'inclinaison du banc qui surélevait ses fesses. Elle se sentait vulnérable.

Quinn ferma les yeux et tenta de démêler son excitation grandissante de sa nervosité. Son ventre était noué, son cœur battait toujours la chamade et sa peau était comme électrisée. Les sens aux aguets, elle avait conscience de chacun des mouvements de Marcus derrière elle.

Elle sentit ses mains sur son dos, et leur contact lui sembla à la fois brûlant et glacé. Il s'arrêta au niveau de ses fesses, puis lui caressa les jambes et les pieds.

— Tu es très belle.

Son compliment calma ses doutes. Ce n'étaient que des mots, mais il y avait de tels accents de vérité dans sa voix, une telle délicatesse dans ses gestes lorsqu'il lui attacha les chevilles.

— Je t'attache pour que tu puisses te concentrer sur tes sensations, dit-il en vérifiant les liens de ses poignets. Je veux que tu ne te concentres sur rien d'autre que sur tes sensations. Et tu peux utiliser ton *safe word* à tout moment.

— Oui, monsieur.

La réponse était automatique maintenant.

— Quel est ton *safe word* ?

— Safran.

— Une épice aussi précieuse que toi, murmura-t-il en lui saisissant le menton. Ouvre les yeux, ma petite chatte.

Il était accroupi devant elle, et le voir pour la première fois ce soir fut comme une violente décharge d'adrénaline. Il avait revêtu la parfaite panoplie du dominateur : le harnais en cuir qu'il portait sur son torse nu mettait ses muscles en valeur. Cette vision fit monter son excitation d'un cran. Il s'était préparé pour elle. A cette pensée, elle ne put s'empêcher de sourire.

— Quoi ? demanda-t-il, souriant à son tour, ce qui adoucit aussitôt son image de dominateur.

— Tu es beau, répondit-elle sincèrement.

Il était inutile de dire autre chose que la vérité.

Il rit doucement. Elle adorait son rire sensuel.

Le tutoiement lui était venu naturellement, comme le prolongement de l'intimité physique qu'elle ressentait avec lui.

— Et toi, tu seras encore plus belle quand j'aurai laissé mon empreinte sur toi.

— Je croyais que tu l'avais déjà fait.

Il effleura l'ecchymose presque effacée sur son cou, le souvenir à peine visible de la façon dont tout avait commencé entre eux.

— Je veux en voir davantage, dit-il tandis que son regard devenait plus sombre. Et ce sera juste pour toi et moi.

Cette pensée la fit frémir et l'excita à la fois. Il l'avait à peine touchée et elle était déjà sur le point de jouir. Dès l'instant où il lui avait dit qu'elle ne pouvait jouir sans lui, le désir de le faire était devenu presque insupportable. Maintenant, il était là, et elle allait être récompensée en suivant ses ordres.

— Je n'ai pas joui, lui dit-elle, suivant le fil de sa pensée.

Il sourit.

— Bien.

Il lui caressa les lèvres, et ne les quitta pas des yeux tandis qu'elle entrouvrait la bouche. Mais lorsqu'elle lui lécha le doigt, son regard s'enflamma.

Il s'écarta d'elle. Elle laissa échapper un soupir et ferma les yeux. Inutile de chercher à regarder ce qui se passait quand elle ne pouvait rien faire, excepté utiliser son *safe word*.

Marcus passa derrière elle et, tout en restant concentrée sur ses mouvements, elle avait l'impression d'être détachée de ce qui se passait. D'une certaine façon, c'était comme si elle observait la scène à distance, une part d'elle-même notant ce qui se passait tandis que l'autre part se laissait aller à un état de paisible acceptation.

— Cette soirée est consacrée à l'expérimentation, dit

Marcus en lui dégageant le dos, faisant retomber ses cheveux sur un côté du visage. Que veux-tu essayer en premier ?

Elle sentit son esprit s'embrouiller. Il lui demandait son avis ? Encore ? Elle s'était préparée à accepter simplement ce qu'il lui réservait. Et maintenant il voulait que ce soit elle qui lui dise comment la punir ? Elle ne parvenait pas à comprendre où il voulait en venir.

— Je suis désolée, monsieur, marmonna-t-elle. Je vous laisse décider.

C'était plus simple. Le laisser décider, comme un dominateur était censé le faire.

— Non, Quinn.

Son nom, prononcé d'une voix douce, la tira de sa stupeur. Elle ouvrit brusquement les yeux et vit qu'il la regardait. Il était debout face à elle, les bras croisés.

— C'est à toi de décider.

Elle voulait détourner les yeux mais en fut incapable. Son souffle s'accéléra et la panique l'envahit. Elle s'était préparée à une chose, et maintenant il changeait les règles.

— Je ne veux pas, dit-elle.

Prenant conscience qu'elle ressemblait à une diva, elle s'empressa d'ajouter « monsieur ».

— C'est pour cela que je veux que tu le fasses, répondit Marcus d'une voix inflexible. C'est à toi de décider de ton destin, pas à moi.

Sadique ! Quinn faillit rire à cette pensée. Bien sûr qu'il l'était. Elle avait failli l'oublier après cet après-midi passé avec lui. Un élan de colère faillit avoir raison de son excitation et elle ferma les yeux juste pour l'agacer. Si elle ne lui répondait pas, il finirait bien par choisir. Il ne pouvait la forcer à parler.

Le silence s'installa et elle devint de plus en plus nerveuse. Le banc était collant sous sa peau et ses cuisses douloureuses à cause de leur position inhabituelle. Comme elle ne pouvait pas bouger, elle eut soudain envie de le faire. Comme pour l'orgasme, le fait que ça lui soit interdit accentuait son désir. Bon sang ! Elle ne voulait pas céder. Mais cela devait faire partie de l'exercice.

Il était le dominateur. Et elle la Soumise.

C'était son rôle de lui céder. De se soumettre à tous ses désirs, tant qu'ils ne dépassaient pas certaines limites. Et elle n'avait pas défini quels accessoires dépassaient ces limites. Cela ne lui était même pas venu à l'esprit, alors que c'était si simple. Pourtant, elle résistait avant même qu'ils aient commencé.

Avec une profonde inspiration, elle repensa aux instruments qu'elle avait vus sur la table, à la façon dont les différentes Soumises avaient réagi avec chacun d'eux, puis à sa propre réaction en les observant. Choisirait-elle le plus effrayant en premier ou en dernier ?

— Le fouet, dit-elle enfin, la gorge sèche.

En dernier, oui, c'était sans doute la meilleure option.

Marcus ne répondit pas. Il s'approcha de la table et se positionna de façon qu'elle ne le voie pas. Puis il lui caressa de nouveau le dos dans un geste apaisant.

— C'est un fouet à lanières de cuir.

Elle sentit le bout des lanières bouger sur ses fesses, puis s'enrouler, avant qu'il ne lui en administre un petit coup.

— C'est bien pour les débutants tels que toi.

Avant qu'elle ait le temps de réfléchir à ce qu'il venait de dire, le cuir lui mordit la peau. Elle tressaillit, grimaça, et elle sentit un nouveau coup. Plus fort cette fois, sur l'autre fesse.

Et encore. Ces coups lui chauffaient la peau plus qu'ils ne la brûlaient et le bruit était plus fort que le coup n'était douloureux. Marcus arrêta après quelques autres coups sur ses cuisses. La chaleur sembla se répandre sur sa peau, là où les lanières avaient frappé. Mais cela la cuisait moins que sa fessée à main nue, le premier soir.

— Celui-ci est en élan, dit Marcus en assenant un coup sur sa fesse gauche dans un bruit sourd. Il fait des marques plus profondes, plus durables.

Il la frappa de nouveau. Le bruit résonna dans la pièce. La douleur gagnait tous ses muscles à chaque nouveau coup.

Oh… mon Dieu. Elle se contorsionna sur le banc, tentant instinctivement d'échapper aux coups, mais il n'y avait nulle part où aller. Elle sentit la chaleur augmenter sous sa peau et s'étendre à tous ses membres.

— Doucement, dit-il en caressant les marques qu'il venait de laisser sur sa peau, effleurant ses fesses en feu avec ses mains d'une fraîcheur bienfaisante. Respire.

Respirer ? Elle avait la sensation d'étouffer. Son cœur s'emballait comme s'il était pris au piège de sa cage thoracique. Le monde était plongé dans les ténèbres et elle était incapable d'ouvrir les yeux pour y laisser entrer la lumière.

Soudain, elle sentit une matière plus douce remonter le long de ses jambes, sur ses fesses et au bas de son dos.

— Celui-ci est en daim. L'impact est plus léger.

Le coup tomba juste au milieu de son sexe exhibé. Elle poussa un cri, essayant de fermer les jambes pour protéger cette zone sensible. Il recommença… Deux fois. A cet endroit qui ne devrait jamais être traité de façon si dure. La douleur fut rapide et aiguë, comme une brûlure qui s'intensifia jusqu'à se répandre dans tout son corps.

— Pourquoi ?

Elle n'était pas sûre du sens de sa question, mais c'était le mot qui lui était venu instinctivement à l'esprit.

Il appliqua encore quelques coups sur son sexe avant de continuer sur ses cuisses et le reste de ses jambes. Quand il recula, il avait le souffle court et elle eut la sensation de l'entendre résonner en elle.

Elle ne faisait plus de distinction entre leurs deux respirations. Son dos, ses fesses, l'arrière de ses jambes étaient en feu, faisant monter la température de son corps tout entier. Son cou était moite et sa peau glissait contre le banc.

— Parce que c'est ce que je veux, finit-il par répondre.

Etait-ce réellement aussi simple que ça ? Elle avait choisi l'instrument, mais c'était lui qui décidait de la façon dont il serait utilisé. Elle sentit de la vénération dans sa voix lorsqu'il lui dit :

— Tu es vraiment magnifique, Quinn.

A ces mots, elle laissa échapper un soupir, la tension de ses bras se relâcha, ainsi que sa pression sur les poignées. Elle avait entendu ces mots si souvent qu'ils ne voulaient plus rien dire. En général. Mais venant de lui, c'était différent. Elle le croyait.

Marcus la caressa de nouveau. Le contact de sa main était ferme et étrangement excitant. Elle voulait qu'il la touche. Entre les cuisses. Maintenant. Elle avait désespérément envie de sentir ses doigts sur son sexe exposé, écartelé et qui l'attendait. Mais ce fut le seul endroit où il ne s'aventura pas.

— S'il vous plaît, monsieur, le supplia-t-elle d'une voix faible et implorante qui ne lui ressemblait pas du tout.

Il recula, cessa de la toucher et la laissa avec la sensation d'être abandonnée. En manque.

— Que choisis-tu pour la suite ?

Sa voix avait retrouvé son ton autoritaire.

La suite ? Les instruments. Il voulait qu'elle choisisse l'instrument suivant. Elle les passa en revue mentalement.

— La cravache.

Celui-là lui avait semblé assez inoffensif. Mais avait-elle raison ?

Marcus lui effleura le haut des cuisses et les fesses avec le long manche de la cravache. Elle gémit en sentant le manche légèrement rugueux sur sa peau tendre. Il continua à la tourmenter, remontant le long de son dos et sur ses épaules, comme pour faire monter la tension. Prenant soudain peur, elle se contracta, tenta d'échapper à l'instrument.

— Ne bouge pas.

Elle se figea en entendant son ordre. Aussitôt, le manche de la cravache s'abattit sur le haut de sa cuisse d'un coup sec, et elle se raidit par réflexe. Une plainte mourut au fond de sa gorge et son souffle se coupa quand il la frappa de nouveau au même endroit. A ce stade, elle était presque insensibilisée à la douleur. Chaque nouveau coup se mêlait à la douleur plus vaste, omniprésente. Bientôt, elle ne fut plus concentrée que sur Marcus. Sur l'endroit où il frapperait ensuite. Une rafale de petits coups s'abattirent sur son dos et ses épaules, lui éraflant légèrement la peau.

Peu à peu, elle s'habitua à ce nouveau rythme, des petits coups précis et rapides le long de son dos. Elle flottait dans un état d'engourdissement quand un coup plus fort vint lacérer ses fesses déjà si sensibles. *Putain !* Elle cria. Elle avait mal. Vraiment mal. C'était comme si la douleur cinglante avait ébranlé sa capacité même à rester rationnelle. Elle serra les dents pour résister à l'embrasement de son corps tout entier et laissa les larmes couler sur ses joues.

— Respire.

L'ordre, murmuré à voix basse, provoqua la réaction souhaitée. Elle reprit son souffle.

— Un dernier, dit-il.

— Non, supplia-t-elle en secouant la tête.

Elle ne pourrait pas le supporter.

Ce dernier coup cingla son autre fesse. Le claquement se confondant avec son cri rauque, presque étouffé. Sa voix était faible, comme si la douleur annihilait jusqu'à sa capacité à maîtriser la moindre partie de son corps.

Le contact chaud de la langue de Marcus sur son sexe la prit complètement par surprise. C'était aussi inattendu que merveilleux, elle gémit et se tendit vers lui, avide de plus. Le plaisir était aussi violent que la douleur, bouleversant et d'une intensité qu'elle n'avait jamais ressentie jusque-là. Il s'attarda sur ses lèvres avant d'effleurer son clitoris.

Le plaisir était indescriptible. C'était exactement là où elle voulait qu'il soit. Chacune de ses terminaisons nerveuses, frémissante de douleur, bascula dans le plaisir.

Il s'écarta d'elle.

— Ne jouis pas.

Et puis quoi encore ? Elle avait sans doute émis un son de réprobation, car il lui mordit les fesses, et la légère brûlure la ramena au réel.

— S'il vous plaît, monsieur.

Elle avait tellement envie de jouir… C'était un besoin comme jamais auparavant.

— Ta jouissance m'appartient.

Il posa une pluie de baisers sur ses fesses, et remonta très lentement le long de son dos, jusqu'à sa nuque. Chacun de ses baisers était aussi tendre et léger que les instruments avaient été durs et cinglants.

— Tu es à moi. Ici. Maintenant.

Il lui lécha le lobe de l'oreille, et un frisson violent se propagea à l'ensemble de son corps.

— Donne-toi à moi, Quinn. Fais-moi confiance. Je ne te ferai pas de mal. Jamais.

Elle avait envie de le croire. De croire en lui. Il le lui avait promis et elle était fatiguée. Son corps était douloureux. Des larmes coulèrent sur ses joues.

— Je l'ai fait, marmonna-t-elle.

Elle s'était laissé attacher et frapper. Que voulait-il de plus ?

— Je ne parle pas de ça, dit-il en serrant son poignet attaché. Mais de ça, ajouta-t-il en lui déposant un baiser sur la tempe. Laisse-toi aller, je te rattraperai.

Oui, il le ferait. Pour une raison qui lui échappait, elle le croyait.

Il glissa la main sous elle et lui pinça doucement les pointes des seins. Cette fois encore, la douleur et le plaisir la prirent par surprise. Elle se cambra sur le banc, essayant d'échapper à l'afflux de plaisir fulgurant qui se propagea jusqu'à son sexe. Elle était de nouveau au bord de la jouissance. Elle avait totalement oublié jusqu'à l'existence de ses tétons, mais maintenant elle ne pouvait penser à rien d'autre. Il les tritura, joua avec eux jusqu'à ce qu'elle gémisse de nouveau.

— Comment te sens-tu ?

Elle sentit son souffle chaud sur son oreille, et dit la première chose qui lui vint à l'esprit.

— Lacérée.

Puis elle ferma les yeux. Il était toujours là, au-dessus d'elle, mais ne touchant que ses seins, quand tous ses sens imploraient qu'il la touche partout.

— Regarde-moi, Quinn.

En était-elle capable ? Elle souleva les paupières et la lumière lui fit cligner les yeux. Le regard de Marcus était sombre et intense, presque aussi noir que ses cheveux. De la transpiration coulait sur son front et il avait le visage en feu. Il était si beau. Si fort.

Il la rattraperait.

Il lui passa une main dans les cheveux et la saisit par la nuque. Sans jamais la quitter du regard, il se pencha vers elle et pressa lentement ses lèvres contre les siennes. C'était le baiser le plus sensuel qu'on lui ait jamais donné et elle s'abandonna. A la sensation de ses lèvres — et à une promesse prononcée avec les yeux.

Le souffle court, le ventre noué, elle le dévisagea. C'était tellement plus que ce à quoi elle s'était préparée.

— Oui, souffla-t-elle contre ses lèvres. Je suis à vous.

La peur se dissipa, ses doutes s'évanouirent et elle se donna totalement à lui.

A cet instant, Marcus s'empara de la bouche de Quinn avec avidité… et prit tout ce qu'elle lui offrait. Mais cela ne suffisait pas.

Elle avait un goût extraordinaire, et sa soumission était si enivrante qu'il n'avait plus la moindre distance. Bon sang, c'était Quinn qui venait de s'abandonner à lui. Quinn. Pas sa petite chatte, ni aucun autre rôle, mais elle. Le savait-elle ?

Il but le moindre gémissement qui émanait de la bouche de sa délicieuse Soumise. Elle jouait avec sa langue, semblant prendre beaucoup de plaisir à leur baiser. Jamais il n'avait senti de lèvres aussi douces. Et ses cheveux… ils étaient comme de la soie. Toute cette douceur était pour lui maintenant, pourtant elle semblait toujours prête à le défier.

Merde. Il lui empoigna les cheveux et tira sa tête en arrière. Il aurait été bien incapable de se détacher de ses lèvres de lui-même. Elle eut le souffle coupé par la surprise, mais ne se plaignit pas.

Alors, il relâcha son emprise, et lui caressa le visage.

— Tu es à moi, dit-il d'une voix plus rauque qu'il ne l'aurait voulu.

Il lui donna une claque sur les fesses, et elle laissa échapper un petit cri. Ses gémissements, ses plaintes… elle était si belle, et il en voulait plus.

Sous ses mains, la peau de Quinn était chaude. Elle s'était

montrée courageuse, encaissant chaque coup presque sans se plaindre. Il passa derrière elle, prit le fouet à plumes et lui effleura lentement le dos. Elle eut aussitôt la chair de poule. Elle était si réceptive… c'était gratifiant d'une certaine façon.

Le besoin de la faire décoller était son seul but. Il voulait qu'elle éprouve réellement la joie de se soumettre à lui, qu'elle découvre la liberté qui découlait de l'abandon absolu.

Mais, pour l'instant, le besoin de la goûter de nouveau était plus fort que tout. Il passa la langue entre ses cuisses, remontant lentement vers son clitoris devenu si sensible. Il le malmena brièvement. Aussitôt, elle se contracta, et il lui claqua les fesses. L'alternance de douleur et de plaisir la maintiendrait sur le fil jusqu'à ce qu'il décide qu'elle pouvait jouir.

Il exerçait son pouvoir, mais c'était pour elle.

— S'il vous plaît, supplia-t-elle.

— Pas encore, souffla-t-il contre sa chatte. Donne-toi davantage.

Elle avait ça en elle, il le sentait. Il le voulait. Il passa sa joue rugueuse sur la peau rougie des fesses de Quinn, ce qui lui arracha un gémissement. C'était comme une douce musique à ses oreilles. Il la poussait plus loin qu'il ne le faisait avec la plupart des débutantes, mais il ne pouvait pas s'en empêcher. Elle pouvait le faire. Il le savait.

Elle se contorsionna sur le banc, le corps tendu dans la limite des liens qui l'entravaient. Alors, il s'attaqua de nouveau à sa chatte chaude et humide. L'odeur musquée de son excitation l'enivra et son érection se fit plus douloureuse.

Il lui administra une nouvelle claque, lui rappelant qu'elle était sous son contrôle.

— S'il vous plaît…

Ses supplications s'étaient transformées en un flot continu de plaintes à peine formulées. Il adorait ça.

Il saisit le gode qu'il avait préparé sur la petite table et le frotta sur son pantalon pour le réchauffer avant de l'appliquer contre le sexe brûlant de Quinn.

— C'est un gode, lui dit-il d'une voix brève, hachée.

Il laissa échapper un grognement lorsqu'il vit le gode s'enfoncer là où il avait tellement envie d'être. Son érection était de plus en plus douloureuse.

C'était dingue. Il n'était pas un débutant, et pourtant le plaisir qu'il ressentait était tellement plus intense que tout ce qu'il avait vécu jusque-là. Il voyait le dos de Quinn bouger au rythme de son souffle rapide, trempé de sueur. Et ses fesses brillaient, leur éclat rendu plus intense par les marques rouges qu'il y avait laissées. Lui !

Il ôta le gode, puis l'enfonça en elle de nouveau. Le souffle court, elle se raidit et il bougea en elle. Il appuya son pouce sur son clitoris, et poursuivit ses longs mouvements de va-et-vient en elle.

— Marcus !

Il entendit son cri résonner dans la pièce.

— S'il vous plaît, supplia-t-elle.

— Jouis pour moi, Quinn.

Il mordit la chair tendre de ses fesses et elle s'abandonna. Des cris rauques et désordonnés s'échappèrent de sa bouche à mesure que son corps était secoué par les vagues de l'orgasme.

D'un geste fébrile, il déboutonna son pantalon et saisit son sexe en érection. Se branler était inutile. Il lui suffit de baisser les yeux et d'admirer sa magnifique Soumise comblée et ayant perdu tout contact avec la réalité. Grâce à lui. Aussitôt, un violent orgasme l'emporta et il éjacula sur son dos, ses fesses et sur sa chatte exhibée.

Les jambes coupées, il se laissa tomber près d'elle et

s'agrippa au banc, près de la hanche de Quinn. Seule leur respiration haletante résonnait dans la pièce.

Au-dessous de lui, Quinn était l'image même de la décadence — le corps usé, repu et flottant dans un état cotonneux. Il l'avait marquée de sa semence, posé son sceau sur elle avec son collier et il ressentit le désir étrange de la prendre en photo ainsi, pour pouvoir savourer cette vision plus tard. Mais jamais il ne ferait une telle chose. C'était trop risqué. Il allait devoir se contenter du souvenir de cet instant.

Il déposa un baiser sur son épaule, respirant l'odeur de leur transpiration et de leur plaisir mêlés. Dans une tentative désespérée de s'imprégner d'elle plus encore, il lécha ses lèvres au goût salé.

Puis, à regret, il se redressa, se rhabilla et essuya la sueur sur son front. Quinn ne tarderait pas à avoir froid.

Elle resta immobile lorsqu'il lui ôta les menottes. Il vérifia chaque fois que sa peau était intacte. Il essuya longuement son corps et elle resta sans réaction, à l'exception de légers soupirs de satisfaction. Il était si fier d'elle qu'il était incapable de poser des mots sur ce qu'il ressentait. Elle avait tout accepté de lui et s'était donnée en retour.

Elle était un cadeau précieux qu'il était bien décidé à chérir.

Il enveloppa sa merveilleuse Soumise dans une couverture et la souleva. Elle était incroyablement légère et il la sentit se blottir dans ses bras.

— Marcus ?

Elle entrouvrit les yeux et posa sur lui un regard encore étourdi.

Il l'embrassa sur la tempe.

— Tout va bien, Quinn. Je t'ai rattrapée.

Elle lui sourit faiblement et posa la tête sur son torse. Les cheveux de la jeune femme étaient humides contre son bras et il regarda son visage. Ses larmes avaient laissé des traces de maquillage sur ses joues et autour de ses yeux. Et elle lui paraissait plus belle que jamais.

Il inspira profondément, la serra contre lui et sortit de la pièce.

Chapitre 10

Quinn se réveilla avec l'impression d'être enveloppée dans un cocon protecteur. La chaleur bienfaisante du torse ferme qu'elle sentait contre sa joue et les bras qui la tenaient fermement appartenaient à Marcus. Elle n'avait pas besoin d'ouvrir les yeux pour le savoir.

Elle inspira et l'odeur de son corps la ramena à tout ce qui venait de se passer. Tandis que la mémoire lui revenait, elle fut envahie par une bouffée de honte et de désir. L'avait-elle vraiment laissé la frapper ? La douleur vive qui émanait de ses fesses était la preuve que oui. Pire, elle avait adoré ça. Inutile de le nier, même si elle aurait voulu en être capable.

A présent, l'homme qui lui avait donné la douleur et le plaisir les plus intenses qu'elle ait jamais connus la tenait contre lui, dans ses bras protecteurs. Mais où étaient-ils ?

Elle ouvrit les yeux, mais ne put discerner grand-chose dans l'obscurité. Cependant, elle était sûre qu'ils n'étaient plus dans la salle privée où avait eu lieu la Séance. Cette pièce comportait de grandes fenêtres avec des rideaux de chaque côté du lit, et elle était plus grande que la salle privée. Et ce n'était pas non plus un lit à baldaquin. Il y avait également des cartons de déménagement numérotés éparpillés sur le sol et sur une grande commode.

Elle releva les yeux vers Marcus et vit qu'il la regardait.

— Salut, dit-elle. Où sommes-nous ?

Il replaça délicatement une de ses longues mèches de cheveux derrière son oreille avant de répondre.

— Dans mon loft.

Elle se mordit la lèvre.

— Comment suis-je venue ici ?

— J'habite au-dessus du club.

Il sourit et la regarda dans les yeux.

— Comment te sens-tu ?

— Endolorie.

— Et ?

Elle étouffa un petit rire.

— Désorientée.

— Comment cela ?

Elle lut une inquiétude sincère dans son regard.

— Bizarre.

Comme s'il ne le savait pas. Mais sa réponse laconique tomba à plat, laissant une sorte de malaise entre eux. Elle soupira et essaya de faire taire les émotions qui l'agitaient et qui étaient encore trop récentes pour être analysées, et encore moins partagées.

— Viens, dit-il en se redressant et en lui prenant la main.

— Où ?

— Sous la douche.

Il ôta la couverture qui la couvrait et elle frissonna. L'air frais lui fit prendre conscience qu'elle était encore nue. Elle jeta un coup d'œil à travers la pièce.

— Quelle heure est-il ?

L'absence de lumière autour des rideaux tendait à lui faire penser qu'il faisait encore nuit.

Il prit son téléphone sur la table de nuit et sa lueur vive éclaira son visage l'espace d'un instant.

— Minuit et demi.

Elle avait dormi si longtemps ? Comment pouvait-elle lui faire confiance à ce point ? Elle ne le savait pas, mais c'était un fait. Elle lui faisait confiance. Sinon, elle ne l'aurait pas laissé faire ce qu'il lui avait fait cette nuit.

— Allons-y, dit-il en lui serrant la main. Tu te sentiras mieux. Et après, je te mettrai de la crème. Cela atténuera les bleus et la douleur.

Elle grimaça à cette pensée, et se leva doucement pour éviter tout frottement sur la chair tendre de ses fesses. Marcus la conduisit dans la salle de bains attenante et alluma la lumière avant de faire couler l'eau de la douche. La pièce était étonnamment grande, en marbre sombre, et comportait une baignoire Jacuzzi, face au lavabo double.

— Tu as très mal ?

Tout en parlant, Marcus l'avait tournée vers la baignoire. Et il lui effleura le bas du dos du bout des doigts. Une caresse douce, presque thérapeutique, qui dissipa sa tension. Lui saisissant les hanches, il se pencha vers elle et déposa un baiser sur chacune de ses fesses. Après tout ce qu'ils avaient fait, il y avait une telle intimité dans ce léger baiser qu'il l'atteignit au plus profond d'elle-même.

— Tu ne m'as pas répondu.

Quinn sursauta. Distraite par ses caresses, elle avait oublié sa question. Elle dut réfléchir avant de pouvoir répondre.

— Pas trop. C'est un peu sensible, dit-elle avant de laisser échapper un petit rire. Disons que je sais que j'ai des fesses, alors qu'en temps normal je n'y prête pas autant attention.

Il se redressa.

— Tu veux voir ?

Le voulait-elle ?

— Oui.

Il semblait rayonnant de fierté lorsqu'il la souleva pour la poser sur le rebord de la baignoire.

— Regarde.

Elle regarda par-dessus son épaule dans le reflet du grand miroir, au-dessus des lavabos. Son maquillage avait coulé, laissant de longues traces noires autour de ses yeux et le long de ses joues. On aurait dit un masque de clown. Elle portait toujours le collier de cuir autour du cou, comme pour mettre en valeur les marques roses dont son dos et ses fesses étaient couverts. Cette image aurait fait sensation dans les tabloïds !

— Je suis vraiment dans un sale état.

Sa mère serait horrifiée si elle la voyait à cet instant. Cette pensée lui arracha un sourire.

— Non, tu es magnifique.

Ben voyons, avec ses yeux de raton laveur et tout le reste. Elle n'en croyait pas un mot. Mais elle concentra son attention sur le bas de son dos. Ses fesses et le haut de ses cuisses étaient d'un rouge cramoisi, qui détonnait sur la pâleur du reste de sa peau. Et au milieu de ses fesses, il y avait deux petites marques triangulaires. Les marques de la cravache.

Son regard remonta et elle vit des traces plus légères sur son dos et ses épaules. La plupart étaient roses et presque effacées. Elles ne lui faisaient plus mal, mais chaque marque lui rappelait la brûlure qu'elle avait ressentie à chaque coup.

Les empreintes laissées par Marcus.

Elle porta la main à son dos et passa un doigt sur une des marques. La peau était sensible, même en l'effleurant à peine. Quinn ne put s'empêcher d'appuyer plus fort, et elle sentit la douleur de l'ecchymose en train de se former. Mais sa grimace de douleur ne tarda pas à être remplacée par un sourire. Un étrange — et franchement déstabilisant — sentiment de satisfaction l'envahit.

N'aurait-elle pas dû être scandalisée par cette vision ? Il lui avait fait mal. Mais il ne lui avait pas fait *de* mal. Cela faisait toute la différence, une différence dont elle avait pris conscience pendant la Séance.

Elle croisa le regard de Marcus et détourna aussitôt les yeux. Il y avait de la possessivité dans son regard, plus forte qu'auparavant. C'était bouleversant, et un peu effrayant pour être tout à fait honnête. Personne ne l'avait jamais regardée avec un tel instinct de propriété. Mais elle ne voulait appartenir à personne. Elle était venue à Minneapolis pour être libre.

Avant qu'elle ait le temps de prononcer le moindre mot, Marcus déboutonna son pantalon et le laissa tomber à terre. Elle aurait voulu prendre tout son temps pour admirer son corps magnifique, mais il la saisit par les hanches et la fit descendre du rebord de la baignoire avant de la guider vers la douche. Il régla le jet et se glissa dans la cabine avec elle en la maintenant dos à lui.

L'eau n'était pas froide, mais merveilleusement rafraîchissante. Quinn inclina la tête pour laisser l'eau ruisseler sur son visage et la débarrasser de ses doutes. Sans un mot, Marcus lui massa les épaules, dénouant une tension dont elle n'avait même pas conscience jusque-là. Comme c'était bon !

Elle s'appuya contre lui et il la serra dans ses bras. Elle sentait ses bras humides autour d'elle, et son sexe au repos au bas de son dos. Mais cela n'avait rien de sexuel, c'était juste réconfortant. De toute façon, elle n'était pas prête pour autre chose.

Marcus mit du savon dans ses mains et commença à la laver. Elle aurait pu protester, mais ne le fit pas. Parmi tous les gens qui aimaient diriger sa vie, très peu avaient réellement pris soin d'elle.

Il était totalement concentré sur ce qu'il faisait. Ses gestes étaient doux, le savon glissant. L'odeur qui flottait dans l'air la ramenait sans cesse à Marcus.

— Tu es perturbant, dit-elle.

Il releva la tête.

— Comment cela ?

Elle ne répondit pas tout de suite, et il poursuivit sa tâche. Agenouillé devant elle, il reprit du savon, et fit descendre ses mains le long de ses jambes. La légère douleur lorsqu'il passa les mains sur ses cuisses encore sensibles lui rappela comment elle s'était retrouvée ici.

Quelle folle aventure !

Visiblement inconscient de la multitude d'émotions qui faisaient rage en elle, Marcus passa une main sur son ventre, puis entre ses cuisses. Quinn avait dépassé le stade de l'embarras et écarta simplement les jambes. Les doigts de Marcus glissaient sur elle avec une douceur telle qu'elle sentit sa gorge se nouer. Il continua sur les hanches, laissant l'eau qui coulait la rincer, puis déposa un baiser sur son ventre avant de la tourner dans l'autre sens. Elle prit appui sur le mur tandis qu'il lavait avec douceur ses fesses malmenées. Mais pouvait-on vraiment dire qu'il l'avait malmenée ? Non, pas quand il déposait, comme à présent, de délicats baisers sur chacune de ses marques. Le contact léger des lèvres de Marcus sur ses fesses était si doux, si réconfortant.

Il se leva et lui massa le dos pour la détendre sous l'eau tiède, puis il passa les doigts dans ses cheveux et les mouilla avant de les laver.

— Pourquoi prends-tu autant soin de moi ?

Les doigts de Marcus lui massaient à présent le cuir

chevelu, envoyant de délicieuses vibrations dans son cou et ses épaules.

— Parce que tu l'as mérité, dit-il avant de lui tirer l'oreille. Et parce que je le veux.

— C'est pour cela que tu es déroutant, marmonna-t-elle.

Il lui rinça les cheveux, et la surprit davantage encore en lui appliquant un après-shampooing. Quel homme savait faire cela ?

Quand il eut fini, elle se tourna vers lui et le regarda enfin de la tête aux pieds. Il pencha la tête en arrière pour se mouiller les cheveux, et elle en profita pour admirer son torse musclé. Il avait le ventre plat, mais pas exagérément sculpté, comme chez ces hommes qui passaient trop de temps au club de gym pour impressionner les autres.

Une fine couche de poils sur son torse descendait jusqu'à son nombril, puis vers son sexe. Elle aimait ça. Il n'était pas démesurément poilu, mais avait une pilosité naturelle, alors que presque tout le monde à Hollywood était épilé.

Son sexe était légèrement dressé, et en l'observant elle se dit qu'il lui allait bien.

Alors, il lui tourna le dos et commença à se savonner le torse. Elle prit le savon, le fit mousser dans ses mains et les fit glisser sur son dos. Il se figea l'espace d'un instant, comme s'il hésitait sur la réaction à avoir, puis continua de se laver. Sa peau était douce sous ses doigts, et elle aimait le luxe de simplement le toucher. Il finit de se laver et se retourna avant qu'elle ait eu le temps d'atteindre ses fesses. Mince ! Elle aurait dû commencer par là.

Lorsqu'il se posa sur elle, le regard de Marcus avait cet éclat qu'elle lui avait vu au cours de leur Séance. Son Dominateur se pencha vers elle et s'empara de ses lèvres dans un baiser à la fois doux et insistant. Aussitôt, elle sentit son corps tout entier s'enflammer.

Il s'écarta pour la dévisager avant de sortir de la douche. Il bandait franchement à présent, mais il ne dit rien et se contenta de l'envelopper dans une serviette, avant de la pousser hors de la cabine.

Ils se séchèrent et elle prit un coin de la serviette pour essuyer ce qui restait de son maquillage. Elle ressemblait toujours à une enfant quand elle était démaquillée, l'air naïf et inoffensif. Son visage deviendrait-il un jour plus adulte ?

Derrière elle, Marcus commença à lui sécher les cheveux avec une serviette propre. Il avait enfilé un pantalon de pyjama, et elle sentit son érection contre ses fesses à travers le fin tissu. Elle le regarda dans le miroir et ondula contre lui.

— Fais-tu cela pour toutes tes clientes ?

— Non.

— Tu vois ? dit-elle. Tu es déroutant.

— Je n'essaie pas de te perturber.

Il posa la serviette et prit la brosse qu'il avait posée près du lavabo. Ses propres cheveux étaient ébouriffés après qu'il les eut séchés de quelques coups de serviette. C'était attendrissant et elle se demanda à quoi il ressemblait au temps où il jouait encore au football. Avant qu'il devienne un dominateur.

— Mais tu y parviens, en tout cas.

— Comment ça ?

— Le fait que tu souffles sans cesse le chaud, puis le froid… J'ai du mal à m'y retrouver…

— Je ne le fais pas exprès, dit-il d'une voix aux accents de sincérité. C'est juste que je suis comme ça.

— Et qui es-tu exactement ?

Il croisa son regard dans le miroir.

— Je pourrais te poser la même question.

Là, il marquait un point. Elle ne savait pas vraiment qui elle était. Le moment était venu de changer de sujet.

— Il y a beaucoup d'instruments que nous n'avons pas essayés. Es-tu déçu ?

— Certainement pas, dit-il, secouant la tête. Tu t'en es très bien sortie. Et mieux que ça. Comment t'es-tu sentie ?

Elle réfléchit à la question, essayant de faire le point sur ses émotions avant de parler, mais tout ce qu'elle réussit à dire fut :

— Je ne sais pas.

— As-tu aimé être attachée cette fois ?

— Cela ne m'a pas gênée. Et cela m'a vraiment aidée quand j'ai commencé à sentir la douleur.

— Et la douleur ? demanda-t-il en soutenant son regard dans le miroir. Tu as aimé ça ?

— Non !

Sa réponse avait été instantanée et automatique.

Il lui tapota doucement les fesses, juste assez fort pour la faire grimacer.

— Maintenant, réfléchis-y et réponds-moi de nouveau.

Elle lui lança un regard furieux. Elle aurait voulu pouvoir se mettre en colère devant tant d'audace. Mais elle devait admettre qu'il avait raison. Elle avait répondu sans réfléchir. Personne n'était censé aimer la douleur. Il tapota son autre fesse et elle ferma les yeux pour retenir sa grimace. Elle reprit sa respiration tandis que la douleur s'évanouissait lentement. Elle n'aimait pas la douleur.

Mais… avait-elle réellement détesté cela ? Cela n'avait pas été ce qu'elle avait préféré. Pas vraiment. Mais l'orgasme avait été époustouflant. Le plaisir et la douleur s'étaient mêlés jusqu'à ce qu'elle ne puisse plus les distinguer. Et au-delà de cette sensation, il y avait la satisfaction de l'avoir contenté.

— Je n'ai pas exactement aimé cela, finit-elle par répondre, démêlant au mieux ses émotions contradictoires. Mais je n'ai pas détesté non plus. C'était surprenant, je suppose.

La cravache est très traître, je ne pensais pas que ça faisait aussi mal.

Il rit doucement.

— Va au lit, je vais chercher la crème.

Elle ne bougea pas.

— Au lit ?

— Il est plus d'une heure du matin, dit-il en l'entraînant vers la chambre. Je ne vais pas te renvoyer chez toi à cette heure-ci.

— Ça ira.

Il la tourna vers lui, et lui saisit le menton pour qu'elle le regarde dans les yeux.

— Tu discutes encore. Il est tard, tu es fatiguée. Tu restes.

Cet homme était agaçant. N'était-il jamais fatigué d'avoir toujours raison ? Trop épuisée pour protester cependant, elle fit ce qu'il lui disait. Elle sortit de la salle de bains d'un pas lourd et laissa tomber sa serviette avant de se traîner jusqu'au lit.

Elle n'avait pas passé de nuit entière avec beaucoup d'hommes, et dormir auprès de Marcus était très tentant. Et sans doute plus raisonnable… Si elle se glissait hors du club avec ce visage défait et se faisait prendre en photo par un paparazzi ? Elle n'avait aucune envie d'être la prochaine star d'Hollywood qui voyait ses frasques étalées dans les tabloïds.

— Mets-toi sur le ventre, dit Marcus en entrant dans la chambre.

Elle obéit, et cala sa tête sur un oreiller. La crème lui sembla d'abord froide et elle se raidit tandis qu'il l'appliquait.

— Demain soir, nous aborderons la soumission et la domination de façon plus classique, lui dit-il.

— Que veux-tu dire ?

— Tu auras encore trop mal pour jouer à des jeux masochistes. Mais il y a toujours moyen d'enseigner l'obéissance.

Cette perspective ne lui semblait pas du tout excitante.

— Oui, monsieur.

Le sarcasme ne passa pas inaperçu. D'où la petite claque sonore qu'elle reçut sur les fesses.

— Sois sage, petite effrontée !

Elle retint son souffle et enfouit son visage dans l'oreiller. Toutes sortes de pensées d'insoumission lui traversèrent l'esprit tandis qu'elle attendait que la douleur se dissipe. Mais elle les garda pour elle-même pour éviter une nouvelle punition.

Elle sentit les mains de Marcus sur sa nuque, et il lui fallut un moment pour comprendre ce qu'il faisait. Le collier se détacha de son cou, et elle résista à l'envie irrépressible de le lui arracher des mains pour le remettre. Sa peau était moite là où se trouvait normalement le collier et le courant d'air sur sa peau était comme un rappel constant de ce qui lui manquait.

— Pourquoi l'enlèves-tu ?

— Il est mouillé. Cela va devenir inconfortable.

C'était gentil de sa part d'y penser, et pourtant elle aurait presque préféré qu'il ne l'ait pas fait.

Elle sentit le lit bouger quand il se leva. Elle entendit l'eau couler dans la salle de bains avant que la lumière ne s'éteigne et qu'elle le sente de nouveau auprès d'elle dans le lit.

— Viens ici, Quinn.

Elle envisagea de refuser. Ils étaient dans un grand lit double et pouvaient y dormir toute la nuit sans se toucher. Mais elle se surprit à se retourner pour se lover contre lui. Il la serra dans ses bras, et elle laissa échapper un soupir de satisfaction, malgré elle.

Elle ferma aussitôt les yeux, empêcha sa respiration

de s'emballer, et bientôt le calme l'envahit. Elle se sentait tellement bien dans ses bras. Quoi qu'il lui fît, elle se sentait toujours en sécurité auprès de lui. Et elle n'avait aucune intention de perdre cela.

Elle lui caressa doucement le torse.

— Pourquoi as-tu utilisé un gode ? finit-elle par demander, sans trop savoir s'il était toujours éveillé.

— Nous n'avions pas parlé de l'acte sexuel, dit-il d'une voix douce qui trahissait sa fatigue. Et je ne le ferai pas dans ton accord préalable.

— Mais je n'avais pas indiqué que cela faisait partie de mes limites dans ma liste.

Pourquoi, elle ne le savait pas. Enfin, peut-être que si. Il était vraiment très beau. Mais encore une fois, sa réponse l'étonnait. Les dominateurs étaient-ils censés demander la permission à la Soumise lorsqu'ils voulaient quelque chose ?

— Cela n'a pas d'importance, dit-il en lui caressant le bras. Je ne prends pas ce qui n'a pas été discuté. Cette Séance était une expérimentation pour toi. C'est tout.

— Je vois, rétorqua-t-elle. Je savais bien que tu étais déroutant.

— Dors, Quinn. Tout sera plus clair demain matin.

Elle en doutait, mais cela lui sembla malgré tout être une bonne idée. Alors, une fois encore, elle obéit à son dominateur, ferma les yeux et se laissa bercer par les battements de son cœur.

Chapitre 11

La lumière filtrait autour des rideaux, projetant une légère lumière grise dans la pièce quand Marcus se réveilla. Il chercha son téléphone à tâtons et regarda l'heure. Bon sang, il était trop tôt. Bien sûr, il ne se couchait jamais avant quatre heures du matin d'habitude…

Le corps chaud de Quinn était encore serré contre lui et il avait des fourmillements dans tout le bras, de l'épaule jusqu'au bout des doigts. C'était sans doute cette douleur qui l'avait réveillé. Mais il était un sacré veinard de se réveiller au côté de Quinn.

Une des jambes de la jeune femme était glissée entre les siennes et elle avait le bras posé en travers de son torse. Il sentait son souffle contre sa peau… ce qui ne fit rien pour arranger son érection matinale. Il n'avait qu'une envie : la retourner et la réveiller de la façon la plus sensuelle qui soit.

Il se passa une main sur le visage et se contrôla avec un grognement. Peu importait que Quinn soit nue dans son lit. Il ne pouvait pas la prendre. Pas encore. Oh ! il ne pensait pas qu'elle le repousserait, mais il n'avait pas pour habitude de profiter des gens et il avait l'impression qu'ils étaient déjà nombreux à l'avoir fait avec Quinn.

Il se dégagea doucement et secoua son bras engourdi.

Une fois levé, il fouilla dans un carton à la recherche d'un T-shirt, qu'il lança au bout du lit, puis il se glissa hors de la pièce. La vive lueur du soleil dans le salon l'aveugla et il trébucha sur un carton. Il poussa un juron et rejoignit la salle de bains en boitant. Cela avait au moins eu l'avantage de stopper son érection matinale.

Après avoir pris sa douche, il alla faire du café, et se posta devant la fenêtre, le regard dans le vide. Il semblait qu'une magnifique journée d'automne s'annonçait de nouveau.

Quinn avait-elle quelque chose de prévu aujourd'hui ? Il secoua la tête à cette pensée, mais ne put totalement effacer le sourire qui étirait ses lèvres. Il n'était pas stupide et n'avait pas l'intention de faire semblant de l'être. Quinn était entrée dans sa vie en dansant et elle avait capté son attention à la première seconde où il l'avait vue. Et à l'instant où il l'avait trouvée agenouillée à l'attendre, il avait su qu'il était cuit.

Il n'avait pas peur d'admettre qu'il la voulait. Maintenant, il ne lui restait plus qu'à trouver le moyen de la garder. Le contrat était loin de lui suffire. Il le savait.

Il se servit une tasse de café et alla s'installer sur le canapé. Jake avait laissé la plupart de ses meubles, et comme ils étaient bien plus beaux que les siens, Marcus les avait gardés.

Il posa les pieds sur la table basse, but une gorgée de café brûlant et prit le temps de penser à Quinn.

La nuit passée avait dépassé de loin ses espérances et ses attentes. Il avait trop d'expérience en tant que dominateur pour considérer que cette nuit-là avait été juste comme les autres. Jamais il n'avait été aussi captivé pendant une Séance. Il y avait quelque chose de spécial entre eux. Et il n'avait aucune intention de fuir cette réalité. Un homme n'obtenait pas ce qu'il désirait en se cachant.

Bien sûr, le fait que Quinn habite en Californie était loin de faciliter les choses. Il ne savait même pas combien de temps elle comptait rester à Minneapolis. A la pensée qu'elle allait bientôt partir pour jouer ce rôle auquel il l'avait lui-même préparée, une rage qu'il n'avait pas ressentie depuis longtemps lui comprima la poitrine. Cela n'était peut-être qu'un rôle, mais comment accepter l'idée que Quinn puisse être avec un autre homme — quelles que soient les circonstances ? Comme il le lui avait dit le premier jour, les Dominateurs étaient une race possessive. Et il ne faisait pas exception.

Il entendit l'eau couler dans la salle de bains, et ce simple bruit le fit sourire. Quinn était réveillée. Comment allait-elle réagir ce matin ? La confusion qu'elle avait éprouvée la veille était compréhensible, mais il ne voulait pas qu'elle persiste.

La porte grinça, et elle entra. Le T-shirt qu'il lui avait laissé lui arrivait aux genoux, et l'encolure large retombait sur une de ses épaules. Elle ne lui avait jamais semblé aussi mince. Ses longs cheveux retombaient sur ses épaules et ses mèches blondes s'illuminèrent lorsqu'elle traversa un rai de lumière.

— Bonjour, dit-elle en se frottant les yeux. C'est bien du café que je sens ?

— Oui, dit-il en se levant pour se diriger vers la cuisine. Tu l'aimes avec du sucre ou du lait ?

— Les deux, si tu en as.

— Assieds-toi, répondit-il en lui désignant le canapé d'un geste. Je te l'apporte.

Il sortit un mug du placard et vérifia qu'il n'y avait pas de poussière à l'intérieur. Il semblait assez propre. Il la regarda faire le tour de la pièce tandis qu'il servait son café.

— Comme tu peux le voir, je n'ai pas encore fini d'emménager.

Des cartons ouverts étaient posés près de la télévision, tandis que des DVD et des jeux vidéo étaient étalés par terre.

— Je n'aurais jamais deviné, lança-t-elle malicieusement en s'accroupissant pour examiner les films.

Il se servit également un nouveau café, et apporta leurs tasses dans le salon.

— Je n'aime pas beaucoup ce petit ton sarcastique.

— Pardon ? demanda-t-elle, bouche bée.

Il s'assit en riant.

— Je t'ai eue !

— Ça n'est pas drôle.

Elle faisait mine d'être offusquée, mais son sourire démentait la sécheresse de sa réponse.

— Viens ici, dit-il en posant sa tasse.

Un plaisir intense l'envahit lorsqu'elle fit ce qu'il lui demandait, sans poser de question. Elle s'arrêta devant lui, et il la prit par les hanches et la fit se retourner.

— Hé, attention au café.

Il se fichait du café. Ce qu'il voulait voir était sous son T-shirt. Il releva le bas du vêtement pour regarder ses fesses parfaites. Cette vision lui coupa le souffle.

Elle tourna la tête et le regarda par-dessus son épaule.

— Quoi ?

Il tenait le tissu d'une main tandis qu'il caressait la courbe de ses fesses de l'autre. En haut de chaque fesse, il y avait une ecchymose violet et rouge en forme de triangle.

Les marques s'étaient atténuées, mais étaient toujours magnifiques. Il appuya légèrement sur chaque bleu, jusqu'à ce qu'il sente les muscles de Quinn se contracter.

— Aïe, attention, lâcha-t-elle.

— Personne ne saura rien de ces marques, excepté toi et moi. Chaque fois que tu t'assiéras, tu repenseras à moi, au moment où je te les ai faites, dit-il en se penchant pour embrasser les marques parfaites. Tu te rappelleras comment tu les as eues, et à qui tu appartiens.

— Qui ça ? demanda-t-elle avec un petit sourire malicieux. En tout cas, dit-elle en avalant une gorgée de café, ces marques feraient mieux de s'effacer rapidement, car ton statut de propriétaire prend fin dimanche.

Ça, c'était ce qu'elle croyait.

— Oh ! ma petite chatte, je vais être un propriétaire si parfait que tu n'auras plus envie de partir.

Au moment même où les mots franchirent ses lèvres, il se sentit comme un mauvais acteur de série B. Mais le léger frisson qui parcourut le corps de Quinn le récompensa. Elle avait beau jouer les filles détachées, il ne se laissait pas duper. Il l'attira vers lui et elle atterrit sur ses genoux.

Elle se tourna de profil, calée sur des coussins, et l'observa derrière sa tasse de café.

— Et moi qui pensais que tu étais pressé de te débarrasser de moi !

— Qu'est-ce qui te fait penser ça ?

Elle baissa les yeux et sembla perdue dans la contemplation de sa tasse de café.

— Tu n'as pas semblé très favorablement impressionné la première fois que tu m'as vue.

Il y avait une vulnérabilité chez elle. Et cela ne lui plaisait pas. Pourquoi cette insécurité chez une personne que tout le monde pensait pleine d'assurance ? Enfin, il ne pouvait imaginer ce qu'on ressentait lorsqu'on passait la majorité de sa vie sous le feu des projecteurs. Grandir sous le regard constant de millions de gens devait être difficile. Il avait eu un léger aperçu de ce que cela pouvait être sur le terrain de foot, mais c'était sans comparaison.

— Quinn, dit-il, attendant qu'elle le regarde. J'étais très impressionné. Et je le suis toujours.

— Pourquoi ? demanda-t-elle aussitôt, avant de se raviser. Oublie ça… C'est pathétique comme question.

Il lui ôta le mug des mains et le posa sur la table basse. Elle le scrutait avec un regard méfiant, alors il lui donna la meilleure réponse possible : il se pencha vers elle pour l'embrasser.

Il lui mordilla les lèvres et passa la main dans ses cheveux pour l'attirer plus près de lui. C'était un baiser profond et langoureux dans lequel il mit des émotions qu'il était incapable de qualifier.

Il banda en entendant un gémissement s'échapper des lèvres de Quinn. Sans rompre leur baiser, il l'allongea sur le canapé et leurs corps s'emboîtèrent avec passion.

Il ne se rappelait pas la dernière fois où il s'était envoyé en l'air avec une fille sur un canapé. A l'université peut-être ? C'était agréable. Cela avait quelque chose d'étrangement intime. Et il avait envie de l'embrasser pendant des heures. Ses lèvres étaient douces et elle jouait avec sa bouche avec malice. Ses baisers lui ressemblaient.

Il lui caressa le dos, le haut des reins, les cuisses. Il ne pouvait s'empêcher de la toucher, et avait de plus en plus envie d'elle. Il s'écarta pour admirer son corps. La finesse du T-shirt qu'elle portait ne laissait aucun doute sur son excitation.

Glissant une main dans ses boucles blondes, il lui demanda :

— Combien de temps restes-tu à Minneapolis ?

Elle sonda son regard. Leurs visages étaient si proches qu'il voyait chaque nuance du bleu au vert dans ses yeux.

— Je rentre dans une semaine et demie.

Il masqua sa contrariété. Cela ne lui laissait pas beaucoup de temps, mais cela pourrait suffire.

— Tu as des projets aujourd'hui ?

Elle se passa la langue sur les lèvres, lui donnant envie de l'embrasser de nouveau.

— Je pensais appeler mon frère.

— Ah oui ? Je croyais que tu l'avais fait en arrivant en ville.

— Ça n'est pas si simple, dit-elle en détournant les yeux. Nous sommes presque des étrangers aujourd'hui.

— Ce doit être difficile.

Il ne pouvait imaginer de vivre loin de son frère. Ils n'avaient que deux ans d'écart et avaient toujours été très proches.

— Je ne sais pas, répondit-elle avec un haussement d'épaules. Il me manquait quand nos parents nous ont séparés, mais, au bout d'un moment, la douleur s'est atténuée. C'est une des raisons pour lesquelles j'ai choisi de venir ici. Mais ma mère ne le sait pas, elle ne comprendrait pas pourquoi j'ai eu envie de venir dans le Minnesota.

Il fronça les sourcils.

— Son fils ne lui manque pas ? Et ton père ?

— Apparemment, au moment de leur divorce, ils ont décidé de s'occuper chacun de l'enfant qu'ils préféraient.

Comment des parents pouvaient-ils prendre ce genre de décision lorsqu'il était question de leurs enfants ? Profondément choqué, il la serra contre lui.

— Je suis sûr que c'est plus compliqué que ça. En as-tu déjà parlé avec tes parents ?

Elle cala sa tête au creux de son épaule.

— Ma mère m'a toujours fait taire quand j'ai voulu aborder le sujet. Et quand j'ai eu l'âge d'appeler moi-même mon père, je ne savais plus quoi lui dire. Je me disais qu'il m'aurait appelée si je lui avais réellement manqué.

— Je parie que ton frère ressent la même chose à propos de ta mère.

— C'est ce que je veux découvrir, soupira-t-elle. Je suis pathétique, on dirait un véritable cliché hollywoodien !

Il l'embrassa sur la tempe… il aurait voulu lui prouver l'étendue de son empathie.

— J'ai entendu pire, dit-il en lui donnant une petite tape sur les fesses. Habillons-nous et allons prendre un petit déjeuner avant que je te ramène chez toi.

— Fais attention à toi, lui dit-elle avec espièglerie, ou je vais m'attaquer à cette partie de ton anatomie, près de mes cuisses, qui me nargue depuis tout à l'heure.

Il rit et la repoussa doucement, jusqu'à ce qu'ils soient tous deux debout.

— Non, tu ne feras pas ça, ma petite chatte… Tu es bien trop gentille pour ça.

— Mais la chatte dont tu parles a toujours ses griffes…, dit-elle en courbant les doigts, feignant une attaque féline, avant de prendre son mug pour le rapporter dans la cuisine.

Il regarda le balancement de ses hanches tandis qu'elle s'éloignait. Cet aspect fougueux de la personnalité de Quinn rendait sa soumission plus précieuse encore.

Il ramassa les vêtements de la jeune femme que lui avait montés Tyler, le barman, la veille, avec un air entendu. Tout le monde au Red Room semblait savoir ce qui se passait entre Quinn et lui.

— Quinn… où veux-tu aller pour le petit déjeuner ?

— Je m'en fiche, dit-elle en haussant les épaules.

— Penses-tu que la clientèle matinale de chez Ihop trouvera cette tenue à son goût ? demanda-t-il en lui montrant les vêtements qu'elle portait au club la veille en essayant de garder un air sérieux.

Elle sourit.

— Je suppose qu'il nous reste le drive-in.

Il laissa échapper un petit rire et posa les vêtements sur le bar du salon.

— Quand as-tu été dans un McDonald's pour la dernière fois ?

Elle se tourna vers lui, l'air pensif.

— Je dirais… il y a six ans peut-être ?

— Oh ! Quinn… Tu es passée à côté de tellement de choses. Heureusement que je suis là pour te gâter.

— Tu trouves que tu me gâtes en m'emmenant au McDo ?

— C'est le cas si je t'offre quelque chose que tout le monde t'interdit ! dit-il avec malice. Je n'ai pas raison ?

Elle plissa les yeux et l'observa un instant. La sonnerie d'un téléphone portable résonna dans son sac. Elle se tourna vers le bar où ses affaires étaient réunies, l'air contrarié. Une seconde plus tard, elle se retourna vers lui et lui décocha un grand sourire.

— Tu as raison !

Elle prit ses vêtements et se dirigea vers la chambre.

— Qu'est-ce que tu attends ? lui dit-elle depuis l'autre pièce. Allons-y !

Chapitre 12

Quinn était assise au soleil sur le canapé de son appartement de location, s'imprégnant de la chaleur des rayons qui contrastait avec la fraîcheur ambiante qui semblait constante à Minneapolis. Si elle fermait les yeux, elle pouvait presque imaginer qu'elle était chez elle, dans la chaleur californienne. En vérité, c'était la seule chose qui lui manquait.

Elle s'enveloppa dans le plaid jusqu'à n'être plus qu'une petite boule sur le canapé. Dehors, tout était incroyablement calme. Elle aurait pu allumer la télévision ou mettre de la musique, mais elle appréciait le silence. Il lui appartenait. Après avoir été entourée de gens, de lumières et de bruit pendant presque toute sa vie, le calme était agréable.

Tout comme s'empiffrer d'un petit déjeuner saturé de calories la veille. Son corps avait dû se demander ce qui lui arrivait, mais elle avait trouvé cela divin, et elle s'était vraiment amusée. Quand avait-elle pris autant de plaisir à manger pour la dernière fois ?

Elle sourit, ce souvenir la réchauffant plus encore que les rayons du soleil sur sa peau. Marcus transformait sa vie en un tourbillon incessant, jusqu'à ce qu'elle soit ivre de bonheur. Pourtant, ce mouvement permanent la mettait mal à l'aise.

Elle frotta doucement une des ecchymoses sur ses fesses. Ces douloureux souvenirs auraient dû la rendre furieuse, mais ce n'était pas le cas. Chaque fois qu'un mouvement lui faisait mal, cela produisait exactement l'effet prédit par Marcus. Elle pensait à lui — à la nuit incroyable qu'ils avaient partagée, et à l'orgasme inimaginable qu'il lui avait offert. Mais elle repensait surtout à la façon, si tendre, dont il avait pris soin d'elle ensuite.

La nuit précédente, quand elle l'avait rejoint au club, il s'était montré étonnamment attentif. Ils avaient assisté à plusieurs Séances puis, au lieu de se montrer pressant, il l'avait raccompagnée dehors. Au point qu'elle s'était demandé si l'intérêt qu'il semblait lui porter n'était pas le fruit de son imagination. Mais non, le baiser passionné qu'il lui avait donné sur le pas de la porte l'avait laissée pantelante. Puis il l'avait simplement fait raccompagner chez elle. Comme elle détestait cette habitude de souffler le chaud et le froid ! Mais c'était sans doute mieux ainsi, non ? Elle ne devait pas s'attacher à Marcus, ni même aimer les choses qu'il lui avait faites. C'était de la folie, et c'était stupide… tout cela n'était qu'un mensonge — un rôle, rien de plus.

Quinn soupira. A qui essayait-elle de faire croire cela ? Elle pouvait se rebeller autant qu'elle voulait, mais elle lui appartenait déjà. Personne ne l'avait jamais traitée comme Marcus l'avait fait. Sous bien des aspects. Et dans l'ensemble, c'était réellement agréable. Il était peut-être son dominateur, mais plus le temps passait, plus ils devenaient… quoi ? Amis ? Devait-elle se considérer comme son amante ?

Quoi qu'il en soit, il lui donnait envie de plus. Mais plus de quoi, elle n'aurait su le dire.

Assez ressassé ! Elle écarta le plaid et fit défiler ses e-mails sur son téléphone portable. Elle répondit à son agent et à Jewels qui lui demandaient des renseignements sur sa formation, le club et son rôle à venir. Et le bref message qu'elle envoya à sa mère était surtout une salve préventive destinée à se prémunir de ses plaintes de ne pas recevoir de réponses à ses textos. Oui, elle serait à la maison pour le dîner de Thanksgiving. Non, elle n'avait pas entendu les derniers potins concernant la toute dernière idole des ados. Oui, elle avait parlé à Martin, son agent, à propos de séries télévisées. Et ainsi de suite… sa mère n'arrêtait jamais.

Le reste de ses messages étaient des spams ou des informations concernant des fêtes ou le lancement d'un nouveau club à la mode. Elle avait beaucoup de connaissances à Hollywood, et même quelques-unes qu'elle considérait comme des amis. Et la plupart étaient pris dans ce tourbillon de la vie nocturne. Toujours à la recherche du dernier lieu où il importait d'être vu. A vrai dire, elle ne s'intéressait plus beaucoup à tout ça.

Elle en avait fait le tour avant même ses vingt-deux ans. Elle n'avait jamais eu le moindre problème à entrer dans les clubs avant d'avoir l'âge légal. Bon sang, c'était même son agent qui lui avait procuré une fausse pièce d'identité ! Et comme tout, tout ça était vite devenu ennuyeux. Cette comédie à laquelle chacun se pliait, pensant que c'était ce que les autres attendaient. Mais fallait-il vraiment s'en étonner dans une ville peuplée d'acteurs ?

Après avoir jeté un coup d'œil sur les sites des médias, elle finit par chercher les coordonnées de son frère dans ses contacts. On était samedi, il serait peut-être sorti. Mais elle n'avait cessé de repousser le moment de l'appeler depuis son arrivée. Si elle ne le faisait pas maintenant, elle ne le ferait jamais.

Quinn se redressa sur le canapé, essuya la paume de ses

mains sur le plaid, retint son souffle, appuya sur le bouton « appel » et attendit.

— Allô ? Quinn ?

La voix de son frère était plus basse que dans son souvenir et elle sentit sa gorge se nouer en l'entendant.

— C'est toi ? Est-ce que ça va ?

La panique qu'elle décelait dans la voix de Lance lui donna le courage de répondre.

— Lance ? Oui, c'est moi, dit-elle, sentant sa main trembler. Comment vas-tu ?

— Moi ? Ça va. Pourquoi appelles-tu ? C'est à propos de maman ?

Quinn fit un effort sur elle-même pour ne pas se sentir blessée. Son frère supposait immédiatement qu'elle ne pouvait appeler que parce que quelque chose n'allait pas. Mais bon, elle ne s'était pas attendue à ce que ce soit facile.

— Je vais bien. Maman va bien. Tout va bien, dit-elle, reprenant son souffle. J'appelle juste pour dire bonjour.

Il y eut un long silence, et Quinn ferma les yeux. Pourvu que Lance ne raccroche pas !

Elle finit par entendre un petit « Oh ! » à l'autre bout de la ligne.

— Bonjour, Quinn, fit alors Lance.

— Bonjour, Lance. Comment vas-tu ?

Elle avait déjà posé cette question, mais cela lui semblait être une bonne façon de reprendre la conversation.

Son frère s'éclaircit la gorge, et d'une certaine façon cela la rassura.

— Je vais bien.

— Comment va papa ?

— Il va bien. (Il y eut un nouveau silence.) Il s'est remarié, tu sais.

— Oh ! non, répondit Quinn, malmenant le bord du plaid entre ses doigts. Je ne le savais pas.

Mais il n'était pas surprenant qu'elle ne le sache pas. A vrai dire, elle ne savait strictement rien d'eux. Elle persévéra cependant.

— En fait, je suis en ville pour quelque temps, et je me disais que nous pourrions peut-être nous voir à un moment donné. Peut-être dîner ensemble, ou quelque chose comme ça.

— Ici ? Tu es à Minneapolis ?

— Oui.

— Pourquoi ?

Elle perçut une pointe de méfiance dans sa question, et rit doucement.

— Je fais des recherches pour mon prochain rôle.

— Oh ! lâcha Lance. Merci d'avoir appelé.

Pour la première fois depuis le début de la conversation, elle perçut de la chaleur et de l'honnêteté dans sa voix.

Elle ferma les yeux pour retenir ses larmes.

— J'aurais dû appeler bien avant.

Lance laissa échapper un rire gêné.

— Moi aussi, dit-il simplement.

Après un silence, il reprit :

— Ecoute, je suis en train de faire un truc, là. Quand es-tu libre un peu plus tard ?

Quinn poussa un soupir de soulagement. Il ne la rejetait pas ! Ils projetèrent de dîner ensemble le mercredi, puis raccrochèrent. Quinn se laissa retomber contre les coussins du canapé. Elle allait revoir son frère.

Ils avaient échangé des e-mails et des photos au fil des années, mais cela s'était peu à peu limité à Noël et aux anniversaires, où ils se faisaient un compte rendu sommaire sur leurs vies respectives. Ils n'avaient rien en commun et peu de chose sur quoi bâtir une véritable relation. Mais tout ça pouvait changer.

Le silence envahit de nouveau l'appartement et c'était merveilleux. Elle était là depuis une bonne semaine et elle ne se lassait toujours pas d'être seule. Enfin… elle n'était pas vraiment seule.

Il y avait Marcus, qui commençait à prendre bien plus d'importance dans sa vie que prévu. Et à présent il y avait son frère. Peut-être. C'était bien plus que ce qu'elle avait huit jours plus tôt.

Elle jeta un coup d'œil à la pendule, et s'extirpa du canapé pour se préparer. Que portait-on pour aller prendre un café ? Elle n'en avait aucune idée. Les invitations informelles à prendre un café chez quelqu'un ne faisaient pas partie de ses sorties habituelles. Elle imaginait qu'une tenue décontractée était de rigueur, mais décontractée à quel point ?

Quinn secoua la tête. Cela était-il vraiment important ? Elle ne connaissait même pas ces femmes. Vanessa s'était contentée de lui donner leur nom et de lui dire qu'elles sortaient avec des patrons du Red Room. Elle lui avait également assuré qu'elle apprendrait beaucoup des trois femmes si elle avait envie de leur parler.

Elle choisit un pantalon et un pull col roulé en cachemire. Le bleu mettait ses yeux en valeur et le col montant cacherait son suçon, bien que déjà presque effacé. Devoir faire attention à ce détail quand elle s'habillait l'agaçait, et cependant elle avait de délicieux frissons chaque fois qu'elle le voyait.

Elle se retourna et baissa sa culotte pour voir ses ecchymoses dans le miroir. Les marques de cravache étaient un peu moins visibles. Marcus avait raison.

C'était leur petit secret.

*
* *

Quinn fixa la porte blanche et reprit sa respiration avant de frapper. Elle n'était pas sûre de l'intérêt de cette rencontre, mais elle n'avait pas non plus trouvé de bonne raison de la décliner.

La porte s'ouvrit brusquement sur une femme au sourire engageant qui devait avoir une petite quarantaine d'années. Ses cheveux blonds, coupés en carré sage, s'accordaient parfaitement avec son pull violet et son pantalon noir. Elle était l'image de la mère parfaite — chaleureuse, amicale et accueillante.

— Quinn, entrez ! dit-elle, joignant le geste à la parole. Je suis Cali. Kendra est déjà arrivée, et je suis sûre qu'Allie ne va pas tarder.

Quinn la suivit jusque dans le salon. Un vaste espace ouvert avec cuisine américaine, aménagé avec un mobilier cosy et des couleurs chaudes qui donnaient une atmosphère chaleureuse à la pièce. Pas du tout ce à quoi elle s'était attendue.

— Bonjour, dit une grande femme mince en se levant pour lui tendre la main. Je suis Kendra, ravie de vous rencontrer.

— Moi aussi, répondit Quinn.

Même avec ses habituels talons de huit centimètres, elle dut lever la tête pour regarder la femme dans les yeux. Kendra était plus grande que la moyenne et avait la grâce d'une danseuse. Ses cheveux blond cendré étaient coiffés en une queue-de-cheval qui lui retombait au milieu du dos. Quinn ne pouvait s'empêcher de la dévisager : son absence de maquillage lui donnait un surprenant air d'authenticité. Elle-même n'était pas sortie de chez elle sans maquillage depuis l'âge de quatorze ans.

— Vous voulez du café ? demanda Cali depuis la cuisine. Sinon, j'ai de l'eau, du soda et du jus de fruits, je crois.

— Un café, c'est parfait. Merci.

L'odeur du café frais se propagea dans la pièce, se mêlant à celle de la cannelle qui émanait d'une bougie parfumée posée sur le plan de travail encombré. Une pile de magazines sur le travail du bois côtoyait une pile de dossiers, des lunettes de soleil et d'autres objets divers et variés.

— Veuillez excuser le désordre, dit Cali. Jake a emménagé il y a un mois et nous n'avons toujours pas trouvé de place pour toutes ses affaires.

— Oh ! dit Quinn.

Sentant le rouge lui monter aux joues, elle détourna les yeux. Elle ne savait trop que dire. En réalité, elle pensait que ce lieu était agréable et plein de vie, mais elle ne pouvait pas dire cela.

Cali se mit à rire.

— J'aurais dû me rappeler comment c'était de vivre avec un homme, mais après des années de célibat, j'avais oublié.

— Oui, convint Kendra. J'apprécie toujours d'avoir mon espace à moi. J'ai beau être souvent chez Deklan, j'aime bien rentrer chez moi.

Quinn sourit faiblement. Cette fois encore, ce concept lui était étranger. L'immense maison qu'elle appelait « chez elle » était plutôt chez sa mère en réalité. Son refuge à elle se résumant à sa chambre. Elle aurait dû déménager depuis longtemps mais, pour une raison qui lui échappait, elle ne l'avait jamais fait. Sa mère… Quinn prit son portable dans son sac et le mit sur silencieux.

De petits coups secs frappés à la baie vitrée la firent sursauter. La porte s'ouvrit, une femme radieuse et souriante entra, et un courant d'air frais pénétra alors dans la pièce.

— Salut, dit-elle en secouant ses cheveux bouclés comme

pour les remettre en place. Désolée pour le retard Vous devez être Quinn, je suis Allie, ajouta-t-elle en traversant la pièce pour lui tendre la main.

Elle lui donna une poignée de main ferme et rapide, qui lui sembla à la fois sincère et efficace — professionnelle en somme.

— Oui, c'est bien moi.

— Nous sommes ravies que vous ayez pu vous joindre à nous, dit Allie avant de filer dans la cuisine pour prendre une bouteille d'eau dans le réfrigérateur. Comment s'est passée votre semaine au club ?

C'était donc maintenant que l'interrogatoire commençait. Au moins, elles n'avaient pas traîné, à faire mine d'être gentilles avant d'obtenir ce qu'elles voulaient.

Quinn accepta avec reconnaissance la tasse de café que lui tendait Cali et suivit Kendra pour s'asseoir près d'elle autour de la table.

— Très bien, se contenta-t-elle de dire avant de passer à l'offensive, regardant chacune des femmes rassemblées. Pourquoi m'avez-vous invitée ici ?

— Pour parler, dit Allie, haussant les épaules. C'est tout.

Cali leva les yeux au ciel, puis sourit à Quinn.

— Nous nous réunissons tous les samedis quand nous le pouvons. Jake m'a dit pourquoi vous étiez venue au club, et j'ai pensé que vous aimeriez peut-être que nous vous parlions de nos expériences respectives dans le monde du BDSM. Ne vous l'a-t-il pas expliqué ?

— En fait, c'est Vanessa qui m'a contactée au sujet de cette entrevue. Elle m'a dit que ce serait une nouvelle perspective de recherche que je pourrais trouver intéressante.

— Désolée pour tout ça, dit Cali avec un sourire très doux. Je suis Cali Reynolds, j'ai deux enfants qui sont à l'université, j'ai ma propre entreprise de comptabilité et je suis aussi la petite amie de Jake et sa Soumise. Jake est un des fondateurs du Red Room et nous sommes ensemble depuis un an.

— Et moi, je suis Kendra Morgan, dit la seconde femme avec un sourire plus réservé. Je suis avec Deklan. Je suis… une Masochiste et depuis le mois d'août, je suis conseillère d'orientation dans un collège.

Quinn regarda la troisième femme, et la trouva les yeux rivés sur la table, les lèvres pincées. Après quelques instants, elle redressa la tête et la regarda dans les yeux, l'air déterminé.

— Je suis Allison English. Je suis associée dans un cabinet d'avocats et j'ai une relation avec deux hommes qui sont tous deux dominateurs, mais je ne me considère pas comme une Soumise.

O.K. ! Elle ne s'était pas attendue à cela. En général, c'était elle qui déballait des détails et des faits concernant sa vie. Cela la changeait. Elle remua sur sa chaise, et essaya de ne pas grimacer à la légère douleur qui lui rappela tendrement Marcus. Elle but une gorgée de café et se glissa dans son rôle d'intervieweuse. Maintenant qu'elle connaissait l'histoire, elle pouvait l'endosser.

— Dans ce cas, cela ne vous dérange pas si je vous pose des questions ?

— Non, dit Cali. C'est pour cela que nous vous avons invitée.

Elle semblait ouverte et sincère.

Quinn s'accouda à la table, frémissante d'excitation face à cette occasion inattendue. Parler à d'autres femmes qui vivaient dans ce monde serait excellent pour ses recherches. Car il ne s'agissait que de ça. Cela n'avait rien à voir avec une quelconque tentative de comprendre ses propres réactions en présence de Marcus et le trouble qu'elles suscitaient en elle. Elle commença par des choses simples.

— Puis-je vous demander votre âge ?

Cali haussa les épaules.

— Ça ne me dérange pas. J'ai quarante-cinq ans.

Quinn dut faire un effort pour masquer sa surprise. Cali avait presque l'âge de sa mère, mais, tout comme cette dernière, elle ne faisait pas du tout son âge. En ce qui concernait sa mère, elle devait sa jeunesse apparente à un peu de chirurgie et à quelques injections, mais elle doutait que Cali ait jamais envisagé ce genre de traitement.

— Je suis la moins vieille, dit Kendra. J'ai trente et un ans.

— Oh ! mon Dieu ! railla Allie. Tu donnes l'impression que trente-huit ans sont presque le troisième âge.

— Hé, protesta Cali en adressant un clin d'œil à Quinn, qu'est-ce que je devrais dire alors, du haut de mes quarante-cinq ans ?

— Vieille ! persifla Allie. Je croyais que tu le savais déjà.

Les rires des trois femmes emplirent la pièce, et Quinn se sentit étrangement exclue. Leur amitié était une évidence et elles semblaient proches… comme elle-même ne l'avait jamais été avec personne.

— Dans ce cas, je dois vous faire l'effet d'une enfant, dit Quinn, dans un effort pour se joindre à elles. Je n'ai que vingt-cinq ans.

Cali se frappa le front de la paume de la main.

— Ne me dites pas ça !

Quinn se mit à rire, sans trop savoir où elle voulait en venir.

— Pourquoi ?

— Ma fille n'est pas beaucoup plus jeune que vous, et l'idée de la voir s'agenouiller devant un dominateur est juste inimaginable pour moi.

A ces mots, Quinn sentit aussitôt sa légèreté s'évanouir.

— Oh. Je suis désolée. Peut-être que cette rencontre n'était pas une si bonne idée après tout, s'exclama-t-elle, s'apprêtant à se lever.

— Non, attendez, dit Cali en lui saisissant le poignet. C'est moi qui suis désolée, je ne voulais pas vous mettre dans l'embarras. Vraiment, l'âge n'a aucune importance. C'était une mauvaise blague de ma part.

— Quinn, restez, dit Allie de sa voix calme au ton professionnel. Nous sommes ici pour vous aider. Nous pouvons vous donner différentes perspectives sur le monde du BDSM, si cela vous intéresse. Nous savons toutes d'expérience à quel point cela peut être déroutant et riche en émotions contradictoires au début. Nous pouvons peut-être vous aider à le comprendre un peu mieux, dit-elle, marquant une pause. Pour votre rôle, bien entendu, reprit-elle.

Cette pause était révélatrice et intentionnelle de la part de l'avocate. Quinn en était certaine. Son imposture ne dupait personne.

— Que voulez-vous dire par là ? demanda-t-elle sur la défensive.

Allie la dévisagea avec un regard d'une telle intensité que Quinn en eut la chair de poule.

— Rien, finit par dire Allie. S'il y a une chose que j'ai apprise sur le BDSM, c'est que son fondement même est la confiance et l'honnêteté. Et cela veut dire que la première étape est d'être honnête envers vous-même. Faites-moi confiance, je sais de quoi je parle, ajouta-t-elle avec un petit rire gêné.

Quinn aurait voulu rétorquer que l'honnêteté personnelle ne voulait pas dire qu'elle devait mettre son âme à nu devant de parfaites étrangères, mais elle s'abstint. Ce genre de repartie hargneuse aurait été déplacée. Et aurait seulement prouvé à Allie qu'elle avait raison. Ces femmes essayaient simplement d'être agréables et de l'aider, peut-être devrait-elle juste accepter leur aide pour ce qu'elle valait.

— Très bien, je vais rester, si vous êtes sûre que cela ne vous dérange pas, Cali.

Cali lui fit un geste de la main.

— Tout va bien. En fait, il est juste un peu difficile de concilier l'image que l'on a de vous à la télé et la version plus adulte que j'ai en face de moi.

Quinn hocha la tête.

— Oui, c'est un des problèmes qui se posent à moi, et la raison pour laquelle j'ai choisi de jouer ce rôle de Soumise. Apparemment, vous n'êtes pas la seule à toujours me voir comme une enfant.

— Marcus a-t-il ce problème ? demanda Kendra avec un clin d'œil complice.

— Non.

— Oh…, s'exclama Allie d'un air entendu. Je crois qu'il y a une histoire là-dessous.

— Je pensais que j'étais ici pour poser les questions, riposta Quinn.

Elle ne voulait pas parler de Marcus, ni de ce qu'ils avaient fait. Cela lui appartenait. C'était personnel.

Allie soutint son regard un instant, puis leva les mains en signe de capitulation.

— Vous avez raison. Allez-y.

Soulagée, Quinn se cacha derrière sa tasse de café, le temps de rassembler ses pensées. Le liquide était devenu tiède, ce qui lui donnait un goût peu agréable, mais elle se força néanmoins à le boire. Elle reposa le mug et essaya de trouver le ton à la fois sérieux et détaché qui convenait.

— Comment avez-vous su que vous étiez des Soumises ?

demanda-t-elle, promenant son regard sur les trois femmes, attendant que l'une d'elles ait envie de répondre.

— Pour moi, dit enfin Cali, brisant le silence, c'était un sentiment que j'avais depuis longtemps, mais sans jamais trop savoir ce que c'était, jusqu'à ce que je trouve le courage de l'explorer et de le comprendre.

— J'ai été attirée par ce milieu après être allée dans un club SM un soir, quand j'étais étudiante, dit Kendra. Et techniquement, je suis plutôt une Masochiste qu'une véritable Soumise.

Il y avait une différence ? Quinn avait passé cinq jours au Red Room et personne ne lui avait expliqué ces distinctions. Juste au moment où elle avait l'impression d'être enfin à l'aise dans ce monde, elle découvrait qu'elle avait encore beaucoup à apprendre.

Tous les regards convergèrent vers Allie.

— Comme je l'ai dit, je ne me considère pas comme une Soumise. Pas au sens strict du terme. Je ne vois pas d'inconvénient à ce que les hommes avec qui je sors prennent le contrôle dans le cadre de la chambre à coucher mais, dans mon esprit, cela ne fait pas de moi une Soumise. Je suis certainement un peu perverse, mais mes jeux sexuels ne se passent pas au club, pas plus que je n'ai envie d'être attachée à un banc, ni frappée avec un fouet. La douleur, ce n'est pas mon truc.

— Et pourtant, vous êtes amies, dit Quinn dans un effort pour comprendre ce qui différenciait précisément ces femmes.

— Bien sûr, dit Cali en souriant aux deux autres. Nos préférences sexuelles n'ont rien à voir avec qui nous sommes en tant que personne — comme pour n'importe qui d'autre —, mais je pense que c'est quand même un lien entre nous.

— On peut dire que ce point commun vous rapproche, en somme ?

Quinn pouvait comprendre cela. C'était la raison pour laquelle la plupart de ses amis étaient acteurs.

— Non, je dirais plutôt que cela nous a fait prendre conscience que nous avions des amies en qui nous pouvions avoir confiance. Des amies qui seraient toujours là, quels que soient nos choix de vie. Je ne sais pas si je serais avec Jake maintenant si ces deux-là ne m'avaient pas aidée à dépasser mon sentiment d'insécurité et mes doutes.

Quinn ne pouvait imaginer qu'il puisse exister une amitié aussi profonde. Elle se sentit envahie par un horrible sentiment de jalousie. Mais il n'était dirigé que contre elle-même, et non contre ces trois femmes qui s'étaient ouvertes si librement à une parfaite inconnue.

— Pareil pour moi, dit Kendra en posant la main sur celle de Cali. Et, même si ce n'est pas le sujet, je suis certaine que je perdrais mon boulot si ma vie privée devenait publique.

— Cela semble si injuste.

Quinn n'avait jamais considéré cela comme un point commun entre elle et ses femmes. Et pourtant, elle avait pris énormément de précautions pour s'assurer que son apprentissage au club reste secret. Et les raisons n'étaient pas très différentes — le « public » ne comprendrait pas.

— Cela ne serait pas illégal ?

— Je n'en sais rien, dit Kendra en haussant les épaules en signe d'ignorance. Je suis sûre que le conseil d'administration du collège trouverait une raison légitime de me virer.

Allie croisa les bras sur la poitrine.

— Et je suis absolument certaine que le choix de vivre avec deux hommes ne passerait pas très bien dans mon cabinet d'avocats. Les termes du contrat entre associés contiennent une clause de respectabilité qu'ils feraient certainement valoir si qui que ce soit venait à le découvrir.

— Alors pourquoi restez-vous dans ce cabinet ? demanda Quinn. Pourquoi travailler dans une entreprise si guindée ?

— Et c'est l'actrice qui nous parle ! s'exclama Allie en secouant la tête, avant de se tourner vers Quinn. Pourquoi faites-vous ce rôle ? Je ne vous connais pas, mais il ne semble pas vraiment correspondre à votre image.

— C'est pour cela que je le fais, répliqua Quinn, de nouveau sur la défensive. Pour casser cette image de petite fille qui me colle à la peau.

— Vous aimez être actrice ?

— Oui.

Elle avait répondu sans vraiment réfléchir. Jamais on ne lui avait posé cette question auparavant, mais ces trois femmes semblaient penser qu'elle méritait d'être posée.

— Et moi j'adore mon métier d'avocate, dit Allie en penchant la tête sur le côté tandis que ses cheveux châtains retombaient en boucles sur ses épaules. Parfois, on supporte une situation jusqu'à ce qu'une meilleure se présente, ou qu'on trouve une bonne raison de partir.

— Ça, je suis bien placée pour le savoir, ajouta Kendra en soupirant.

— Moi aussi, ajouta Cali. Je suis restée dans un mariage qui ne menait nulle part, et j'aurais sans doute dû y mettre un terme de longues années plus tôt.

— Et moi, je suis restée dans une relation abusive jusqu'à ce que la menace de mort ne me pousse à fuir, dit Kendra tandis qu'un frisson secouait son corps tout entier.

Les choses devenaient intéressantes, mais tout aussi déroutantes.

— Vous étiez dans une relation abusive, et pourtant vous aimez la douleur ? Je ne comprends pas.

— La plupart des gens ne le comprennent pas. Et franchement, je ne m'attends pas que vous le compreniez, dit Kendra en saisissant sa tasse avec un sourire figé. Il m'a fallu des années et un homme très patient pour que je parvienne à l'accepter. C'est tout ce qui compte.

— Vous êtes très forte, s'exclama Quinn sans réfléchir.

Kendra haussa les épaules.

— Peut-être, mais il a fallu que je me soumette à Deklan avant de trouver cette force.

— C'est tellement paradoxal.

Et pourtant, cela expliquait certaines des émotions qu'elle avait ressenties avec Marcus. Avec lui, elle ne s'était jamais sentie faible.

— N'est-ce pas ? acquiesça Cali. Cela semble incroyable, et pourtant...

— Je dois reconnaître que je ne le comprenais pas non plus au début, l'interrompit Allie, mais chaque fois que je m'offre à Seth et à Tyler, je me sens libre.

— Mais cela dépend réellement du dominateur, intervint Kendra. Un mauvais dominateur peut nous donner l'impression d'être une fille facile qui ne vaut pas grand-chose. Il y a vraiment une frontière très mince entre l'abus et la domination.

C'était exactement ce que Marcus n'avait cessé de lui répéter après le risque stupide qu'elle avait pris le premier soir. Ce n'était pas un monde dans lequel on pouvait s'aventurer aveuglément.

— Que savez-vous de Marcus ?

Etait-il vraiment l'homme qu'il laissait voir ?

Cali sourit.

— C'est un type bien, Quinn. D'après ce que je sais, vous n'avez rien à craindre de lui.

— Oui, acquiesça Kendra. C'est Deklan qui l'a promu à

la formation des Soumis. Il ne tarit pas d'éloges sur Marcus et ses talents de dominateur.

— Et il vient juste d'acheter des parts du club, dit Allie. Jake, Deklan et Seth n'ont choisi comme associés que des gens en qui ils avaient confiance.

Marcus était associé ? Stupéfaite, Quinn secoua la tête. Il y avait tant de choses qu'elle ignorait à son sujet… Et il y avait des gens qu'elle connaissait depuis des années et à qui elle n'accordait pas la moitié de la confiance qu'elle accordait à Marcus.

— Vous a-t-il bien traitée ? demanda Kendra.

— Oui, répondit Quinn sans pouvoir réprimer le sourire qu'elle sentait se former sur son visage chaque fois qu'elle pensait à lui. Il a été super, j'apprends vraiment beaucoup avec lui.

— Et vous l'aimez bien ? demanda Allie.

— Tu vas la laisser tranquille ? s'exclama Cali en foudroyant son amie du regard. Ne prêtez pas attention à elle, Quinn. Allie oublie de laisser de côté ses talents pour l'interrogatoire lorsqu'elle quitte son bureau.

L'éclat de rire d'Allie résonna dans la pièce et détendit considérablement l'atmosphère. Elle se leva, son verre vide à la main.

— C'est tellement vrai ! Désolée, Quinn.

— Vous pouvez lui dire de changer de disque, ajouta Kendra. En général, elle écoute.

— Qu'est-ce que je peux répliquer à ça ? s'exclama Allie. Quel genre d'avocate serais-je si je ne posais pas de question ? ajouta-t-elle en se servant une tasse de café. Quelqu'un en veut ?

Quinn déclina son offre, et regarda Allie faire le tour de la table pour servir ses amies. Elle admirait l'assurance de l'avocate. Le jean et le pull marron qu'elle portait étaient simples et élégants, épousant ses formes avec grâce. Mais c'était surtout la façon dont elle redressait le buste et les épaules, la détermination avec laquelle elle semblait toujours agir qui la fascinaient.

Le reste de la conversation porta sur des sujets plus généraux, tels que le quartier, la météo, leurs boulots, la famille — toutes ces choses dont les amies parlaient entre elles. C'était reposant et rassurant à la fois. Il n'y avait pas la moindre animosité, pas le moindre commérage sur les gens et les événements dont elles parlaient. Comme cela la changeait !

Levant la tête vers la fenêtre, Quinn s'aperçut que le jour baissait. Elle ne pouvait pas s'éterniser si elle voulait avoir le temps de se préparer pour sa soirée avec Marcus.

— Il faut que j'y aille, dit-elle en se levant. Merci de m'avoir invitée. J'apprécie vraiment votre franchise.

Allie jeta un coup d'œil à sa montre.

— Oui, il faut que j'y aille, moi aussi, dit-elle avant de s'adresser à Quinn. Et j'espère ne pas vous avoir effrayée.

— Non, répondit-elle en riant, ne vous inquiétez pas. J'ai déjà été cuisinée de façon bien plus insistante par des paparazzis indiscrets, simplement en allant faire mes courses. Ce n'était rien du tout.

— Bon sang, marmonna Kendra en se levant à son tour, ça doit être horrible ! J'ai détesté grandir sous les regards inquisiteurs de la haute société de Chicago. Je ne sais pas comment vous supportez de voir votre vie offerte en pâture au monde entier.

Quinn haussa les épaules.

— Franchement, c'est pénible. Mais j'ai compris depuis longtemps que je ne pouvais rien y faire, alors j'ai appris à vivre avec.

— Et comment faites-vous ?

— En n'oubliant jamais que tout ce que je fais ou dis risque d'être propulsé dans tous les tabloïds du monde.

— Ça doit être dur, dit Cali en la raccompagnant jusqu'à la porte.

— Cela fait partie des choses que j'ai apprises à mes dépens, se contenta-t-elle de répondre avec un haussement d'épaules avant de se tourner vers ces femmes qui avaient été si aimables avec elle. Merci encore !

L'air frais lui fouetta le visage et fit voler ses cheveux tandis qu'elle se dépêchait de regagner sa voiture de location. Le soleil avait disparu derrière un nuage, rendant le ciel sombre et gris avant la tombée de la nuit. Elle devait réfléchir à pas mal de choses avant de retrouver Marcus ce soir. Elle en avait la conviction à présent : ce qui se passait entre Marcus et elle était quelque chose de spécial. Maintenant, elle devait juste décider ce qu'elle allait faire de cette information. Ou même si elle allait en faire quoi que ce soit.

Chapitre 13

— Comment se passe la formation avec Quinn ?

Marcus leva brusquement la tête et vit une rangée d'yeux fixés sur lui. Tous les actionnaires du Red Room étaient là. Merde. C'était tout sauf une question innocente.

— Ça va.

Seth lui lança un regard dubitatif.

— Mais encore ?

Soudain sur la défensive, il eut envie de lui répondre vertement de se mêler de leurs affaires. Au prix d'un immense effort, il se força à se calmer et à sourire.

— La semaine s'est bien passée.

Trop bien même, mais, ça, il ne le leur dirait pour rien au monde.

— Soit c'est une actrice extraordinaire, soit c'est une Soumise dans l'âme, ajouta-t-il.

Oh ! il connaissait parfaitement la réponse à cette question à ce stade, mais ils n'avaient pas besoin de le savoir.

— Que veux-tu dire ? demanda Vanessa. Elle est seulement ici pour apprendre, pas pour s'essayer au BDSM.

Marcus ignora les sourires amusés sur les visages de Jake et de Rock et défia Vanessa du regard. Elle avait passé la semaine sur les routes, pour représenter certains de ses clients, et elle n'était bien sûr pas au courant des derniers événements.

— Lundi, elle a signé un contrat dans lequel elle s'est engagée à être ma Soumise pour la semaine.

Vanessa balaya la table du regard.

— Etiez-vous au courant de cela ? Bon sang ! Je vous laisse seuls pendant cinq jours, et vous laissez ce genre de chose se produire ?

Deklan haussa les épaules.

— Où est le problème ? Les papiers sont signés. Tout est en règle.

— Vous n'avez pas oublié de qui il s'agissait ?

— Bien sûr que non, répondit Deklan, d'un ton agacé. Et alors ?

— J'ai moi-même vérifié le contrat, ajouta Noah de sa voix calme et assurée d'avocat. Rien n'empêchait sa participation en tant que Soumise.

— Ça n'est pas le problème, insista Vanessa.

— Alors, où est le problème ? demanda Marcus. J'ai suivi les règles à la lettre. C'était son souhait, je me suis contenté de m'y conformer. Je pensais que tu serais contente que je lui accorde toute mon attention.

Il lui accordait une telle attention qu'il avait reporté tous ses rendez-vous avec ses autres clients à la semaine qui suivait la fin de son contrat. Cette semaine, il était entièrement dévoué à Quinn. Il attendait la nuit à venir avec une telle impatience qu'il ressentait une sorte de frémissement sous la peau. La veille, il avait réellement testé sa capacité à garder son sang-froid en mettant un point d'honneur à ne pas la toucher.

Il avait failli échouer, mais avait néanmoins résisté, l'enjeu était trop grand. Il était important de laisser à Quinn le temps de repenser à la Séance, aux perspectives qui s'offraient à eux et à ce qu'il attendait d'elle. Cela pouvait se retourner contre lui, ou l'emmener exactement là où il voulait. Et ce qu'il voulait, c'était elle. Quinn. Totalement.

Vanessa soupira et se laissa retomber dans son fauteuil.

— Bon, O.K. Mais fais attention, nous n'avons pas besoin de mauvaise publicité.

— A ce propos, interrompit Seth, la semaine de reprise a été bonne. Et comme vous le savez tous, la soirée d'Halloween a été un énorme succès.

— Et ça a été un putain de cauchemar du point de vue de la sécurité, grommela Deklan. Comme toujours.

— Mais il n'y a eu aucun problème, intervint Seth.

— Aucun, confirma Rock.

— Qui est de service cette semaine ? demanda Jake en feuilletant le planning.

Entre les sept propriétaires du club, ils essayaient de faire en sorte que tous aient davantage de soirées de libres, tout en s'assurant qu'il y ait toujours au moins deux d'entre eux présents chaque soir. Excepté Rock, qui prenait rarement de soirée de congé, et ne sortait jamais de la salle de contrôle.

Après avoir passé trente minutes à négocier leurs emplois du temps respectifs, Jake jeta son stylo sur la table et se frotta le visage.

— Où en est-on des recrutements ?

Seth soupira.

— Ça avance doucement. Il faut qu'on discute d'un moyen d'étendre les responsabilités de chacun.

— Comment ça ? demanda Jake.

Seth détourna les yeux.

— J'ai besoin d'aide.

Le silence qui suivit ne fut interrompu que par un bruit de vaisselle distant, venant de la cuisine. Seth ne demandait jamais d'aide. Tout le monde le savait.

Marcus fut le premier à saisir la balle au bond.

— Comment pouvons-nous t'aider ?

— Qu'est-ce qui ne va pas ? enchérit Jake.

Seth secoua la tête.

— Rien. C'est juste..., commença-t-il avant de pousser un soupir. Je suis juste fatigué. J'ai promis à Tyler et à Allie d'aborder le sujet aujourd'hui.

— Très bien, acquiesça Deklan. On t'écoute.

— Merde, c'est dur, dit-il en prenant appui sur la table. J'aimerais engager des gens pour m'aider avec l'aspect opérationnel du boulot. Toute cette paperasse, dit-il en désignant des piles de papiers entassées sur la table, est fastidieuse. Le planning, la paie, les rappels de cotisations des membres, et tout le reste. On est toujours trop peu nombreux, mais les candidatures des nouveaux membres ont doublé. C'est comme si tous les Tom, les Dick et les Harry du coin pensaient qu'ils pouvaient entrer au Red Room après avoir entendu parler du club aux infos. Bien sûr, la plupart des demandes sont rejetées, mais on doit malgré tout les traiter.

— Alors fais-le, dit Jake. Fais-toi aider, bon sang. Aucun de nous ne s'y oppose.

Autour de la table, tout le monde hocha la tête.

— Je peux t'aider pour le recrutement et les entretiens avec les nouveaux membres, dit Marcus. Il est temps que mon diplôme me serve à quelque chose.

Vanessa et Noah avaient des emplois à plein temps en dehors du club, et Rock se consacrait exclusivement aux questions de sécurité. Jake passait désormais une grande partie de son temps à l'équipement BDSM, ce qui signifiait que Marcus et Deklan étaient les seuls à pouvoir intervenir.

— Comment feras-tu pour la formation individuelle ? demanda Seth.

Marcus inspira. C'était le moment de se jeter à l'eau.

— C'est le soir, dit-il, lançant un coup d'œil à Deklan avant d'ajouter : Je pensais moi aussi à demander à deux de nos employés les plus expérimentés de prendre le relais.

— De quoi parles-tu ? s'exclama Deklan.

Deklan s'était occupé des programmes de formation des dominateurs et des Soumis depuis l'ouverture du club et formait toujours les membres comme les employés.

Marcus hésita. Il aurait dû aborder la question avec lui d'abord, mais maintenant que le sujet était sur le tapis, autant poursuivre.

— Si on déléguait la formation des membres à certains de nos employés expérimentés, cela nous permettrait de dégager du temps pour nous. Je pense à cinq d'entre eux qui seraient très compétents et qui seraient ravis de saisir cette occasion.

L'air renfrogné que prit Deklan lui indiqua qu'il avait déjà pensé à cette éventualité.

— Et comment comptes-tu t'y prendre ? Que fera-t-on s'ils font un mauvais boulot et que les clients se plaignent ?

Marcus leva les yeux au ciel.

— C'est ce qu'on appelle la confiance. C'est toi qui les as tous formés. Les laisserais-tu bosser dans le club si tu ne leur faisais pas confiance avec les clients ? C'est exactement la même chose.

Deklan secoua la tête.

— Je n'en suis pas si sûr.

— Ecoute..., dit Marcus, je sais qu'on est tous des maniaques du contrôle. (Rock étouffa un petit rire, et baissa la tête quand tout le monde le regarda avec animosité.) Mais si le club est appelé à se développer, nous devons faire confiance à nos employés et leur confier davantage de responsabilités.

— C'est exactement ce qu'Allie a dit, intervint Seth. L'idée n'est pas dénuée de mérite, Dek. Je préférerais que Marcus et toi m'aidiez à gérer la boîte et laisser les autres s'occuper des affaires courantes.

— J'ai un diplôme en gestion d'entreprise, ajouta Marcus. Laisse-moi le mettre à profit. En fait, tu devrais me laisser m'occuper du personnel. Je connais tous ceux qui travaillent ici, et les différents postes. Je peux m'occuper des recrutements, des querelles internes et de toutes ces conneries.

— T'es sérieux ? demanda Seth, l'air franchement dubitatif. Tu te portes volontaire pour te charger de tout ce fatras ?

— Je crois que c'est une bonne idée, intervint Vanessa. S'il veut s'en occuper, laisse-le faire. Il a les compétences nécessaires, et il connaît le boulot. Ça semble logique, et Dieu sait que personne ne veut le faire ! Nous pourrons toujours reconsidérer les choses plus tard si ça ne fonctionnait pas.

— T'es O.K. avec ça, Dek ?

— Je suppose que oui, dit ce dernier, sans toutefois sembler satisfait.

Marcus se détendit et sourit. C'était une bonne nouvelle.

— Tant que nous sommes sur ce sujet, dit Jake, j'aimerais me décharger de la responsabilité du stock. Y a-t-il quelqu'un, au bar ou en cuisine, en qui nous pouvons avoir confiance ?

La discussion se poursuivit. Les transitions seraient sans doute lentes à se mettre en place, mais elles seraient possibles. Dès que toute cette bande de dominateurs consentiraient à perdre un peu de leur pouvoir…

Marcus sourit à cette pensée. Cela prendrait peut-être un peu de temps, mais ils finiraient bien par y arriver.

Chapitre 14

Marcus passa derrière Quinn et fit glisser son trench sur ses épaules, avant de le tendre, accompagné de son sac, à la femme du vestiaire. Le hall d'entrée était bondé, la foule du samedi soir arrivant en flux régulier. Et comme à l'accoutumée, les accords de musique se faisaient entendre chaque fois que quelqu'un entrait dans la salle principale du Red Room. Il régnait une atmosphère chaude et sensuelle qui contrastait avec l'air frais qui s'engouffrait par la porte d'entrée.

— Ton trajet s'est bien passé ? demanda Marcus, posant la main sur l'épaule nue de Quinn.

— Oui, merci.

Il détailla la tenue qu'elle avait passée avant de venir, les yeux brillants. Elle portait un bustier rouge qui lui comprimait la taille et faisait pigeonner ses seins. Il sourit lorsque son regard se posa sur la courte jupe noire, qui lui couvrait à peine les fesses.

Il se pencha vers elle, et lui mordilla le cou.

— Jolie jupe, ma petite chatte.

Comme chaque fois, cette phrase la plongea immédiatement dans son rôle de Soumise. Personne n'aurait osé l'appeler ainsi en dehors de ces murs. Pourtant, chaque fois que Marcus prononçait ces mots, elle sentait une excitation brûlante envahir tout son corps.

Mais, ce soir, elle ne pouvait plus vraiment parler de rôle. C'était plutôt un état d'esprit qui se mettait naturellement en place chez elle, à présent. Elle pencha la tête, et se laissa aller au plaisir que lui procurait la légère morsure de Marcus dans son cou.

— Merci, monsieur. Je l'ai choisie pour vous.

Il la mordilla de nouveau.

— Pour moi seulement ?

— Oui, monsieur.

Il n'y avait absolument personne d'autre pour qui elle aurait eu envie de porter cette jupe. Elle sourit et le regarda droit dans les yeux.

Il lui donna une petite tape sur les fesses, et, même si ses marques ne la faisaient presque plus souffrir, elle tressaillit. Pour la forme, elle lui lança un regard furieux, compensé par le sourire qu'elle ne parvenait pas à dissimuler. Elle ne voyait pas d'inconvénient à ce qu'il lui rappelle à qui elle appartenait.

Il lui prit la main et l'entraîna à l'écart de la foule. Sans un mot, elle le regarda sortir le collier de sa poche. Elle se tourna simplement et releva ses cheveux pour lui donner accès à son cou. C'était la deuxième nuit où elle gardait les cheveux lâchés. Comme il le lui avait demandé. Avec cette coiffure, elle savait qu'elle avait plus de chances d'être reconnue. Mais elle voulait satisfaire Marcus, et le Red Room lui avait garanti l'anonymat.

Quand il passa le collier autour de son cou, il laissa ses mains s'attarder sur sa peau en une caresse légère. Elle soupira au contact de ses doigts et ses dernières résistances s'évanouirent. Elle s'abandonna complètement à Marcus.

Aussitôt, elle sentit ses lèvres sur son cou. Oui, cet homme chérissait sa soumission. Pourtant, elle n'avait pas l'impression d'être son objet. Non, elle avait davantage l'impression d'être un trésor qui lui appartenait.

— Nous ne ferons pas de Séance ce soir, lui dit-il en attachant la laisse sur le devant de son collier.

— Bien, monsieur.

Déçue, Quinn avait néanmoins essayé de parler d'une voix égale. Il s'était passé deux nuits depuis leur dernière Séance, et elle avait espéré que, cette fois, elle pourrait de nouveau faire autre chose que regarder.

— Qu'y a-t-il ?

— Rien.

— Quinn.

Il avait prononcé son nom sur le ton sévère du dominateur et, instinctivement, elle leva les yeux vers lui. Elle sentit son souffle s'accélérer en voyant la dureté de son expression.

— Je te connais trop bien pour ces petits jeux. Quand je te pose une question, je veux une réponse. Dis-moi ce que tu veux.

Quinn soupira. Une fois encore, il la forçait à exprimer ses désirs. N'était-ce pas le privilège des Soumises de ne pas avoir à se soucier de tout ça ?

— J'espérais que nous nous amuserions un peu ce soir, monsieur.

Il afficha un sourire qu'on ne pouvait qualifier que de pervers, et dont la promesse la brûla plus sûrement que la plus audacieuse des caresses.

— Oh ! nous allons jouer, ma petite chatte, dit-il en lui caressant la cuisse, remontant lentement la main sous sa jupe. Tu as suivi mes ordres à la perfection, et tu seras récompensée. Fais-moi confiance.

Il lui avait demandé de ne pas porter de culotte, et, même

si elle s'y était attendue, elle eut le souffle coupé en sentant la main de Marcus entre ses cuisses.

Il enroula la laisse autour de son poignet et l'attira près de lui, la forçant à le regarder.

— Ce soir, tu ne parleras pas, à moins que je ne t'en donne la permission, dit-il en glissant un doigt dans son sexe.

Quinn se mordit la lèvre de plaisir, retenant un gémissement.

— Ton corps m'appartient, et je peux jouer avec autant que je veux. Tu me laisseras faire, de ton plein gré.

Il fallut à Quinn un long moment de silence pour prendre conscience qu'il attendait une réponse.

— Oui, monsieur.

Elle avait de nouveau le cœur qui battait la chamade.

— Beaucoup d'yeux seront braqués sur nous ce soir, ne me déçois pas, ma petite chatte.

— Non, monsieur.

— Je sais bien que tu répondras à mes attentes.

Il avait confiance en elle. Un tel sentiment de joie et de puissance s'emparait d'elle à cette pensée ! Ce soir, elle le rendrait fier d'elle. Elle allait être la meilleure Soumise qu'il ait jamais eue.

Quand il ôta sa main, elle laissa échapper une légère plainte. De soulagement ou de déception ? Elle-même n'aurait su le dire. Tout était si confus ! La pression des lèvres de Marcus contre les siennes la tira de ses pensées, puis il fit un pas en arrière.

— Encore une chose, dit-il en effleurant ses lèvres du bout des doigts. Ne joue pas la comédie. Je te veux toi, Quinn, comme l'autre nuit. Nous savons l'un et l'autre que tu ne jouais pas un rôle. Ne te cache plus.

Quinn ferma les yeux. Il lui en demandait trop. Les choses étaient tellement plus faciles lorsqu'il était établi qu'elle jouait un rôle. Mais Marcus ne s'y était pas trompé. A présent, ils savaient l'un et l'autre ce qu'il en était. Terrifiée, elle sentit son visage s'enflammer. Elle aurait tellement voulu pouvoir nier, lui dire qu'il se trompait. Mais elle refusait de se mentir à elle-même.

Elle serra les poings pour masquer leur tremblement, et s'humecta les lèvres avant de pouvoir parler.

— Et toi, que me donnes-tu ?

Ces propos ne convenaient sans doute pas à une Soumise, mais elle refusait d'être la seule à se sentir mise à nue et vulnérable.

Pour la première fois depuis son premier soir au club, elle eut envie de fuir. Cette idée lui avait traversé l'esprit à plusieurs reprises. Chaque fois, elle l'avait écartée, mais la tentation n'avait jamais été aussi forte qu'en cet instant.

— Quinn, répondit Marcus en écartant une mèche de cheveux de son visage, qu'il prit ensuite entre les mains. Je t'appartiens déjà. Je suis à toi.

Et qu'était-elle censée faire de ça ? Elle se sentit soudain prise de panique. La vérité était là, dans les yeux de Marcus posés sur elle. Mais pour elle, c'était trop. Trop rapide, trop intense.

Elle ferma les yeux, tentant de refouler ses larmes.

— Je te rattraperai, murmura-t-il, avant d'essuyer une larme qui coulait sur sa joue. Fais-moi confiance.

Alors, elle se laissa aller contre lui, le cœur prêt à exploser. Elle s'abandonna à son étreinte, se réfugiant dans ses bras musclés. Elle sentait la douceur de sa chemise de soie contre son front et son odeur à la fois fraîche et masculine, si familière et réconfortante. Il glissa les doigts dans ses cheveux et la serra contre lui.

Ils restèrent une ou deux minutes ainsi, sans bouger, avant qu'elle ne trouve la force de s'écarter de lui pour le regarder.

C'était sans doute la chose la plus stupide qu'elle ait jamais faite et il était presque certain que cela lui briserait le cœur, mais elle était allée trop loin pour faire marche arrière à présent. Elle n'avait plus qu'une chose à faire.

Elle s'agenouilla en position de Soumise, et dit :

— Oui, Marcus.

Marcus exulta. Quinn était superbe, et elle était complètement à lui. Elle était agenouillée en position de soumission à ses pieds. Il était béni des dieux.

En cet instant, il aurait voulu être n'importe où, sauf dans ce couloir du Red Room, à demi caché dans la pénombre. Il avait envie de la plaquer contre le mur, et de prendre tout ce qu'elle venait de lui offrir.

— Parfait, Quinn.

Il tira sur la laisse, et elle se leva avec grâce, obéissant à son ordre silencieux. Dès qu'elle fut sur ses pieds, il la prit dans ses bras et lui plaqua le dos contre le mur. Aussitôt, elle referma naturellement les jambes autour de ses hanches. Elle était si menue. Elle tenait parfaitement dans ses bras musclés. Il posa ses lèvres sur les siennes et elle répondit aussitôt à son baiser avec passion, s'agrippant à lui.

Bon sang, il aurait pu la dévorer, là. Ardente un instant, soumise la seconde suivante, elle était celle qu'il cherchait depuis toujours.

Il la reposa à terre et trouva dans sa poche les pinces à seins qu'il avait emportées pour elle.

— La leçon de ce soir porte sur le plaisir anticipé et l'endurance, murmura-t-il d'une voix rauque.

Il ouvrit la main pour la laisser observer ce qu'il lui réservait. La surprise se peignit sur le visage de Quinn, mais elle ne dit rien. Sa délicieuse Soumise…

Il vérifia qu'ils étaient bien seuls dans le couloir et descendit le Zip situé à l'avant de son bustier. Aussitôt, elle se figea, et il commença à lui caresser le bout des seins. Bientôt, leurs pointes roses se dressèrent, prêtes à être torturées. Il aurait pu s'arrêter là, mais il s'en sentait incapable. Il avait encore besoin de la toucher. Alors, il continua à lui pincer le bout des seins, jusqu'à ce qu'elle se cambre contre le mur. Elle laissa sa tête se renverser en arrière, et ses paupières lourdes ne pouvaient cacher le désir qui traversait son regard.

Alors seulement il referma chaque pince au bout de ses seins, puis tourna lentement les vis jusqu'à ce que Quinn pousse un petit soupir. Elles n'étaient pas très serrées, mais la douleur monterait lentement et Quinn y penserait à chaque frottement du bustier.

Il glissa un doigt sur son sexe. Elle était humide, prête, et cette sensation était enivrante.

— La seule chose sur laquelle tu dois te concentrer ce soir, c'est ne pas jouir.

Il lui déposa un baiser sur les lèvres, qu'elle entrouvrit, avide de plus, mais il recula.

Le regard plongé dans le sien, il glissa une main sous sa jupe et effleura son clitoris, jusqu'à ce qu'elle se contorsionne contre sa main.

— Quoi que je fasse, tu ne jouiras pas tant que je ne te dirai pas que tu peux le faire.

Elle avait le souffle court, les lèvres entrouvertes. La regardant toujours droit dans les yeux, il lui caressa les lèvres, les doigts encore humides d'elle. Il lut la surprise dans son regard et fut récompensé pour son attente lorsqu'il la vit sortir la langue pour lui lécher le doigt.

— T'étais-tu déjà goûtée avant ? Maintenant, tu sais de quoi je meurs d'envie chaque fois que je te vois, ajouta-t-il quand elle fit non de la tête.

Une lueur de défi brilla dans les yeux de Quinn et un demi-sourire se dessina sur ses lèvres.

— De ta petite chatte ?

Bon sang ! Elle jouait avec lui.

— Sois sage ! dit-il en attrapant la laisse. Viens ici, ma petite chatte.

Il l'entraîna dans la pièce principale, prêt à lui administrer une punition pour son insolence.

Une punition qu'ils allaient sans aucun doute tous deux apprécier.

Quinn s'agenouilla aux pieds de Marcus, dans une pose impeccable. Ses tétons étaient plus sensibles qu'ils ne l'avaient jamais été, de sorte qu'elle en avait conscience à chaque instant. Elle avait également une conscience accrue de son sexe, car sa jupe très courte laissait passer l'air entre ses cuisses écartées. Une caresse aussi légère que constante.

Ils étaient au bar de l'étage principal, mais elle ne leva pas les yeux pour voir qui se trouvait là, autour d'eux. Elle resta concentrée sur le parquet abîmé tandis qu'elle laissait le monde flotter autour d'elle. Marcus lui avait donné un oreiller pour ses genoux, mais elle sentait ses muscles se contracter à force de rester dans la même position.

Soudain, elle ressentit une vibration sourde profondément enfouie dans son vagin. Le petit vibromasseur lui avait semblé inoffensif lorsque Marcus l'avait glissé en elle pour la punir de l'avoir défié… mais, comme pour la cravache, elle s'était totalement trompée.

Il était presque impossible de rester immobile. L'instrument bourdonnait en silence en elle… titillant ses zones les plus sensibles, y compris certaines dont elle ignorait l'existence jusque-là. C'était comme si tout son corps était en éveil…

suppliant d'obtenir ce qu'elle ne pouvait obtenir… un orgasme. Même ses tétons semblaient durcir chaque fois qu'il actionnait le fichu instrument.

— Comment vas-tu, ma petite chatte ?

Marcus passa la main dans ses cheveux. On aurait dit qu'il caressait un animal, c'était humiliant, non ? Et malgré tout, elle faillit ronronner à son contact. Elle pencha la tête, suivant les mouvements de sa main. Faisant un effort pour reprendre contact avec le réel, elle répondit :

— Bien, monsieur.

Le vibromasseur s'arrêta, et elle reprit enfin son souffle. Il lui caressa les cheveux, et joua avec son collier. Il la touchait d'un geste qui semblait distrait, mais chaque contact avec ses doigts la faisait frissonner.

Au-dessus d'elle, Marcus continuait sa conversation avec des gens qu'elle ne voyait pas, et elle laissa son esprit s'échapper de nouveau, jusqu'à trouver cet état de calme qu'elle ne connaissait qu'ici. La musique s'estompa et les voix se turent autour d'elle. Elle n'entendait plus que les battements de son cœur. Elle l'entendait cogner dans sa poitrine et, se concentrant sur ce seul bruit, elle s'éloignait peu à peu de tout le reste.

Quand elle atteignait cet état, elle pouvait oublier tout le reste. Marcus était là. Il prendrait soin d'elle. C'était tout ce qu'elle avait besoin de savoir.

— Par ici, ma petite chatte.

La légère pression sur le côté de sa tête lui fit lever les yeux pour voir ce qu'il voulait. Elle n'avait pas besoin de sortir du calme où elle était retranchée pour comprendre. Elle bascula doucement sur le côté et les muscles de ses cuisses et de ses bras se détendirent avec le changement de position tandis qu'il guidait sa tête pour la faire reposer contre sa cuisse à lui, couverte de cuir. Quinn soupira. La satisfaction qu'elle éprouvait était totalement inattendue.

Marcus glissa les doigts sous son bustier, et tira légèrement sur la chaîne reliant les pinces, au bout de ses seins. Aussitôt, la douleur envoya une décharge d'adrénaline entre ses cuisses. Elle se mordit la joue, réprimant un gémissement. Les vibrations recommencèrent. Le corps en feu, bouleversée de sensations contradictoires, elle s'appuya contre la jambe de Marcus pour dissimuler son visage.

Les jambes serrées, la sensation de vibration était plus intérieure. Elle se contracta de tout son corps pour essayer d'en atténuer l'intensité. Sans succès. Elle serra les poings, pour s'empêcher de se caresser. Un seul contact, c'était tout ce dont elle avait besoin. Une seule petite caresse.

— S'il te plaît, gémit-elle.

La douleur qui sembla exploser au bout de son sein quand il tira une nouvelle fois sur la chaîne fut si vive qu'elle lui mordit la jambe sans réfléchir. Elle haleta au rythme des battements désordonnés de son cœur, et juste à l'instant où la douleur commençait à diminuer, son autre téton fut assailli par la même douleur intense.

Merde. Ça faisait mal. Elle sentit les larmes lui monter aux yeux tandis qu'elle reprenait son souffle. La soudaine accélération des vibrations du vibromasseur la fit se redresser. Elle n'était plus que sensations — douleur et plaisir intimement mêlés dans une danse délicate d'amants hostiles. Tout en elle hurlait qu'on la délivre de cette terrible pression qui grondait en elle.

— Jouis, Quinn.

La soupape lâcha, et tout son univers explosa. Des étoiles fusèrent derrière ses paupières et tout son corps fut secoué de spasmes violents, accompagnés de gémissements qui bourdonnèrent sourdement à son oreille.

Chapitre 15

Quinn était incroyable. Marcus regarda, émerveillé, l'expression d'extase sur le visage de sa Soumise. Elle était si cambrée que ses seins dépassaient désormais de son bustier avec une sorte de grâce décadente, et cette vision le ravit.

Le visage toujours pressé contre sa cuisse, elle poussa un cri étouffé, puis son corps fut secoué par un immense frisson. Bon sang ! Si son sexe en érection n'était pas comprimé dans son pantalon en cuir, il aurait probablement joui avec elle.

Il éteignit le vibromasseur et prit Quinn dans ses bras. Sans le moindre effort, il la souleva et la posa sur ses genoux. Les muscles totalement relâchés, elle ne lui opposa aucune résistance. Parcourue d'un nouveau tremblement, elle s'abandonna contre lui tandis que de petits sanglots s'échappaient d'entre ses lèvres. Lorsqu'elle se pelotonna contre lui, enfouissant son visage au creux de son épaule, il sentit son souffle court contre sa peau.

A cet instant seulement, il leva les yeux et vit les regards admiratifs du petit groupe de gens qui s'étaient arrêtés pour assister au magnifique spectacle que leur avait réservé Quinn. Plein de fierté, il la serra contre lui dans un geste protecteur. Il y avait plus d'un dominateur qui la regardait avec désir et convoitise, et il dut faire un effort sur lui-même pour ne pas s'en prendre à eux.

— Elle est magnifique, commenta l'un d'eux. Vous l'avez bien dressée.

— Merci, répliqua-t-il sèchement en leur adressant un regard qui était une invitation à s'éloigner.

Les voyeurs comprirent le message et s'éloignèrent. Il saisit sa bouteille d'eau, puis se figea. A quelques pas, Jake et Noah le fixaient, un petit sourire à la fois narquois et compréhensif sur le visage. A leur côté, Vanessa le foudroyait du regard. Sans leur prêter attention, il but de longues gorgées d'eau, puis porta la bouteille aux lèvres de Quinn et attendit qu'elle boive. Elle but doucement, à bout de forces, les yeux à peine entrouverts. Puis elle se lova de nouveau dans ses bras.

— C'était une belle exhibition, dit Noah, brisant le silence.

Il n'y avait pas la moindre trace de sarcasme dans sa voix, et pourtant Marcus se contracta.

— J'espère que tu sais ce que tu fais, coupa Vanessa d'une voix autoritaire, qui laissait entendre qu'elle pensait le contraire.

Pour qui se prenait-elle ? Il était un dominateur professionnel, et il n'avait pas besoin qu'elle remette en question chacun de ses actes.

— Laisse tomber Vanessa, intervint Jake. C'est entre Marcus et sa Soumise.

Les lèvres pincées, signe de son désaccord, Vanessa détourna les yeux. L'atmosphère était très tendue, et Marcus sentit l'immense plaisir que le spectacle de Quinn venait de lui offrir se dissiper.

Il respira profondément pour maîtriser sa colère mais, lorsqu'il parla, son ton était glacial :

— Je ne comprends pas où est ton problème. Je ne suis pas un débutant. Je sais ce que je fais.

L'expression de Vanessa s'adoucit lorsqu'elle croisa son regard. Elle soupira.

— Tu as raison, je suis désolée.

Elle observa Quinn qui semblait endormie dans ses bras.

— Je ne veux pas que qui que ce soit souffre.

— Je ne vais pas la faire souffrir, insista doucement Marcus.

Il était à peu près certain que Quinn n'entendait pas leur conversation, mais le simple fait qu'ils abordent ce sujet à ce moment précis, alors qu'elle était si vulnérable, lui était insupportable. Il mit la main sur son oreille et lui caressa les cheveux, essayant d'assourdir les paroles échangées.

— Pas volontairement, répliqua Vanessa. Mais c'est surtout à ton sujet que je m'inquiète. Elle ne va pas rester. Tu es au courant, n'est-ce pas ?

— Bien sûr que je le sais.

Il se l'était même répété un nombre incalculable de fois, mais cela ne changeait rien à ses sentiments. Il n'allait pas cesser de l'aimer simplement parce qu'elle vivait en Californie. Ils trouveraient une solution le moment venu.

— Et elle, elle sait dans quoi elle s'engage ?

Marcus dévisagea Noah.

— C'est stupide, comme question.

Noah le fixa à son tour.

— Vraiment ?

— On veut juste te dire de faire attention, c'est tout, intervint Jake.

Marcus secoua la tête. D'où leur venait cette soudaine inquiétude ? Il n'avait jamais suscité ce genre de sentiment jusque-là.

— Je suis toujours prudent, riposta Marcus.

— Je sais, dit Jake. Mais tu n'as jamais été aussi remué par une Soumise que cette fois. Elle est nouvelle dans ce milieu, jeune, et ici de façon temporaire. Toutes les conditions pour un désastre sont réunies.

Marcus détourna le regard. Il en était bien conscient, mais il refusait de se laisser gagner par leur pessimisme blasé. Il n'avait jamais laissé rien ni personne se mettre en travers de son chemin, et il n'allait pas commencer maintenant.

Noah jeta un coup d'œil à sa montre.

— Son contrat prend fin demain. Je te conseille de le prolonger de façon contractuelle si elle reste dans les parages.

Marcus n'avait pas besoin de sous-titre : Noah voulait que le club soit couvert si sa relation avec Quinn capotait. Il était avocat et il ne faisait que son boulot, mais Marcus retint un mouvement d'humeur. Pourquoi fallait-il que tout le monde pense que cela ne pouvait que mal finir ? Déterminé à ne pas se laisser intimider, il défia Vanessa du regard.

— Tu as quelque chose à ajouter ?

Vanessa croisa les bras sur son corset noir, qui contrastait avec sa peau très blanche, et l'observa de nouveau.

— Justement, oui.

Même s'il avait vraiment envie de lui dire de s'occuper de ses oignons il hocha la tête, prêt à l'écouter.

— Entre elle et toi, c'est tout nouveau tout beau et euphorisant. C'est toujours comme ça au début. Mais garde à l'esprit que tout ce qui vaut la peine d'être vécu mérite qu'on fasse des efforts.

Elle lui adressa un sourire dépourvu de joie, puis s'éloigna à grandes enjambées avant qu'il ait le temps de répondre.

A quoi tout cela rimait-il, bon sang ? Il n'en avait pas la moindre idée. Il sentit la colère monter en lui, venant s'ajouter à sa frustration de voir cette nuit parfaite gâchée par quelques mots bien choisis.

— J'ai l'impression que tes amis ne m'aiment pas beaucoup.

Marcus jura en silence en entendant les paroles murmurées par Quinn. Il la serra contre lui, regrettant qu'elle ait entendu leur conversation.

— Ça n'a rien à voir avec toi, dit-il d'une voix dans laquelle perçait sa colère. Ils sont juste prudents. Nous avons eu des problèmes avec un client il y a quelques mois, et ils ne veulent pas que l'histoire se répète.

— Hum…, fit-elle, ce n'est pas l'impression que j'ai eue. Ils pensent que je vais te faire du mal.

— Même si c'était vrai, moi je ne le pense pas.

Tout à fait sûr de lui à présent, il sortit son portable de sa poche et adressa un texto succinct à ses associés. Qu'ils aillent au diable. Pour ce soir, il avait terminé. Il leur revaudrait ça une autre fois.

Puis il serra Quinn dans ses bras et se leva. Elle passa les bras autour de son cou, sans poser de questions. A 1 heure du matin, l'ambiance battait son plein au club. La piste de danse était bondée, tout comme le bar et l'espace lounge. Et il y avait fort à parier que la salle des voyeurs et le Donjon devaient eux aussi déborder d'activité. Les affaires marchaient bien. Cette constatation l'aurait enthousiasmé la semaine précédente mais, ce soir, il s'en moquait complètement. En fait, il aurait même préféré qu'il y ait moins de monde qui se mette en travers de son chemin. Il ne pensait plus qu'à une chose : sortir Quinn de là.

Le trajet en ascenseur fut rapide et délicieusement calme. Il ne lui avait pas demandé si elle voulait passer la nuit avec lui, mais il n'avait pas l'impression que cette question était nécessaire.

Il n'alluma pas les lumières en entrant dans le loft. La

lune brillait à travers les grandes fenêtres et cela lui suffisait pour se diriger jusqu'à la chambre.

Quinn remua lorsqu'il la posa sur le lit. Elle se frotta les yeux et bâilla avant de lui faire un petit sourire.

— J'ai besoin d'aller à la salle de bains.

— Bien sûr. Tu veux prendre une douche ?

— Non, dit-elle. Je suis trop fatiguée.

Elle avait le visage engourdi par le sommeil, et il sentit son cœur se serrer. Le clair de lune semblait s'accorder avec la couleur de ses cheveux. Comme elle était belle !

Peu importait ce que les autres pensaient. Il n'allait pas renoncer à découvrir ce que leur histoire pourrait devenir juste parce qu'ils avaient peur de la façon dont les choses risquaient de tourner.

Pendant qu'elle était dans la salle de bains, il se changea et enfila un T-shirt et un caleçon. Il envoya un autre texto au vestiaire, demandant qu'on monte les vêtements de Quinn, puis il alla leur chercher de l'eau dans la cuisine. Il était en train de se demander si elle voudrait aussi quelque chose à manger lorsqu'elle le rejoignit dans la cuisine.

— J'ai piqué une de tes chemises, dit-elle, un sourire aux lèvres en s'approchant de lui. J'espère que ça ne te dérange pas.

— Pas du tout. D'ailleurs, elle te va mieux qu'à moi. Tu as faim ?

Elle secoua la tête mais accepta la bouteille d'eau.

— J'ai lavé ton petit instrument de torture et je l'ai laissé dans la salle de bains pour toi.

Il fronça les sourcils.

— Mon instrument de torture ?

— Oui… ce petit jouet innocent qui a failli me tuer ce soir.

Pour la première fois depuis sa désagréable conversation avec Jake, Noah et Vanessa, il eut envie d'éclater de rire.

— Le vibromasseur ! Merci.

Elle haussa les épaules.

— Je ne sais toujours pas ce qui était pire, ça ou la cravache. Les deux sont aussi trompeurs tant ils semblent inoffensifs.

— Exactement comme toi, ajouta-t-il avec un clin d'œil. Je pensais regarder un film, je suis trop surexcité pour dormir. Tu peux aller te coucher si tu es fatiguée, ça ne me dérange pas.

Elle réprima un bâillement.

— Qu'est-ce que tu vas regarder ?

Il s'accroupit devant la pile de DVD et les passa en revue.

— Aucune idée. Des demandes particulières ?

Elle rit doucement.

— Non, tant que je ne fais pas partie du casting, je m'en fiche. Ah, et pas de film d'horreur, ajouta-t-elle en s'affalant sur le canapé. Je sais que tout est faux, mais j'ai toujours peur.

— Entendu.

Il lui fallut quelques minutes pour trouver une comédie qu'il aimait bien. Rire leur ferait du bien. Lorsque le film fut prêt, il fouilla dans un autre carton jusqu'à ce qu'il trouve le plaid bordeaux et doré que sa mère lui avait tricoté des années plus tôt.

Elle sourit lorsqu'il l'étala sur ses jambes.

— Est-ce que toutes tes affaires sont de cette couleur ?

— Quoi ? demanda-t-il en s'asseyant près d'elle et en la serrant contre lui. Ces couleurs sont super. Et ne me dis pas que tu ne les aimes pas, à moins que tu ne me cherches.

— Hum, je suppose que si on est supporter de l'obscure équipe de foot de l'Université du Minnesota, alors elles sont chouettes, dit-elle avec un sourire narquois non dissimulé.

— Je n'arrive pas à le croire ! Tu cherches vraiment la bagarre ?

Elle rit à gorge déployée.

— Non, dit-elle en buvant une gorgée d'eau. Mais quel héroïsme, être prêt à te battre pour tes couleurs !

Il se pencha vers elle et déposa un baiser sur ses lèvres. Elle était parfaite, aucun doute là-dessus.

Il lança le film et se cala sur le canapé, de façon que Quinn soit allongée contre son torse, ses longs cheveux blonds étalés sur le plaid. La tension accumulée dans la soirée retombait doucement pour laisser place à la simplicité du moment.

Regarder un film avec sa petite amie. Ça sonnait comme stupidement sentimental dans son esprit, mais son cœur lui soufflait que c'était juste parfait. Il n'avait jamais eu envie de cette simplicité avec une autre fille, pas même lorsqu'il était à l'université. A cette époque, il s'intéressait surtout au football. Et pourtant, une part de lui-même avait toujours désiré ce que ses parents avaient. Ce qu'il avait trouvé. Enfin.

Il avait connu beaucoup de filles, mais il n'avait eu de relation sérieuse avec aucune d'elles. Pas au point d'apprécier une chose aussi simple que de la serrer contre lui sur le canapé.

C'était ironique. Si on y réfléchissait, il régressait : tandis que la plupart des hommes passaient des câlins à la fessée en mûrissant, il allait dans la direction opposée. Il passa les doigts dans les cheveux de Quinn. Oui, il régressait peut-être, mais cela lui convenait très bien. Et il n'avait pas l'intention d'abandonner ce nouvel aspect de sa vie. Aucune chance. Il était prêt à passer beaucoup plus de moments tels que celui-ci avec elle.

Et maintenant, il ne lui restait plus qu'à convaincre Quinn de se ranger à son avis.

Chapitre 16

Dans un demi-sommeil, Quinn se retourna. Le corps chaud pressé contre le sien avait quelque chose de familier. Tout comme la main qui lui caressait le dos et les fesses. Elle remua dans les bras de Marcus et poussa un gémissement d'appréciation.

Il lui écarta doucement les jambes, et glissa une main entre ses cuisses. Elle se cambra lorsque ses doigts passèrent sur son sexe, mais il ne s'y attarda pas. Il remonta sa main et continua à lui caresser le dos.

Elle lui mordilla le torse.

— Allumeur ! marmonna-t-elle.

Elle entendit son rire vibrer à son oreille et il la serra dans ses bras.

— Bonjour, ma petite chatte. Tu es d'humeur bagarreuse aujourd'hui ?

— Non, répondit-elle. Je dirais plutôt frustrée.

— Ah oui ? demanda-t-il en glissant la main jusqu'à ses fesses pour les caresser. Et qu'est-ce qui pourrait te mettre dans un tel état ?

Elle étouffa son rire contre son torse. Du bout des doigts, il lui effleurait la peau, juste assez pour la chatouiller, mais elle voulait s'empêcher de rire. Elle dut finalement reconnaître sa défaite.

— Arrête, pouffa-t-elle, essayant d'échapper à ses mains, en vain.

— Quoi ?

Oh ! il voulait jouer à ça ? Il faisait l'innocent ? Elle riposta aussitôt, glissant les mains le long de ses côtes pour lui rendre la pareille.

— Eh ! s'exclama-t-il en riant.

Une seconde plus tard, elle était sur le dos, les bras maintenus au-dessus de la tête, Marcus penché au-dessus d'elle. Elle eut juste le temps d'apercevoir son sourire, avant qu'il ne pose les lèvres sur les siennes. Leur baiser fut profond, intense.

Il était beau et musclé à la lueur de l'aube. Elle sentit le matelas bouger sous elle, et enroula les jambes autour des hanches de Marcus. Elle voulait sentir son corps contre elle.

Il joua avec ses lèvres, les mordilla, les agaça. N'y tenant plus, elle se redressa vers lui pour l'embrasser à pleine bouche. Elle ne pouvait plus se passer de ses baisers. Ni de tout ce qu'il lui offrait.

Brûlante de désir, elle se frotta contre lui. Elle voulait sentir sa chaleur… Elle le voulait en elle.

Elle tenta de dégager ses bras, mais il ne la laissa pas lui échapper. Elle interrompit leur baiser.

— S'il te plaît, dit-elle d'une voix haletante, j'ai envie de te toucher.

Les yeux de Marcus furent envahis par une lueur plus sombre. Il avait le souffle court, tout comme elle. Il saisit ses deux poignets d'une main, et de l'autre, lui pinça un téton. Elle se cambra aussitôt.

— Tu en es sûre ?

Oui, oui, oui. Jamais elle n'avait été aussi sûre de quoi que ce soit.

— Oui.

Il pinça plus fort le bout de son sein, jusqu'à ce qu'il devienne plus sensible, douloureux.

— Dis-moi ce que tu veux.

— Te toucher.

C'était ce qu'elle voulait par-dessus tout. Elle voulait le toucher librement, partout là où elle le désirait, sentir sa peau sous ses doigts.

— Quoi d'autre ?

Tout — ce fut sa première pensée, mais elle savait que ce n'était pas assez précis. Marcus relâcha son téton, et elle se mordit la lèvre, tous les sens en alerte.

— J'en veux plus.

Quand les mots jaillirent de sa bouche, elle fut la première surprise. Venait-elle vraiment de lui demander de lui faire mal ?

— Plus de ça ? demanda-t-il en pinçant son autre téton.

Elle retint son souffle, sentant la tension monter en elle, puis laissa échapper un soupir qui trahissait son plaisir.

— Oui, admit-elle, vaincue par le regard pénétrant de Marcus. J'aime ça… cette intensité.

Il l'embrassa de nouveau. Un baiser aussi dévorant et torride que le précédent. Puis il s'écarta d'elle et l'embrassa près de l'oreille.

— Et quoi d'autre ? murmura-t-il d'une voix grave, lourde de désir.

— Je veux sentir ta peau contre la mienne.

Il y avait trop de vêtements entre eux. La douceur de sa chemise en coton devenait irritante. Elle voulait la peau de Marcus.

Il émit un gémissement d'approbation et glissa une

main sous la chemise qu'elle avait enfilée la veille pour la faire passer au-dessus de sa tête. Mais au lieu de l'ôter complètement, il la noua autour de ses poignets. Elle avait les mains attachées !

— Non, s'exclama-t-elle, envahie par un sentiment de défaite. Je veux te toucher.

Il se mit à califourchon sur elle et, se penchant au-dessus d'elle, prit son visage entre ses mains.

— Bientôt, Quinn, dit-il en déposant un baiser léger, presque chaste, sur ses lèvres. Je te le promets, ajouta-t-il, mais donne-moi ce que je veux avant.

Il y avait une telle intensité dans sa voix, dans son regard.

— Oui, Marcus.

Alors, il l'embrassa de plus belle, et elle passa les poignets autour du cou de Marcus pour l'attirer à elle. Peu importait que sa barbe naissante lui irrite la peau, tant qu'elle était plus proche de lui.

Mais il ne l'entendait visiblement pas ainsi. Une seconde plus tard, ses poignets étaient revenus au-dessus de sa tête, maintenus par la main de Marcus.

— Ne bouge pas.

Mais elle n'avait aucune envie de ne pas bouger. Pourquoi lui avait-il demandé ce qu'elle voulait si c'était pour ne pas en tenir compte ? Sa gorge se noua et les larmes lui piquèrent les yeux. En pleine confusion, elle ferma les yeux et détourna la tête, respirant avec difficulté. Elle se sentait plus exposée que lorsqu'elle était attachée à un banc nue et écartelée.

Il lui caressa le cou, et l'obligea doucement à tourner la tête vers lui.

— Ouvre les yeux, ma petite chatte.

Il avait pris sa voix plus grave, celle du dominateur. Et instinctivement, elle obéit. Elle observa ses traits. Comment pouvaient-ils être à la fois doux et durs, tout comme lui ? Ses cheveux bruns tombaient sur son front, et ses yeux étaient comme des étangs dans lesquels elle aurait pu se perdre.

— Comme tu es belle, dit-il en passant la main dans ses cheveux. Quand tu te donnes à moi, ça me rend dingue. C'est inexplicable.

Il ôta son T-shirt, et elle le dévora du regard. La puissance irradiait de cet homme. Elle aurait dû être intimidée par sa carrure imposante, surtout dans la position de vulnérabilité dans laquelle elle se trouvait. Mais ce n'était pas le cas. Le simple fait de le regarder la rendait folle de désir.

Il se pencha vers elle et lécha la pointe de ses seins. Le mélange de fraîcheur et d'humidité la fit frissonner.

— Je veux te toucher en premier, dit-il en aspirant un téton. Te goûter.

Elle tressaillit lorsqu'il la mordit, même si elle s'y était préparée. Puis, lorsqu'il passa la langue sur sa peau sensibilisée, elle laissa échapper un gémissement de plaisir. Rester immobile, ne pas le toucher, était une autre de ces formes de douce torture qui semblaient à première vue si innocentes…

— Je t'en prie, supplia-t-elle.

Elle sentit son souffle chaud sur son ventre tandis qu'il descendait le long de son corps. Il lui écarta les jambes, et se plaça entre elles.

— Dis-moi ce que tu veux.

Pourquoi faisait-il cela ? Elle était incapable de penser clairement quand elle sentait sa langue tourner autour de son nombril.

— Que tu arrêtes de me poser des questions.

Le petit rire de gorge de Marcus propagea des vibrations jusque dans son ventre.

— Aucune chance, répondit-il avant de mordre la chair tendre de ses hanches. Une autre réponse ?

Elle retint son souffle.

— Je veux te goûter.

Les baisers de Marcus descendirent lentement sur son corps, et il lui saisit les jambes, les remontant en pliant ses genoux.

— Où ?

— Partout, dit-elle d'une voix haletante.

Elle sentit la chaleur de sa bouche entre ses cuisses. Joueur, il effleura son sexe du bout de la langue. Avec un petit cri rauque, elle essaya de tendre les hanches vers lui, mais, la maintint immobile, lui rappelant qui détenait le contrôle.

— Dis-m'en un peu plus, souffla-t-il tandis qu'elle sentait ses lèvres s'activer entre ses cuisses.

Elle s'éclaircit la gorge et essaya de penser, une tâche tout à fait impossible.

— Je veux te chevaucher.

Elle avait envie de le sentir totalement en son pouvoir, et cette pensée l'excita encore davantage.

— Comme un cheval ?

Elle éclata de rire, mais son rire s'étrangla dans sa gorge lorsqu'il aspira son clitoris. Oh ! Elle avait tellement envie de lui — tout entier — mais elle ne pouvait pas dire cela.

— Je veux te sentir en moi.

— Comme ça ? demanda-t-il, insinuant un doigt en elle.

Elle ferma brièvement les yeux et se concentra pour rester parfaitement immobile, comme il le lui avait demandé, alors que tout en elle lui criait de se presser plus fort contre sa main.

— Oui. Non, dit-elle avant de secouer la tête, ce qui ne clarifia pas le moins du monde ses pensées. Plus. Je te veux tout entier.

Les mots lui avaient échappé.

Il se redressa, le visage à quelques centimètres du sien. Il se lécha les lèvres. Hypnotisée par cette vision extrêmement érotique, elle cessa de respirer.

— Je veux te faire l'amour, murmura-t-elle, se surprenant à parler avec tant de facilité. S'il te plaît.

Marcus la dévisagea pendant un long moment, puis fondit sur elle pour s'emparer de sa bouche. Elle sentit sa propre odeur et son goût sur les lèvres de Marcus. Il avait le goût de l'interdit, et de tout ce qu'ils partageaient.

Elle enroula les jambes autour de lui pour le maintenir tout contre elle. Son sexe en érection était pressé entre ses cuisses. Mais ça ne lui suffisait pas.

— Oh ! ma petite chatte.

Il roula sur le côté, ôta son caleçon d'un geste et fouilla dans sa table de nuit. Il en ressortit un préservatif qu'il jeta près de l'oreiller. Puis, d'un mouvement vif, il la fit basculer et elle se retrouva assise sur lui à califourchon. Enfin ! Aussitôt, elle se frotta contre lui, tentatrice. Il ferma les yeux.

Marcus ouvrit les yeux, et la vision de Quinn le chevauchant lui coupa le souffle. Elle était spectaculaire. Plus belle encore que la veille.

Sa tête basculait en arrière et ses cheveux retombaient en cascade sur ses épaules. Elle avait glissé ses mains, toujours attachées, sous ses seins, lui présentant leurs pointes roses comme une offrande. La beauté de la courbe de sa nuque était accentuée par le collier qu'elle portait toujours. Son collier. Bon sang, il semblait parfaitement à sa place.

Incapable de résister plus longtemps, il la prit par les

hanches et guida son sexe lentement en elle. Ce fut presque un acte de torture, il rêvait de plonger en elle, mais pas tout de suite, pas si tôt. Leurs souffles se mêlaient dans une subtile danse érotique.

— Mets les mains derrière la tête, Quinn.

Elle se redressa avec la grâce d'une danseuse, et plongea ses yeux d'un bleu-vert intense dans les siens. Elle avait des lèvres charnues et sensuelles. Un appel au baiser. Lentement, elle leva les bras et plaça ses poignets liés derrière la tête. La position la forçait à exhiber ses seins, le rendant fou de désir.

La lueur du jour qui filtrait autour des rideaux était suffisante pour qu'il puisse admirer chaque parcelle de son corps — et lui montrer à quel point il appréciait ce qu'il voyait. Il la prit par la taille. Ses mains en faisaient presque le tour. Elle était si fine. Incroyable. Une telle force dans une enveloppe si fragile.

Il referma les mains sur ses seins. Ils étaient petits, adaptés à sa morphologie. Heureusement qu'elle n'avait pas cédé à la mode hollywoodienne de la chirurgie esthétique. Les efforts qu'elle faisait pour rester immobile excitaient chez lui tous ses instincts de dominateur.

Bientôt, elle commença à se déhancher sur lui de façon provocante. Il serra les dents pour se maîtriser. Cette femme le rendait fou de désir.

— Donne-moi tes mains, lui intima-t-il d'une voix rauque.

Elle obéit et il lui libéra enfin les mains. Il lui frotta les poignets doucement, puis dit :

— Touche-moi, Quinn.

— Oui ! s'exclama-t-elle, joignant le geste à la parole, et parcourant son torse, ses épaules et ses bras de ses mains d'une douceur incomparable avec un plaisir manifeste. Tu es si beau, s'extasia-t-elle.

Elle avait prononcé ces mots d'une voix sourde, ils semblaient lui avoir échappé.

Beaucoup de Soumises le lui avaient déjà dit, mais aucun compliment ne l'avait jamais bouleversé à ce point. Il agrippa le drap pour s'empêcher de la saisir par les hanches pour imprimer à leur corps-à-corps un rythme fiévreux. Ce moment était pour Quinn, et il était résolu à l'attendre. Même si cela devait le tuer.

Elle parcourut son corps de baisers, de petits coups de langue. Quand elle aspira ses mamelons, il retint un gémissement.

Elle leva les yeux vers lui et lui lança un regard malicieux qui aurait dû être un avertissement. La morsure fut intense et inattendue.

Merde. Il adorait ça. Il laissait rarement les Soumises le toucher. Pas de cette façon en tout cas. Et elle était la seule à qui il ait jamais laissé une telle liberté.

Elle administra le même traitement à son autre mamelon — sa bouche était un instrument de torture exquis. Il reprit son souffle. Son sexe était maintenant si tendu qu'il en devenait presque douloureux. Elle se redressa, les joues en feu, les lèvres gonflées et rouges. Elle ondula sur lui de nouveau. La sensation de son sexe humide contre son gland, son regard assombri de désir, sa moue sensuelle faillirent lui faire perdre ses moyens.

— Ça suffit ! s'exclama-t-il. Donne-moi ce préservatif, maintenant.

Elle laissa échapper un petit rire envoûtant.

— Mais je n'ai pas encore goûté ça.

— Tu as épuisé le temps qui t'était imparti, dit-il, glissant une main entre les cuisses de Quinn.

Elle se figea et il sourit. Oh ! il comptait bien la tourmenter comme elle l'avait tourmenté. Mais pas tout de suite.

— Il faut que je te prenne, ajouta-t-il d'une voix sourde.

— Hum…

Il saisit le préservatif et déchira l'emballage, mais elle le lui prit des mains.

— Laisse-moi faire.

Elle n'attendit pas sa réponse et se glissa entre ses jambes. Son sexe était dur, brillant de leur excitation mutuelle.

Il sentit les doigts de Quinn descendre le long de son sexe avec une légèreté presque inhumaine, avant de le serrer à la base. Il ferma les yeux par réflexe. Mais il les rouvrit aussitôt lorsqu'il sentit sa langue chaude à l'extrémité de son sexe. Bon sang ! Jamais il ne pourrait lui résister si elle continuait ce petit jeu. Pour un homme dont le métier était de maîtriser son excitation, elle l'avait poussé à bout de nombreuses fois, et avec une troublante facilité.

— Maintenant, Quinn.

Son ordre résonna dans la pièce. Brutal. Impérieux. La plupart des Soumises se seraient exécutées sur-le-champ.

Mais pas sa Quinn. Elle leva lentement les yeux vers lui et lui décocha un regard malicieux.

Il laissa échapper un grognement de désapprobation, et seul le rire mélodieux de Quinn l'empêcha de l'attacher au lit pour prendre ce qu'il désirait. Il l'attrapa par la nuque et la tira vers lui. Elle n'émit qu'une faible protestation en guise de résistance. Ils étaient déjà trop excités pour formuler la moindre pensée cohérente.

— Tu ferais mieux de me chevaucher pendant que tu en as encore la possibilité, ma petite chatte.

Le regard de Quinn se fit brûlant et elle se pencha vers lui pour lui donner le plus doux des baisers.

— Oui, Marcus.

Elle était si douce, si sexy. Ces deux mots ne lui avaient jamais semblé si agréables à entendre.

Il s'empara d'elle, la saisit par les hanches et, le cœur battant, entra lentement en elle, avec la sensation d'entrer au paradis.

— Putain !

— Oui, acquiesça-t-elle.

Elle ondula lentement sur lui et il la laissa faire. Il ne pouvait détacher le regard de son corps splendide dont les mouvements d'une insoutenable lenteur mettaient ses nerfs à rude épreuve. Il était inondé de sueur, tant il luttait pour ne pas se laisser déborder par ses sensations. Mais cette danse était enivrante. Quinn jouait de son corps, variait le rythme pour le maintenir sur le fil.

Quand il se sentit incapable de supporter cette délicieuse torture une seconde de plus, il reprit le contrôle, et souleva les hanches en un coup de reins puissant. Elle cria et se cambra avec une sensualité folle. Bon sang, il aurait voulu continuer à la prendre pour toujours.

Il la fit rouler sous lui, avant d'entrer en elle de nouveau. Il avait repris la place qui était la sienne.

Aussitôt, Quinn enroula les jambes autour de ses hanches et il prit la magnifique femme qui s'offrait à lui. Il voulait tout d'elle, et il l'embrassa partout, dans le cou, sur l'épaule, sur chaque parcelle de peau qui était à sa portée.

— Tu es à moi, lâcha-t-il d'une voix exténuée.

— Marcus, dit-elle, je vais…

Lui aussi. Il était si près. Il croisa son regard et lui donna ce qu'elle désirait. Glissant une main entre ses cuisses, il la caressa.

— Jouis, Quinn.

— Oui !

Elle fut emportée par un orgasme dévastateur, et il la regarda jouir. Transporté par les émotions qu'il lisait sur son visage. Puis il fit un dernier mouvement de va-et-vient en elle, et jouit à son tour avec une force indescriptible.

Tout disparut autour de lui, et ce n'est qu'après un long moment qu'il eut la présence d'esprit de glisser à son côté pour ne pas trop peser sur elle.

— Nom de Dieu, souffla-t-il dès qu'il eut recouvré l'usage de la parole.

— Oui, dit-elle d'une voix exténuée.

Il reprenait lentement ses esprits et profita de ces instants pour observer Quinn à la dérobée. Elle avait la peau trempée de sueur, tout comme lui. De petites mèches folles encadraient son visage de façon adorable, et ses longs cils noirs ressortaient sur sa peau claire.

— Tu me regardes, hein ? demanda-t-elle sans ouvrir les yeux tandis qu'un sourire se dessinait sur son visage.

Il aurait pu passer des journées entières à la regarder. Cette seule pensée aurait pu — dû peut-être — l'inquiéter, mais il n'en était rien.

— Pourquoi poses-tu la question, si tu le sais ?

— Je voulais juste vérifier.

— Tu as des projets pour la journée ?

Quelle heure était-il d'ailleurs ? Il n'en avait aucune idée.

— Non.

— Les Vikings jouent cet après-midi. Serais-tu fan de foot, à tout hasard ?

— Non.

Elle avait répondu d'un ton égal, mais son sourire s'était accentué. Garce.

— De quoi es-tu fan, alors ?

Elle haussa légèrement les épaules avec indifférence.

— De pas grand-chose.

— Dans ce cas, il est grand temps que tu deviennes fan de quelque chose.

Il la souleva dans ses bras et l'attira hors du lit avant qu'elle ait le temps de protester.

— Que fais-tu ?

Son ton désapprobateur était démenti par le sourire sur ses lèvres.

— Nous allons nous doucher. Et ensuite, tu vas être convertie et devenir la meilleure fan des Vikings que la Terre ait jamais portée.

Il fit couler l'eau sous la douche et se retint de rire en voyant son air stupéfait. Et pourtant, elle ne protesta pas. Pas le moins du monde.

Chapitre 17

Une clameur s'éleva, et le petit attroupement poussa un cri de joie devant l'écran de télévision. Quinn se détendit, riant au milieu des applaudissements et des cris qui fusaient partout autour d'elle. Marcus s'était levé d'un coup, tapant dans les mains tendues de Jake et de Tyler. Elle en savait assez sur le foot pour savoir que le dernier essai marqué signifiait la victoire de leur équipe.

Le groupe rassemblé derrière le bar du Red Room était composé d'un étrange mélange de dominateurs et de Soumis vêtus de cuir, ou de moins que cela, et d'autres supporters vêtus de maillots de foot, de T-shirts et de jeans. Par chance, elle faisait partie du second groupe.

Marcus l'avait parée de bordeaux et de doré de la tête aux pieds. Ce n'étaient pas ses couleurs de prédilection, mais elles convenaient parfaitement à l'événement. Il avait été inutile de protester lorsqu'il l'avait emmenée au magasin de sport local et lui avait acheté toute la panoplie du parfait supporter.

— Comment allez-vous, Quinn ?

Elle se retourna et vit Vanessa derrière elle. Elle ne l'avait pas vue arriver. Vêtue d'un jean, d'un pull noir au décolleté en V et de bottes noires à talons, elle aurait pu être habillée pour n'importe quelle occasion. Elle avait les cheveux lâchés et ses mèches brunes tombaient au milieu de son dos.

— Bien, merci.

— Je peux m'asseoir ?

Quinn acquiesça d'un hochement de tête. Marcus était toujours au bar, analysant le match avec d'autres supporters, et à en juger par leurs expressions, le débat était animé. Vanessa s'assit face à Quinn et l'observa d'une façon qui lui rappela leur première entrevue. Sa bonne humeur s'évanouit tandis qu'elle avait la prémonition que la conversation n'allait pas être des plus agréables.

— Que puis-je faire pour vous ? demanda-t-elle, prenant les devants.

— Avez-vous apprécié le temps que vous avez passé au Red Room ?

Le ton de Vanessa était peut-être cordial, voire mielleux, mais Quinn n'était pas dupe. Elle redressa les épaules et se prépara à ce qui s'annonçait.

— Oui.

Vanessa se cala sur sa chaise et jeta un regard désinvolte sur ses ongles manucurés.

— Avez-vous appris tout ce que vous souhaitiez ?

— Oui. Que voulez-vous réellement savoir ? demanda Quinn, déterminée à ne pas jouer au chat et à la souris plus longtemps.

Abandonnant les faux-semblants, Vanessa lui assena un regard glacial.

— Je n'étais pas présente quand Marcus a signé ce contrat avec vous, et je ne suis pas sûre que ça ait été une bonne chose, pour lui comme pour vous.

Comment cette femme osait-elle lui parler sur ce ton ? Furieuse, Quinn la fusilla du regard.

— Cela n'avait rien à voir avec vous. Et c'est toujours le cas. C'était ma décision, pas la vôtre. Et je ne la regrette pas.

— Quels sont vos projets à présent ?

— Que voulez-vous dire ?

— D'un point de vue contractuel.

Vanessa jeta un coup d'œil en direction de Marcus, et Quinn suivit son regard. Il était toujours au bar, mais avait perdu son sourire. Il se tenait avec raideur près de Jake, toute son attention concentrée sur elles.

— Ce soir est votre dernière nuit ici. Retournez-vous à Los Angeles demain ?

D'un point de vue rationnel, Quinn savait qu'elle n'avait pas à poursuivre cette conversation et pouvait très bien ignorer cette femme. Elle n'avait aucune raison de rester assise là, à se laisser mettre sur la sellette comme si elle était une enfant irresponsable. Pourtant, les années passées à écouter des gens comparables à Vanessa semblaient l'avoir scotchée à son siège. Elle but une gorgée d'eau et retrouva sa détermination.

— Je parie que vous connaissez la réponse à cette question, dit-elle enfin en regardant son interlocutrice droit dans les yeux. Je suis sûre que mon attachée de presse n'a pas manqué de vous communiquer mon itinéraire, juste au cas où il y aurait quelque chose que je doive éviter ou exploiter dans la région. N'ai-je pas raison ?

— Cela veut-il dire que vous avez l'intention de voir Marcus après ce soir ?

— Je ne vois pas en quoi cela vous regarde.

Quinn avait passé trop de temps sous le feu des projecteurs pour donner facilement des détails sur sa vie privée. Et Marcus faisait partie de sa vie privée.

— Je ne voulais pas me montrer impolie, dit Vanessa en

jetant un nouveau coup d'œil à Marcus. Mais je m'inquiète sincèrement pour vous.

Même si Quinn avait cru ces propos — propos qu'elle avait entendus des centaines de fois, et qui ne s'étaient jamais avérés concluants —, elle ne se serait jamais confiée à cette femme.

— Je vais très bien.

— Quinn, dit Vanessa en soupirant. Vous êtes entrée dans ce monde il y a une semaine. Et vous n'en connaissez presque rien, si ce n'est ce que Marcus vous en a montré. Avez-vous songé à son métier ? C'est un dominateur professionnel qui a une longue liste de clientes à qui il offre ses services.

Quinn ne put réprimer un mouvement de recul. Les mots de Vanessa lui avaient fait l'effet d'une gifle. Bien sûr qu'elle savait ce que faisait Marcus. Son métier n'avait jamais été un secret, mais se le voir rappeler aussi crûment était autre chose. Et elle n'était pas prête pour cela.

— Ce n'est pas une relation normale à propos de laquelle vous pouvez vous permettre de devenir fleur bleue, insista Vanessa comme elle ne répondait pas.

Quinn détourna le regard. Jusqu'à présent, il avait été facile de faire abstraction de la réalité pour vivre l'instant présent. Elle ne voulait pas penser que Marcus avait affaire à d'autres Soumises, et encore moins en parler avec cette femme.

— Je vous le répète, cela ne vous regarde pas. Et pour information : j'ai volontairement laissé ma mère en Californie.

— Je suppose que je l'ai mérité, répondit Vanessa avec un sourire narquois.

— Je ne suis ni votre Soumise, ni votre cliente, ni même votre amie, insista Quinn. Et vous n'avez aucun droit de me dire ce que je dois faire de ma vie.

— Je suppose que vous n'avez pas tort, dit Vanessa en soupirant, dégageant ses cheveux de son visage. Mais j'espère juste que vous êtes prête pour ce qui va se passer.

Quinn tressaillit.

— Que voulez-vous dire ?

— Vous ne le savez peut-être pas, mais Marcus vous a revendiquée comme sienne.

Que voulait-elle dire par là ? Qu'elle appartenait à Marcus ? Cette idée était à la fois terrifiante et rassurante. C'était une sorte d'épée à double tranchant qui pouvait la blesser de bien des façons.

Vanessa lui releva le menton.

— Vous portez son collier depuis une semaine. Il vous a emmenée ici cet après-midi, et vous avez passé plusieurs nuits chez lui. Cela dépasse largement le cadre du contrat que vous avez signé.

Quinn le savait. Elle avait lu chaque mot de ce fichu contrat avant de le signer. Alors, où cette femme voulait-elle en venir ? Par réflexe, elle porta la main à son collier. Elle avait besoin de sentir la douceur du cuir sous ses doigts, la sécurité qu'il pouvait lui offrir. Elle ne l'avait jamais porté en dehors du club jusqu'à ce jour. A vrai dire, elle l'avait oublié jusqu'à cet instant.

— C'est simplement pour me protéger. Pour tenir les autres dominateurs à distance.

La sensation de malaise qu'elle ressentit en prononçant ces mots fut comme un aveu de mensonge. Ou pire, c'était l'espoir que ce qu'elle venait de dire était un mensonge. Elle voulait que le collier signifie davantage, qu'il soit une sorte de lien entre eux. Vanessa posait trop de questions et mettait le doigt sur des choses auxquelles Quinn ne voulait pas penser. Ce qu'elle vivait avec Marcus était trop fragile pour être scruté de la sorte et, pour une fois, cela lui semblait juste.

Le sourire de Vanessa en disait plus long que bien des mots.

— Même vous, vous savez très bien que ce n'est pas le cas. Un collier n'est pas destiné à assurer votre sécurité. La seule présence de Marcus suffit à cela.

Quinn regarda Marcus. Il avait l'air contrarié, et se tenait raide contre le bar. Il avait beau porter un T-shirt orné d'un Viking doré et un jean délavé, il émanait toujours de lui une autorité qui la faisait frissonner. Lui appartenait-elle vraiment ? Quand avait-il commencé à penser à elle en ces termes ?

Il s'écarta du bar, et s'avança vers elles, mais elle lui fit un léger signe de tête. Il s'arrêta. Elle ne voulait pas qu'il intervienne. Elle pouvait gérer la situation. Heureusement, il sembla comprendre, car il fit demi-tour et retourna au bar. Mais son attention était toujours rivée sur elles.

Elle détourna les yeux et se concentra sur la femme intimidante qui était assise face à elle.

— Vous mettez sur la sellette toutes les Soumises qui viennent au club, ou c'est juste un traitement qui m'est spécialement réservé ?

Vanessa la dévisagea longuement avant de répondre.

— Que vous décidiez de l'ignorer ou non, vous êtes à part. La raison de votre présence ici est totalement différente de celle des autres Soumises. Vous n'avez aucune intention de rester, ni de faire réellement partie de ce monde. Marcus n'est pas quelqu'un avec qui vous pouvez vous amuser puis quitter, comme vos autres conquêtes à Hollywood. Il ne réagira pas de la même façon.

— Waouh !

Quinn n'en revenait pas. Elle était habituée à toutes sortes d'attaques mais, venant de Vanessa, une femme qu'elle avait respectée, le coup la touchait plus profondément. Néanmoins, elle fit bonne figure et revêtit son masque habituel.

— Etant donné que votre opinion est déjà faite me concernant, je ne vois pas l'utilité de poursuivre cette conversation.

Elle se leva le plus dignement possible et toisa Vanessa avec mépris, avant d'ajouter :

— Vous êtes peut-être une Dominatrice, mais cela ne vous donne pas le droit de critiquer ma relation avec Marcus.

— Vous avez raison, répondit Vanessa, imperturbable. Mais ma position d'amie me le permet.

— Je ne pense pas que Marcus serait d'accord avec ça.

Quinn tourna les talons et se dirigea négligemment vers les toilettes. Seules ses années d'expérience en tant que comédienne lui permirent de marcher calmement et de garder le sourire aux lèvres, en dépit de son envie presque irrépressible de se précipiter vers la sortie en courant.

Par chance, il n'y avait personne aux toilettes. Bouleversée, elle s'effondra contre le mur dont la fraîcheur se propagea dans tout son corps.

La porte s'ouvrit brusquement, elle sursauta, et se précipita vers les lavabos pour se laver les mains comme si tout était normal. Elle n'avait pas vu qui était entré. Elle ne voulait pas le savoir. Avec un peu de chance, la personne en question ressortirait comme elle était entrée, sans se préoccuper d'elle.

Elle fut forcée de lever les yeux lorsqu'elle alla s'essuyer les mains, et aperçut Cali dans le miroir, une expression inquiète sur le visage.

— Est-ce que tout va bien ? demanda cette dernière d'une voix douce.

Quinn se sécha les mains et se retourna, un large sourire plaqué sur le visage.

— Oui, ça va. Pourquoi ?

Cali l'observa un instant, puis haussa les épaules.

— Vanessa est parfois impulsive, mais ses intentions sont bonnes. Elle vous a contrariée.

— Non. Nous parlions, c'est tout. Rien d'important.

Le léger rire de Cali résonna dans la pièce.

— Vous avez oublié que je suis mère. Je repère les bobards à des kilomètres, dit-elle en lui caressant le bras en geste de réconfort. Je suppose que cette conversation portait sur Marcus et vous ?

Quinn voulut nier, sa réponse était toute prête, mais elle se surprit à dire :

— Comment le savez-vous ?

— Tout le monde en parle.

Surprise de cette honnêteté, elle ne sut que répondre :

— Oh.

Suspecter que tout le monde parlait d'elle était une chose, se le voir confirmer en était une autre, en particulier quand elle avait passé un après-midi qui lui avait semblé aussi agréable que normal. C'était une des rares fois de sa vie où elle ne s'était pas sentie observée en permanence. Visiblement, elle s'était trompée.

— Mais ce n'était pas négatif, la rassura Cali. Il est plutôt évident qu'il se passe quelque chose entre vous deux. Nous sommes tous curieux, c'est naturel. Mais aucun de nous ne pense que c'est une mauvaise chose.

Quinn s'éclaircit la gorge. Et dire qu'elle avait toujours pensé que les gens d'Hollywood étaient indiscrets. Ce n'était rien comparé à la curiosité des gens du Middle West. A la différence peut-être que ces derniers semblaient manifester un intérêt réel…

— C'est vrai ? demanda Quinn.

Malgré elle, Vanessa avait insinué le doute en elle. Elle avait eu raison à propos de Marcus et de son métier.

— Non, dit Cali. Soyez juste francs l'un envers l'autre, et gardez un esprit ouvert, dit-elle avec un sourire chaleureux. Vous rend-il heureuse ?

— Oui, répondit Quinn sans avoir besoin de réfléchir.

— Avez-vous confiance en lui ?

— Oui.

— Comprenez-vous son boulot, et l'acceptez-vous ?

Quinn hésita. C'était le sujet auquel elle n'avait pas voulu penser et auquel tout le monde la renvoyait…

— Acceptez-vous celui de Jake ?

Cali garda un instant le silence, ce que Quinn apprécia. Lorsque cette femme parlait, ses paroles étaient pondérées et réfléchies.

— Oui. Mais, maintenant, notre relation est exclusive. Et au début, je n'y pensais pas. J'étais concentrée sur la compréhension de ce que je voulais et de ce dont j'avais besoin. C'est Jake qui a décidé de ne plus voir ses autres clientes. Je n'y avais pas réfléchi, mais j'ai été soulagée lorsqu'il me l'a annoncé. A ce stade, je ne voulais plus le partager avec qui que ce soit.

— Mais comment cela se passe-t-il maintenant ? Il travaille toujours ici.

— Oui. Il est fier de ce qu'il a contribué à construire et de ce que le club apporte aux gens. Et moi aussi. Si le Red Room n'existait pas, je serais sans doute toujours une femme entre deux âges satisfaite de ma vie, mais me demandant si le vide que je ressentais serait un jour comblé. Ce club est une sorte de refuge pour beaucoup de gens. Et je ne demanderais jamais à Jake d'y renoncer.

— Qu'essayez-vous de me dire ? Que Marcus ne renoncera pas à ses clientes pour moi ? Ou qu'il ne quitterait pas le club pour moi ?

— Non, dit Cali en faisant glisser une mèche de cheveux derrière son oreille, les yeux fixés au sol. Je dis juste que vous devez savoir ce que vous voulez, ce que vous attendez et ce qui peut vous rendre heureuse. Vous êtes ici de façon temporaire. Et toute la vie de Marcus est ici.

Bon sang, pourquoi est-ce que tout le monde s'acharnait à le lui rappeler ? Déterminée à mettre un terme à cette conversation, Quinn plaqua un sourire sur son visage.

— J'apprécie votre sollicitude. Marcus a de la chance d'avoir autant d'amis qui veillent sur lui, dit-elle en contournant Cali pour se diriger vers la sortie. Je ne lui ferai pas de mal. Je serai partie d'ici à une semaine, et il pourra reprendre le cours normal de sa vie.

— C'est bien ce qui m'inquiète.

Quinn se figea, une main sur la poignée de la porte.

— Pardon ?

— Si vous connaissez un tant soit peu Marcus, vous savez sans doute que c'est quelqu'un d'entier. Il ne fait pas les choses à moitié.

Cali laissa le silence s'installer, comme pour lui donner le temps de réfléchir à ce qu'elle venait de dire, avant d'ajouter :

— Il est totalement impliqué avec vous, Quinn. Cela n'a échappé à personne.

— D'accord.

Qu'ajouter à cela ? Rien. Quinn sortit brusquement et faillit se cogner contre Marcus, adossé au mur, les bras croisés sur la poitrine avec un regard indéchiffrable. Elle sentit son cœur se serrer, mais il ne semblait pas en colère. Non, il l'attendait simplement. Il s'assurait qu'elle allait bien. Parce qu'elle était à lui. Et c'était une sensation merveilleuse.

Cali sortit derrière elle et lui tendit un morceau de papier.

— Voilà mon numéro. Appellez-moi si vous avez besoin de parler.

Quinn hocha la tête et mit le papier dans sa poche.

Marcus se redressa et lui tendit la main.

— Tu es prête à partir d'ici ?

— Oh oui !

Elle lui prit la main, comme on saisit une bouée de sauvetage.

Il ne lui demanda pas si quelque chose n'allait pas, pas plus qu'il ne la questionna sur ce que Vanessa ou Cali lui avaient dit. Et elle lui en fut extrêmement reconnaissante. Il la prit dans ses bras quand les portes de l'ascenseur se refermèrent sur eux. La simple sensation d'être serrée contre lui balaya tous les doutes que les deux femmes avaient éveillés en elle.

Elle ne savait peut-être pas ce que l'avenir lui réservait, mais, pour l'instant, elle allait apprécier chaque seconde passée avec Marcus.

— Où veux-tu aller ? demanda Marcus tandis qu'ils entraient dans son loft.

— Je m'en fiche.

Elle avait un sourire aux lèvres, une voix assurée, mais c'était une façade. Elle était contrariée et essayait de le cacher. Merde, il était furieux. Contre lui-même, pas contre elle. Il aurait dû intervenir lorsqu'elle était avec Vanessa. Mais elle lui avait fait signe que cela allait, et il l'avait laissée seule. Peut-être n'aurait-il pas dû. Putain ! Quand avait-il douté de ses actes pour la dernière fois ? En général, il contrôlait toujours tout. Chacune de ces décisions, chacun de ses actes. Il ne se laissait pas surprendre par les événements. Pas lui.

— Très bien, dit-il. Prenons tes affaires et partons d'ici.

Il ramassa les affaires de Quinn, prit quelques-unes des siennes, les mit dans un sac de marin, et ils sortirent en direction de sa voiture. Le besoin de partir loin de tout ce qui était lié au club était presque insupportable. Pour la première fois depuis qu'il avait emménagé dans le loft, il regrettait sa décision.

Une fois dans la voiture, il mit la radio pour leur changer les idées, mais le silence de Quinn était pesant, et la forcer à parler aurait seulement provoqué une dispute dont personne ne serait sorti gagnant. Quel crétin ! Qu'est-ce qui lui avait pris de laisser Vanessa s'approcher de Quinn ? Il s'était juré de la protéger des attaques personnelles et des souffrances qu'elle avait endurées toute sa vie. Et il avait échoué. Bon sang ! Il allait tuer Vanessa la prochaine fois qu'il la verrait. Elle n'avait aucun droit de s'immiscer dans sa relation avec Quinn.

Et, oui, quoi qu'en pensent les autres, c'était bien une relation.

La forte sonnerie du téléphone de Quinn les fit sursauter. Elle eut un petit rire nerveux et sortit l'appareil de son sac pour regarder qui l'appelait. Elle laissa échapper un soupir excédé, puis interrompit l'appel.

— Rien de grave ? demanda-t-il, inquiet.

Ce n'était pas la première fois qu'il remarquait cette réaction agacée lorsqu'elle recevait un appel.

Elle rédigea un bref texto avant de remettre le téléphone dans son sac.

— C'est juste ma mère.

Puis elle se tourna résolument vers la vitre tandis que la musique comblait de nouveau le silence. Cette fois encore, il n'insista pas, ce n'était pas le moment.

— Où allons-nous ?

Il se tourna vers Quinn et vit qu'elle le regardait, le sourire aux lèvres. Les rues commençaient à s'éclairer à l'approche de la nuit, et les lumières de la ville illuminaient ses traits et ses cheveux.

— Tu as faim ?

— Pas vraiment.

Rien d'étonnant à cela : ils avaient grignoté pendant le match.

— As-tu une préférence ?

— Tu ne dois pas travailler, ce soir ?

Il crispa les mains sur le volant.

— Ça dépend de toi.

Elle remua sur son siège pour mieux le regarder.

— Comment cela ?

— C'est la dernière nuit de ton contrat, dit-il, attendant qu'elle réponde, avant de continuer lorsqu'elle n'en fit rien. Je ne suis pas sur le planning de ce soir alors, techniquement, c'est à toi de décider. Nous pouvons aller au club s'il y a encore quelque chose que tu veux voir ou apprendre.

Elle tourna la tête et regarda fixement devant elle sans répondre. Il se força à poser une main sur sa cuisse pour donner une impression de décontraction qu'il ne ressentait pas. Il n'avait aucune envie de retourner au club. Pas ce soir. Mais comme elle était la cliente, c'était à elle de décider.

— Nous pourrions aller à mon appart, dit-elle d'une faible voix qui trahissait une légère hésitation.

Dieu merci ! Marcus sentit un soupir de soulagement lui échapper. Elle voulait qu'elle vienne chez lui. Pour elle aussi ce qui existait entre eux dépassait le cadre du club. Peu importait si tout le monde pensait que leur relation était vouée à l'échec.

— Et si nous allions voir un film avant ?

— Dans un cinéma ?

La voix de Quinn trahissait la surprise. Il l'observa à la dérobée. Sa décision était prise.

— Oui. Quand es-tu allée au cinéma pour la dernière fois ? demanda-t-il d'un ton léger.

Maintenant qu'il avait trouvé un moyen de lui faire plaisir, de lui faire oublier le club et Vanessa, toute la tension et la frustration qui lui nouaient le ventre depuis qu'ils avaient quitté le Red Room avaient soudainement disparu.

— Je ne sais pas, dit-elle.

Il se faufila au milieu de la circulation et prit la première sortie pour se rendre dans le cinéma le plus proche.

— Peut-être deux ou trois ans, précisa-t-elle. Franchement, le jeu n'en vaut pas la chandelle.

— Quoi ? Tu es privée de superproductions hollywoodiennes et d'explosions sur grand écran ?

Le rire de la jeune femme résonna dans la voiture.

— Non, pas si tu comptes les home cinémas où les écrans sont presque aussi grands que dans les salles publiques.

— Ça ne compte pas. Tu perds toute l'ambiance.

— Bon, d'accord. Quel film allons-nous voir ?

Ils débattirent du choix du film pendant le reste du trajet. La tension qui planait un peu plus tôt avait été remplacée par les plaisanteries sur les films d'horreur et leur débauche d'effets spéciaux.

A peine sortie de la voiture, Quinn referma frileusement sa veste. Marcus prit une profonde inspiration, et emplit ses poumons d'air glacé. L'hiver était proche. Comme l'odeur des feuilles mortes, un courant d'air frais lui rappelait toujours le football et le ramenait sur le terrain, avec les cris de la foule et la bouffée d'adrénaline qui accompagnait chaque match.

— Ça te manque toujours ?

— Quoi ?

La question de Quinn le ramena au présent. Il lui prit la main et ils se dirigèrent vers le complexe largement éclairé.

— Le foot.

— Comment sais-tu que je pensais à ça ?

— Je suppose que ça a peut-être quelque chose à voir avec le fait que tu caressais l'écusson sur ton maillot. C'était soit ça, soit tu avais un rêve érotique éveillé à propos d'un grand Viking.

Il éclata de rire et plusieurs personnes se retournèrent sur eux. Il passa le bras autour des épaules de la jeune femme.

— Pas vraiment. Disons que ça me plaisait quand je jouais, mais il est inutile de m'appesantir sur une chose hors de ma portée. La vie est trop courte pour regarder en arrière.

Ils s'arrêtèrent devant les affiches de films et se décidèrent pour une comédie romantique qui commençait vingt minutes plus tard.

Quinn ralentit le pas et son sourire s'effaça tandis qu'elle regardait les gens qui faisaient la queue pour acheter des billets.

— Qu'y a-t-il ?

Elle se mordit la lèvre.

— Rien, répondit-elle en secouant la tête. J'espère juste que personne ne me reconnaîtra.

— Non, on ne te reconnaîtra pas, répondit-il d'une voix assurée. Personne ne te cherche ici. N'as-tu jamais fait semblant d'être quelqu'un d'autre ?

Elle secoua la tête.

— Pas sans un déguisement. Chaque instant est une opportunité de faire ma promotion.

— Et ta vie privée, alors ?

Le besoin irrépressible de traquer chaque personne qui contrôlait la vie de Quinn pour le lui faire payer montait en lui à chaque nouvelle information.

— Les célébrités n'ont pas de vie privée. Pas lorsqu'elles sont en public en tout cas.

— C'est des conneries, tout ça.

La femme d'un certain âge qui était devant eux se retourna et lança un regard réprobateur à Marcus.

— Désolé, madame, dit-il avant de baisser la voix, ignorant le petit sourire narquois de Quinn. Tout le monde a droit à une vie privée, reprit-il.

Elle eut un rire amer.

— Te rends-tu compte à quel point ce que tu dis est naïf à l'époque de la médiatisation à tout-va et des réseaux sociaux ?

Marcus soupira. Elle n'avait pas tort, mais cela l'irritait malgré tout qu'on ait apprisà Quinn à croire que sa vie était toujours prête à être livrée en pâture aux médias.

Ils se promenaient aux abords du cinéma, les bras chargés de pop-corn et de sodas quand une femme joufflue les aborda, le regard braqué sur Quinn.

— Excusez-moi, êtes-vous Cici Norton ? Mon amie me traite d'imbécile, dit-elle en désignant une autre femme restée à l'écart, le visage rouge de honte. Je vous jure que vous lui ressemblez comme deux gouttes d'eau.

Avant que Quinn ait le temps de répondre, Marcus laissa éclater un rire moqueur en lui donnant un coup de coude.

— On le lui dit tout le temps. Je n'arrête pas de lui dire qu'elle devrait participer à un concours de sosies de célébrités.

— Alors, ce n'est pas vous ?

Quinn secoua la tête avec un petit sourire pincé.

— Non, désolée.

— Oh ! excusez-moi de vous avoir dérangée, dit la femme en se sauvant pour retrouver son amie qui la gratifia d'un « Je te l'avais bien dit ! ».

Quinn adressa un petit regard malicieux à Marcus.

— Tu es un méchant garçon !

Il la conduisit dans la pénombre de la salle de cinéma.

— Oh ! ma petite chatte, ce n'était rien, crois-moi. Je vais te montrer un peu plus tard à quel point je peux être méchant.

Il banda légèrement en pensant à toutes les choses qu'il brûlait d'envie de lui montrer.

— C'est une promesse ?

Cette question, couplée au regard aguicheur de Quinn, lui fit presque regretter son idée d'aller au cinéma. Le film promettait d'être bien long.

Chapitre 18

Les vestiges de leur soirée émaillaient l'appartement, retraçant le cours de leurs activités. Des oreillers étaient entassés sur le sol où une cuillère de bois était posée à côté d'un plumeau et d'un foulard de soie rouge innocemment enroulé à côté d'un *plug* anal.

Quinn but une gorgée de café et esquissa un sourire. Elle se sentait encore habitée par le plaisir, ce qui était plus agréable que la légère brûlure qu'elle sentait chaque fois que ses fesses bougeaient sur le tabouret de bar. Ils n'étaient pas allés au club, mais Marcus lui avait montré qu'il n'avait besoin ni de cuir ni de fouets ou autres accessoires pour la dominer.

Elle s'était levée tôt pour pouvoir simplement se remémorer ces instants heureux et les savourer avant que tout cela ne lui soit enlevé. Elle se sentait portée par une sorte de légèreté. Mais le week-end était terminé et son contrat avec Marcus était officiellement arrivé à son terme. En théorie, elle n'avait aucune raison de le revoir.

L'horrible sonnerie de son téléphone retentit à cet instant, comme pour lui rappeler que tout cela n'était que temporaire. Un coup d'œil sur l'écran l'informa qu'elle avait deux textos de sa mère, un de Jewels, et un autre d'une amie. Et tous attendaient quelque chose d'elle — les détails d'un contrat, la première d'un film, l'ouverture d'un club. *Fais ceci, Missy ; va là-bas, Missy ; Missy, donne-nous ça.* C'était tellement plus agréable d'être Quinn. Marcus était le seul à ne lui demander que ce qu'elle avait envie de lui donner.

Elle reposa sa tasse et sentit les larmes lui monter aux yeux. Elle ne voulait pas que cela se termine. Elle ne s'était jamais sentie aussi libre qu'avec Marcus. Avec lui, elle pouvait sortir, regarder des films, être normale. Elle s'amusait. Se cacher à la vue et au su de tous en plein Minneapolis ne lui avait jamais traversé l'esprit, mais il lui avait montré comment faire.

Et que dire de l'étonnante liberté qu'elle ressentait en se soumettant à lui ? C'était censé être un rôle, et rien de plus. Mais ça ne l'était pas. Ça ne l'avait jamais été.

C'était bien la raison pour laquelle elle ne voulait pas penser à tout ce que Vanessa et Cali lui avaient dit. Marcus était un dominateur professionnel, et elle n'avait aucun droit de lui demander de quitter son job. Pourtant, l'idée de n'être qu'une Soumise de plus sur sa liste de clientes la glaçait. Etait-elle en train d'essayer de comprendre une relation qui n'était rien d'autre que l'ordinaire pour lui ?

Non ! Elle toucha son collier, comme pour obtenir une confirmation silencieuse. Elle n'allait pas laisser qui que ce soit insinuer le doute dans son esprit. Ce qu'ils partageaient était différent. Forcément.

— Salut, dit-il en la prenant par la taille. Est-ce que tout va bien ?

Encore une question qui n'avait rien de simple. Elle pencha la tête, et il l'embrassa dans le cou.

— Oui.

— Ce n'est pas l'impression que tu donnais.

Il lui mordilla l'oreille, avant de se diriger vers la cafetière.

— Je réfléchissais, c'est tout, dit-elle en lui tendant sa tasse pour qu'il la remplisse.

Il s'accouda au bar, dans une pose décontractée qui attira le regard de Quinn vers son torse. Il avait enfilé son jean, mais n'avait pas fermé le bouton.

— Cela a quelque chose à voir avec hier ?

Elle leva les yeux vers lui et aperçut son sourire entendu. Bon sang, qu'est-ce qu'il était sexy ! Mais elle ne pouvait pas retarder plus longtemps cette conversation.

— Oui et non.

— Tu es prête à en parler ?

Il ne lui mettait pas la pression, il lui posait simplement la question. Il ne se comportait pas en dominateur avec elle dans les autres domaines de leur vie, et elle l'appréciait. Etre un dominateur ne voulait pas dire être un connard autoritaire.

Elle posa sa tasse et serra les mains entre les genoux. La légèreté qu'elle avait ressentie quelques instants plus tôt était retombée, et elle avait le ventre noué.

— Que va-t-il se passer maintenant ? Entre nous ?

Même si elle avait très envie de garder les yeux fixés sur le bar, elle fit un effort pour croiser son regard.

— Que veux-tu dire ?

— Mon contrat est arrivé à son terme. Tu n'as plus aucune obligation envers moi, lâcha-t-elle.

Il posa sa tasse et contourna le bar pour s'asseoir près d'elle. Il prit sa main dans la sienne et la serra doucement avant de lui répondre.

— Tu n'es pas une « obligation ».

— Merci, dit-elle, savourant la chaleur de son contact. Mais ça ne répond pas à ma question.

— Que veux-tu ?

Elle laissa éclater son irritation.

— Pourquoi me poses-tu toujours cette question ? demanda-t-elle en essayant de retirer sa main, mais il ne lâcha pas prise.

— J'ai l'impression que tu as assez de gens dans ta vie qui te disent ce que tu dois faire. Je ne serai pas l'un d'eux.

Elle avait envie de se mettre en colère contre lui. Elle voulait lui dire qu'il avait tort et qu'elle dirigeait sa vie. Mais elle ne pouvait pas. Elle avait assez conscience de la situation pour savoir qu'elle prenait rarement ses propres décisions. Il était plus facile de laisser tout le monde lui dire ce qu'elle devait faire... et porter la responsabilité de ses échecs.

Elle reprit son souffle et se lança.

— J'aimerais continuer à te voir.

Un sourire radieux illumina le visage tendu de Marcus.

— Marché conclu ! Et ensuite ?

Pouvait-elle le faire ? Parviendrait-elle à le dire ?

— J'aime ce que nous faisons ensemble. Tout ce que nous faisons. Notre relation de dominateur à Soumise, mais aussi regarder des films avec toi, boire un café... Ce que nous partageons.

Le ventre noué, elle se sentait encore plus nerveuse que lorsqu'elle avait attendu pour savoir si son nom serait prononcé lors de la cérémonie des Emmy Awards.

Marcus lui enserra le visage de ses mains et déposa un baiser sur ses lèvres.

— Moi aussi.

Lorsqu'il murmura ces mots, elle sentit son souffle sur ses lèvres. Elle ferma les yeux et respira. Lui aussi en avait envie.

— Tes amis pensent que c'est une mauvaise idée.

— Ils n'ont pas voix au chapitre. C'est entre toi et moi, et ça ne regarde personne d'autre.

Il l'embrassa de nouveau et elle aurait voulu profiter de ce baiser, oublier le reste du monde. Mais ce n'était pas possible.

— Puis-je te poser une question ?

— Toujours.

Elle s'écarta de lui et scruta son regard. Elle avait besoin de voir sa réaction.

— Je sais que c'est ton boulot d'être un dominateur, dit-elle. Je sais que tu as d'autres clientes. Je le comprends.

C'était vrai. Elle avait passé quatre heures au milieu de la nuit à y penser. Marcus était sur ses gardes et son sourire s'était estompé, mais elle continua :

— Mais combien d'autres Soumises portent ton collier ?

— Aucune, dit-il en lui saisissant le visage pour qu'elle le regarde droit dans les yeux. Tu es la seule à avoir jamais porté mon collier. J'ai peut-être d'autres clientes, mais tu es la seule à n'appartenir qu'à moi.

Elle fut tentée d'en rester là. Cette agréable sensation de lui appartenir la maintenait dans une bulle créée pour se voiler la face. Avait-elle réellement besoin d'en savoir plus ? Peut-être pouvait-elle simplement apprécier la semaine qui lui restait et en rester là. Mais son cœur lui souffla que c'était impossible. Elle était déjà trop stupidement investie.

— Tu couches avec certaines d'entre elles ?

Elle avait parlé d'une voix assurée, en dépit de la voix qui criait *pot de colle, possessive, malade mentale* dans sa tête.

— Nous en avons déjà parlé.

— Oui, mais c'était avant.

A moins qu'elle ne se soit trompée ? Elle se leva et marcha jusqu'à la fenêtre. Le ciel était sombre et nuageux et le vent secouait les branches des arbres, faisant tomber leurs dernières feuilles.

— Les choses me semblent différentes entre nous, maintenant, ajouta-t-elle.

Il avança derrière elle et elle aperçut son reflet dans la vitre. Elle ne se dégagea pas lorsqu'il passa les bras autour de sa taille et qu'elle sentit sa chaleur dans son dos.

— Elles sont différentes, dit-il en l'embrassant sur la tête, ce qui la toucha et calma une partie de ses inquiétudes. Je n'ai envie d'être avec personne d'autre que toi. Pas maintenant.

— Ce qui veut dire ?

— Je parlerai à mes clientes et je supprimerai les relations sexuelles de mes contrats. Cela ne concernait que quelques-unes d'entre elles de toute façon.

— Ne vont-elles pas être furieuses ?

Elle tenta d'ignorer la déception qu'elle ressentait. Elle n'avait aucun droit de s'attendre à ce qu'il laisse simplement tomber toutes ses clientes.

Il haussa les épaules.

— Ça n'a pas d'importance. C'est ma limite. Si ça ne leur plaît pas, elles peuvent s'adresser à un autre dominateur. C'est le principe du contrat.

Cela lui suffisait-il ? Quinn ferma les yeux. Cela devrait suffire. Et en toute honnêteté, elle ne s'était pas attendue à ce qu'il fasse cette concession.

— Tu n'es pas obligé de faire ça, lui dit-elle. Pas pour moi.

Il la ramena vers la cuisine et la souleva pour l'asseoir sur le bar, avant de se glisser entre ses cuisses écartées. Il caressa son collier et elle fut immédiatement saisie de frissons.

Leurs visages étaient à la même hauteur et elle n'eut d'autre choix que de le regarder dans les yeux.

— Si, j'y suis obligé, dit-il. Pour nous. Je ne veux faire l'amour avec personne d'autre que toi.

Comme c'était bon à entendre.

Elle enroula les jambes autour de lui et l'embrassa avec une émotion désespérée. Pourvu que ce ne soit pas qu'un jeu pour lui. Elle ne le supporterait pas. Mais le baiser de Marcus était plus qu'un simple baiser. C'était à la fois une confirmation et un contrat.

Il la souleva et monta les trois marches qui séparaient la cuisine de la salle à manger pour l'asseoir sur la table. Il l'embrassa de nouveau, lui enleva la chemise qu'elle portait et l'allongea doucement sur la table. Le chêne était froid et dur contre son dos, et assez solide pour supporter son poids. Quand il lui leva les mains au-dessus de la tête, elle sut ce qu'il voulait. Inutile de lui dire de ne pas bouger.

Elle sentit les doigts de Marcus effleurer sa peau et ferma les yeux tandis qu'il promenait ses mains sur son corps, chaque caresse lui procurant un délicieux frisson. Puis il lui saisit les chevilles et replia ses jambes pour poser ses pieds au bord de la table, les jambes largement écartées. Dans cette position, il voyait chacune des parties de son corps. Elle était exposée, mais pas vulnérable.

— Je ne peux pas me passer de toi, dit-il en faisant glisser un regard intense sur chaque centimètre carré de sa peau.

Il fit glisser la fermeture Eclair de son jean, et le bruit la fit frissonner. Les pointes de ses seins étaient déjà douloureuses et brûlaient d'être caressées. Tout comme son sexe. Marcus avait posé une main sur son genou, mais cela ne lui suffisait pas. Loin de là. C'était comme si la chaleur de sa main se propageait, remontant lentement le long de sa cuisse, attisant le reste de son corps.

Le souffle court, elle le regarda enlever son jean. La lenteur de ses gestes était délibérée. Il prenait son temps pour la séduire. Chacune de ses caresses était douce, chacun de ses baisers délicieux. C'était simplement eux. Il n'y avait ni faux-semblant, ni contrat pour masquer l'émotion ou le désir. Et elle ne s'était jamais sentie aussi nue.

Oubliant son ordre tacite, elle tendit les mains vers

lui. La peau de Marcus était chaude sous ses mains, ses muscles puissants. Et pourtant, il pouvait être si attentif et tendre. Comme à cet instant. Il la bouleversait et était là pour la soutenir.

Elle se tendit vers lui et passa une main dans ses cheveux avant de l'attirer à elle. Dès que leurs lèvres se touchèrent, leur baiser passionné lui fit perdre le sens du réel. La langue de Marcus la rendait folle, tout comme son sexe qui glissait entre ses cuisses. Elle se cambra et ondula des hanches. Elle avait besoin de le sentir en elle. Et pourtant, elle appréciait cette façon qu'il avait de faire monter son excitation.

Il s'écarta d'elle et passa les doigts sur les bords de son mince collier. Il y avait une telle vénération dans ses yeux, une telle douceur dans ses caresses qu'elle sentit les larmes lui monter aux yeux. C'était presque trop intense, mais elle s'empêcha de se laisser totalement aller. Elle ne pouvait pas.

— Tu es à moi, Quinn, dit Marcus en enfouissant le visage dans son cou pour lui faire un suçon. (Elle pensa que la marque serait magnifique.) Seulement à moi.

Il lui fit de nouvelles marques en descendant lentement jusqu'à ses seins et son ventre. Elle voulait lui appartenir. Trop. C'était dangereux et elle n'était pas assez naïve pour ne pas se rendre compte que cela aurait un effet dévastateur sur sa vie, mais elle était incapable de résister. C'était plus fort qu'elle, elle avait *besoin* d'être à lui.

— S'il te plaît, Marcus, souffla-t-elle.

Elle sentit sa langue sur son sexe, l'explorant avec lenteur.

— S'il te plaît, quoi ?

Le salaud. Bien sûr, il allait la forcer à le dire. Elle aurait voulu être en colère mais, lorsqu'il aspira son clitoris elle n'en eut plus la force : toute son attention était concentrée sur l'effort surhumain qu'elle devait faire pour résister à l'orgasme.

— Je t'en prie, haleta-t-elle, fais-moi l'amour.

Le lent baiser entre ses cuisses était si doux.

— Toujours.

Alors, seulement, il se redressa, le souffle court et irrégulier. Il lui saisit les genoux et les écarta plus encore, pour qu'elle soit totalement ouverte à lui. Il la regardait. Et l'émotion qu'elle lisait sur son visage la bouleversa. Elle le dévisagea, hypnotisée par son désir brut et sans masque. Il resta ainsi un long moment à la contempler, avant qu'elle ne l'attire à lui.

— Nom de Dieu, Quinn !

Il entra en elle d'un mouvement fluide. La sensation de son sexe en elle était incroyable. Jamais elle ne s'était sentie être autant le prolongement de quelqu'un que lorsque Marcus était en elle.

Il bougeait en elle avec lenteur, attentif à son excitation, à son désir. Elle était plus que sa Soumise et il était plus que son dominateur. Et ils le savaient l'un et l'autre.

Se souvenant de son injonction silencieuse, elle croisa les poignets au-dessus de la tête et se donna entièrement à lui.

Avec un grognement d'approbation il attira son bassin à lui et la prit avec plus de force.

— Tu m'excites tellement ! souffla-t-il. Et tu es à moi.

Il fit glisser les mains sur son corps pour la caresser, s'arrêtant sur chaque marque qu'il y avait laissée.

Oh ! elle était impatiente de voir ces marques. Chacune d'elles la ferait penser à lui — à eux, et à ce qu'ils étaient en train de faire.

Elle enroula les jambes autour des hanches de Marcus. Elle voulait qu'il accélère. Maintenant. Avec un sourire malicieux, il glissa une main entre ses cuisses et caressa son clitoris, la torturant avec délice. Elle se mordit la lèvre pour retenir l'orgasme. Elle commençait à perdre le contrôle d'elle-même et ne voulait rien d'autre que se perdre dans leur étreinte.

— S'il te plaît, Marcus, j'ai envie de jouir.

— Comme tu es belle, dit-il en se retirant pour la caresser avec toute la longueur de son sexe en une délicieuse torture. J'ai à la fois envie que cet instant dure éternellement et de te prendre comme un fou. Je voudrais te garder pour moi seul et t'exhiber en même temps.

Incapable de formuler la moindre pensée cohérente, elle se contorsionna, essayant de se rapprocher de lui. Le bout de son sexe, pressé contre elle, la mettait au supplice. Elle ne pouvait penser à rien d'autre.

— Que veux-tu, Quinn ?

— Toi, dit-elle dans un souffle.

Le regard de Marcus était plus sombre que jamais, plus brûlant. Il s'enfonça en elle d'un puissant coup de reins et la prit comme jamais. Comme si sa vie en dépendait.

Elle s'agrippa à lui, l'attira à elle avec avidité. Le gémissement rauque qui s'échappait de la bouche de Marcus était la plus excitante des musiques. Suspendue à ses lèvres, elle ne pensait plus à rien d'autre qu'à la domination qu'il exerçait sur elle.

— Jouis, Quinn.

Oui... Elle jouit sur commande. Le monde bascula autour d'elle. Sa peau était chaude et trempée de sueur. Il jouit à son tour dans un cri étouffé, qui la fit frémir.

Elle resta serrée contre lui, les bras et les jambes enroulés autour de son corps. Elle était en sécurité dans ses bras, il ne la laisserait pas tomber. Elle lui appartenait. Pour l'instant. Mais qu'allait-elle faire quand il serait temps pour elle de partir ?

Chapitre 19

Marcus frappa à la porte en face de son loft, faisant nerveusement passer son ballon de foot d'une main à l'autre. Puis il mit le ballon sous son bras, s'efforçant de rester immobile. La porte s'ouvrit presque aussitôt, et il fut accueilli par Tyler, le sourire aux lèvres.

— Salut, mec. Quoi de neuf ?

— Pas grand-chose. T'as une minute ?

— Oui, entre, dit Tyler en lui désignant le canapé. J'étais justement en train de jouer à la Xbox. Si ça te dit…

Tyler avait travaillé dans les cuisines du Red Room pendant quelques mois, et il venait de commencer à travailler aussi derrière le bar. En dépit de leurs parcours différents, lui et Marcus s'étaient tout de suite bien entendu. Il était là quand on avait dû tirer Tyler des mains d'un putain de dominateur qui l'avait fouetté jusqu'au sang et gravement blessé, mais ils n'en avaient jamais reparlé. C'était inutile. Tyler était heureux maintenant, avec Seth et Allie. Il valait mieux laisser le passé où il était.

Tyler lui passa une manette et ils se concentrèrent sur le jeu pendant un moment. Les bruits de coups de feu et d'explosions ne les obligeaient pas à avoir une conversation. Dans le feu de l'action, il oublia ses préoccupations, comme si les coups virtuels qu'ils assenaient à leurs ennemis évacuaient sa frustration.

Après une mission apocalyptique qui les avait décimés, Tyler jeta la télécommande.

— Merde, je me fais toujours tuer à ce stade.

— Il doit y avoir des infos sur le Net pour dépasser ce niveau.

— J'en suis sûr, dit Tyler, mais c'est un peu tricher, non ? Tu veux quelque chose à boire ?

— Juste un peu d'eau, s'il te plaît.

Tyler lui ramena une bouteille d'eau de la cuisine, visiblement comme chez lui dans le loft de Seth. Il ne vivait pas officiellement avec Seth, mais passait la plupart de son temps ici.

— Alors, que se passe-t-il ?

Marcus jeta un coup d'œil alentour. Le loft était presque identique au sien. Mais le décor était bien plus sophistiqué et moins bordélique.

— Seth est parti ?

— Ouais.

Tyler dégagea une mèche de cheveux bruns de son front et Marcus le dévisagea. Avec ce jean élimé et ce vieux T-shirt, on avait du mal à imaginer qu'il sortait avec Seth, toujours impeccable, et avec Allie, l'avocate tout aussi sophistiquée. Mais, étrangement, tous trois avaient une relation qui semblait leur convenir.

Pour gagner du temps, Marcus ouvrit la bouteille et but une gorgée d'eau. Merde. Que lui avait-il pris de venir ? Il eut un mouvement de recul, prêt à rentrer chez lui, et lança à Tyler un regard furieux.

Ce dernier se mit à rire.

— Allez, crache le morceau.

Marcus se cala sur le canapé et commença à admirer le plafond.

— Toi aussi, tu as une opinion sur moi et Quinn ?

— Non. C'est tes oignons. Pas les miens.

— Ça n'a empêché personne de s'en mêler.

— Peut-être. Mais n'oublie pas à qui tu t'adresses, répondit-il en contemplant à son tour le plafond. J'ai été un escort gay. Et je n'ai pas le droit de juger qui que ce soit, ni d'avoir des opinions sur la vie des gens.

Marcus le savait bien. D'ailleurs, c'était un aspect de la personnalité de Tyler qu'il avait toujours apprécié — peut-être même la raison de sa présence aujourd'hui.

— Très bien, dit Marcus. Comment fais-tu ?

— Quoi ?

— Pour ne pas te mettre en colère contre tous ceux qui, mêlent de tes affaires.

Tyler laissa échapper un rire sarcastique.

— Je n'ai pas ce problème. J'imagine que c'est différent pour Seth et Allie, mais personne ne se soucie assez de moi pour se mêler de mes affaires.

Marcus tourna la tête vers son ami.

— Ça n'est pas vrai.

Tyler haussa les épaules.

— Peut-être plus tout à fait maintenant mais, avant, Seth et Allie étaient les seuls à s'intéresser assez à moi pour mettre le nez dans mes affaires. Ça m'a vraiment gonflé au début, mais c'est sûrement pour ça qu'on est ensemble maintenant.

— Ah oui ?

— Oui, dit Tyler en se levant pour s'accouder au dos du canapé. Ecoute, si j'ai appris une chose, c'est que si les gens s'immiscent dans tes affaires, c'est parce qu'ils s'inquiètent pour toi. Ce n'est pas pour rien s'ils sont si nombreux à se mêler des tiennes.

C'était au tour de Marcus d'être sarcastique.

— Super. Ça me fait vraiment plaisir.

Il but une longue gorgée d'eau pour calmer son irritation.

— Ça doit être dur.

— Quoi ?

— D'avoir autant d'amis.

— Va te faire foutre.

— Hé, fit Tyler en levant la main pour lui faire signe de se calmer. C'est toi qui es venu ici pour te plaindre. Pas moi.

— Connard.

— Toi-même, dit-il en lui jetant une télécommande. On fait une autre partie ?

— Oui.

Ils jouèrent une nouvelle partie, et se firent une fois encore écraser par l'ennemi. Merde. Marcus détestait perdre. Mais il ne pouvait pas grand-chose contre un stupide jeu vidéo, à moins d'être prêt à gaspiller des heures à y jouer.

Il soupira en s'étirant, puis se frotta la nuque.

— Tu envisages parfois de recommencer à t'amuser au club ?

A peine les mots avaient-ils franchi ses lèvres qu'il prit conscience que ça n'était pas ses oignons, mais il espéra que Tyler répondrait.

— Non. Jamais. J'ai tout ce que je désire dans ma vie privée. Et franchement, je n'ai aucune envie de partager ça avec qui que ce soit. C'est juste entre nous.

C'était bien ce qu'il pensait… Très bien. Marcus se releva et finit sa bouteille d'eau. Il prit le ballon, regarda autour de lui dans la pièce et résista à l'envie de le jeter contre le mur.

— Je vais à la gym. Tu veux venir ?

— Ouais, dit Tyler en se dirigeant vers la chambre. Je te retrouve dans le hall d'entrée dans cinq minutes.

Marcus retourna dans son loft et claqua la porte derrière lui avant de céder à sa pulsion d'envoyer le ballon contre le mur de son appartement. Merde. Il devait se ressaisir. Quinn dînait avec son frère ce soir. Ça n'était pas une affaire d'Etat. Elle avait le droit de sortir. Bon sang, elle serait partie dans moins d'une semaine. Elle irait faire son boulot, qui serait de jouer à se soumettre à un autre prétendu dominateur, et il ne pouvait même pas y penser.

Il était un dominateur professionnel, nom de Dieu. Il devrait être préparé à cette séparation, et pas faire une putain de crise de jalousie possessive à propos de tout et n'importe quoi. S'il ne se calmait pas, il ne vaudrait pas un clou ce soir, et ça, c'était impossible. Il avait un rendez-vous avec un client. Le Soumis méritait qu'il soit au mieux de sa forme, et il était hors de question qu'il annule une fois de plus.

Il prit son sac de sport, enfila ses tennis et sortit pour retrouver Tyler. Il n'y avait rien de répréhensible dans ce qu'il s'apprêtait à faire ce soir. Même Quinn l'avait reconnu. Courir allait lui permettre de se débarrasser de son trop-plein d'énergie et lui remettre les idées en place.

Chapitre 20

Quinn s'imprégna de l'atmosphère cosy du restaurant. L'endroit était petit mais agréable, et il n'y avait pas trop de monde pour un mercredi soir. Une délicieuse odeur de viande et d'épices, comme une invitation aux excès qu'elle devait éviter, flotta jusqu'à elle. Il y avait un petit bar sur sa gauche, où des télévisions diffusaient les événements sportifs pour les gens qui venaient boire un verre après le boulot. Le restaurant était un peu excentré, dans une banlieue qui semblait proche du lieu où Lance travaillait. Heureusement, la circulation était beaucoup plus fluide qu'en Californie, et elle était arrivée en avance.

— Une table pour combien ? demanda l'hôtesse d'une voix agréable et efficace.

— Deux. Mon… frère va me rejoindre.

Les mots avaient buté sur ses lèvres — *Mon frère…* c'était tellement étrange — mais ils lui apportèrent aussi une sorte de sensation de bien-être. Elle n'avait jamais eu l'occasion de prononcer cette phrase avant. Quinn sourit et suivit la femme jusqu'à un box situé dans un angle.

Elle commanda un verre de vin et jeta un coup d'œil au menu au lieu de penser à son rendez-vous. Avec tout ce qui s'était passé avec Marcus, elle n'avait pas eu le temps d'être nerveuse à propos de sa rencontre avec Lance. Jusqu'à cet instant.

La dernière fois qu'elle l'avait vu, elle avait treize ans. Sa mère et elle avaient pris l'avion pour la soirée pour fêter l'obtention de son diplôme universitaire. Le voyage avait été rapide, gênant et pénible pour tout le monde. Quin avait du mal à croire que ça faisait si longtemps. C'était triste.

Elle se frotta la nuque, cherchant le mince collier caché sous son pull à col roulé. Le contact du cuir sous ses doigts lui fit du bien. Marcus ne le lui avait pas enlevé en partant de chez elle ce matin. Ils avaient passé deux jours cloîtrés dans son appartement. C'était magique. Jusqu'à ce que la réalité ne refasse surface. Pour la première fois depuis plus d'une semaine, ils ne passeraient pas la nuit ensemble. Elle ne voulait pas penser à ce que Marcus faisait sans elle ce soir.

La serveuse lui apporta son verre de vin, et Quinn consulta son téléphone pour penser à autre chose. Elle n'avait pas parlé de ce dîner à sa mère. Elle ne voulait pas l'entendre remettre en question sa décision et se laisser envahir par les doutes.

Sa messagerie était remplie des habituelles invitations dans les médias, interviews et plannings d'auditions. Martin était déterminé à lui faire accepter un nouveau rôle. Et Jewels préparait un ensemble d'interviews et d'opérations de promotion pour le lancement de la série dans laquelle elle allait jouer. Il faudrait bien qu'elle finisse par leur répondre, mais pas maintenant. De toute façon, ils ne devaient pas vraiment attendre sa réponse, mais partir du principe qu'elle accepterait tout. Elle acceptait toujours.

Elle était en train de consulter sa page Facebook lorsqu'elle leva les yeux et vit son frère, debout face à elle.

— Quinn, dit-il d'une voix hésitante.

Elle sentit les larmes lui monter aux yeux et dut résister

à l'envie presque irrépressible de lui sauter au cou. Même après toutes ces années, la simple présence de Lance éveillait en elle cette sensation de chaleur et de sécurité qu'elle avait toujours ressentie à ses côtés.

— Lance.

Elle se leva, marqua un temps d'arrêt, puis ils avancèrent l'un vers l'autre. Lance la serra dans ses bras.

— Oh ! mon Dieu. Tu m'as tellement manqué ! s'exclama Quinn.

Elle n'avait pas compris à quel point c'était vrai, jusqu'à cet instant.

— Toi aussi, dit son frère d'une voix grave. Je suis tellement content que tu aies appelé, et que tu sois là.

Il s'essuya les yeux et s'assit dans le box, sur la banquette face à elle.

Quinn sécha ses larmes et prit quelques instants pour simplement regarder son frère. Ses cheveux auburn étaient coupés de façon élégante. Son visage avait mûri, il avait les joues plus creuses, mais était toujours aussi beau. Quand ils étaient jeunes, les gens avaient l'habitude de faire des commentaires sur leur différence de couleur de cheveux, lui si brun et elle si blonde, mais leurs visages s'étaient toujours ressemblé. Cela avait un peu changé, mais ils avaient toujours les mêmes yeux et le même menton.

— Alors, comment vas-tu ? demanda Lance en lui prenant la main, la serrant doucement, toute gêne ayant disparu entre eux.

— Bien, en fait, dit-elle. Mieux, maintenant.

— Oui, moi aussi.

Leur brouille pouvait-elle vraiment se résoudre si facilement ? Quinn l'espérait. Elle voulait vraiment croire que ce soit possible.

L'arrivée de la serveuse les força à revenir au présent.

— Tu es toujours prof et coach de base-ball ? demanda-t-elle après le départ de la serveuse.

Un sourire chaleureux et franc se dessina sur le visage de Lance.

— Ouais, j'adore ce que je fais.

— Je vois ça. Tu as l'air heureux.

Il avait toujours été si patient avec elle quand elle était encore une petite peste. Et elle n'avait aucun mal à l'imaginer en professeur de lycée.

— Merci, je le suis.

— Tu as quelqu'un dans ta vie ?

Il secoua la tête.

— Rien de sérieux. Je suis pas mal pris par mon travail. Et moi, je n'ai rien lu sur ta vie amoureuse récemment.

— Dieu merci, dit-elle avant de froncer les sourcils. Attends une minute, ne me dis pas que tu lis la presse à scandale ? Tu sais qu'il ne faut pas croire tout ce qui est écrit dans ces torchons, hein ?

— Bien sûr, mais c'est une façon pour moi de maintenir un lien avec toi, d'une étrange façon, dit-il avant de se pencher vers elle. Et il vaut mieux que ce soit faux. Sinon, je risque de débouler à Los Angeles pour casser la gueule à certains de ces petits cons avec qui tu as été prise en photo.

Quinn fut envahie par un mélange de chaleur, de nostalgie et de tristesse. Encore un homme protecteur de plus dans sa vie, qui voulait voler à son secours.

— Bien sûr que c'est faux, le rassura-t-elle. La plupart des scoops sont inventés par mon attachée de presse ou mon agent. C'est juste pour qu'on continue à parler de moi.

Lance la regarda, visiblement étonné.

— Si c'est vrai, alors je pense que tu devrais virer ces gens. C'est une philosophie de merde.

Elle ne put s'empêcher de rire.

— Tu n'es pas le premier à me dire ça dans cette ville. C'est drôle, mais personne ne me l'avait dit avant.

— C'est parce que tu es polluée par toutes ces conneries d'Hollywood, dit-il avant de s'interrompre brusquement. Désolé. Je sais que c'est ta vie, c'est juste que je ne comprends pas.

— Pas de souci. Tu as raison, ce sont des conneries. Mais ces conneries sont importantes dans mon boulot, et je ne peux rien y changer.

— Peut-être pas. Mais tu peux choisir de ne pas être comédienne, non ?

Tout cela devait sembler si cliché et simpliste pour quelqu'un comme lui, si loin de ce milieu. Il ne comprenait pas. Comment pouvait-elle expliquer tout ça à quelqu'un qui n'appartenait pas à ce monde ?

— Ouais, finit-elle enfin par admettre.

Peut-être était-ce aussi simple que cela après tout. Elle venait de passer six mois à se démener pour que son nom ne soit pas oublié par la presse. L'apparence était tout à Hollywood, et n'était-ce pas tout l'enjeu de son prochain rôle ? Un pari risqué pour changer son image ?

Pour la première fois, elle se demanda sérieusement ce qui n'allait pas avec son image actuelle.

La serveuse arriva avec leur repas, et ils changèrent de sujet de conversation. La raideur de leur échange téléphonique avait totalement disparu. Et heureusement, son frère avait laissé tomber le sujet de la vie hollywoodienne. Ils passèrent l'heure qui suivit à parler d'années et d'années de choses qu'ils avaient manquées.

Lorsqu'ils eurent fini de manger, Quinn aborda le sujet qu'ils avaient évité — leurs parents.

— Alors, dit-elle. Tu as dit que papa s'était remarié ?

Lance baissa la tête.

— Ouais, en juin dernier. C'était une cérémonie intime, juste la famille, dit-il, levant les yeux vers elle. Personne ne te l'a dit ?

Elle secoua la tête.

— Non.

La douleur était là, mais à peine. C'était juste une chose de plus dont son père l'avait exclue.

— Est-il heureux ?

— Ouais, dit Lance avec un sourire un peu triste. Désolé de ne pas te l'avoir dit avant.

— Ce n'est pas grave. Je comprends.

Bien sûr qu'elle le comprenait. Ils n'avaient fait qu'échanger un e-mail à Noël et rien depuis.

— Franchement, ce n'est pas ta responsabilité de me tenir au courant de la vie de papa. D'ailleurs, je ne te dis pas non plus tout ce que fait maman.

— C'est triste, hein ?

— C'est comme ça.

C'est ce que Marcus aurait dit.

Lance baissa les yeux avant d'affronter son regard de nouveau.

— J'ai dit à papa que je te voyais ce soir.

— Oh ! dit-elle.

Elle ne voulait pas poser la question qui lui brûlait les lèvres, mais elle ne put s'en empêcher :

— Qu'a-t-il dit ?

— Il aimerait que tu viennes dîner dimanche.

— Il ne pouvait pas me le demander lui-même ? lâcha-t-elle sans même réfléchir.

— Tu l'as appelé ?

Quinn prit une grande inspiration pour se calmer. Elle ne voulait pas d'hostilité entre eux. Tout allait si bien jusqu'à ce que leurs parents viennent se mettre entre eux. Comme toujours.

— Je suis désolé, dit-il. Je n'avais pas à dire ça.

La serveuse arriva avec l'addition, et un silence pesant s'installa. Lance finit par éclater de rire et secoua la tête.

— C'est toujours pareil, hein ? On les laisse se mettre entre nous.

— Pourquoi faisons-nous ça ? demanda-t-elle. Ce qu'ils ont fait, nous séparer comme ça, c'était injuste, et nous le savons tous les deux. Et pourtant, nous continuons à les laisser diriger notre relation. C'est stupide.

Lance sourit légèrement.

— Tu as raison, alors arrêtons.

— Marché conclu, répondit-elle en tendant la main vers son frère. Promis, juré, craché ?

Il rit, et acquiesça. C'était stupide, mais cela convenait bien à la situation. Elle termina son verre de vin, et Lance jeta un coup d'œil à son téléphone.

— Il se fait tard, je ferais mieux d'y aller.

Il avait raison, mais Quinn n'avait pas très envie de partir.

— A quelle heure, dimanche ?

Elle avait réservé sa place sur un vol en fin d'après-midi, mais peut-être pourrait-elle la modifier.

Lance prit son téléphone et tapa quelque chose. Une seconde plus tard, Quinn entendit son téléphone vibrer. Elle sourit. C'était un texto de Lance avec le numéro de téléphone de leur père.

— Très bien. Ne jouons plus les intermédiaires, dit-elle en soupirant. Je l'appellerai.

— Il sera content.

— Tu crois ?

Tant d'années de doute s'étaient accumulées en elle que

Quinn n'était pas certaine qu'ils puissent surmonter cela. Mais peut-être… peut-être était-ce possible.

— Je le sais.

— Tu parles à maman de temps en temps ?

— A peu près autant que tu parles à papa.

La situation était vraiment merdique.

— As-tu déjà demandé à papa pourquoi ils nous avaient séparés ?

— Oui, il y a longtemps, mais je n'ai jamais obtenu de réponse valable. Je ne pense pas que cela partait d'une mauvaise intention, dit-il avant de hausser les épaules. Est-il utile de remuer tout ça maintenant ?

— Sans doute pas. J'aurais juste préféré qu'on n'ait pas à vivre en portant la culpabilité de leurs actes.

Elle tendit la main vers l'addition et y posa sa carte de crédit.

— Je peux payer, dit Lance en cherchant son portefeuille, mais Quinn l'interrompit.

— Laisse-moi t'inviter. S'il te plaît.

Elle pouvait au moins faire ça pour quelqu'un qui comptait pour elle.

— Merci, dit-il, attendant le départ de la serveuse pour ajouter : Mettons un terme à tout ça, plus de culpabilité.

— C'est si facile, tu crois ?

— Ça peut l'être, si on le décide.

Il était si positif et fort, et tout semblait si simple avec lui. Un peu comme avec Marcus. Elle n'était pas habituée à résoudre les choses aussi facilement.

L'air était glacé lorsqu'ils sortirent du restaurant. Quinn remonta le Zip de son manteau trop fin pour la saison. Elle devrait en acheter un autre si le froid persistait.

— J'espère te voir dimanche, dit Lance.

— Je te tiens au courant.

— Hé, tu ne m'as pas parlé du rôle pour lequel tu es venue faire des recherches ici.

— Oh ! dit-elle en sentant ses joues s'enflammer. C'est pour une série, je n'ai pas le droit d'en parler pour l'instant.

Ce n'était pas tout à fait vrai, mais il ne pouvait pas le savoir.

Il se mit à rire dans la nuit.

— Je suis sûr que cela ne tardera pas à être dans la presse à scandale. Comme pour tout ce qui est censé être secret, il finit toujours par y avoir des fuites.

Il avait raison, mais Quinn espérait vraiment que cette fois elle serait tranquille sur ce point. Elle n'était pas sûre d'être prête à affronter la presse pour ce nouveau rôle. Du moins, pas tant qu'elle était encore là. En Californie, elle pourrait revêtir un de ses masques habituels. Mais ici, en ce lieu si éloigné de tout ce qui lui était familier, elle avait enfin trouvé un espace où elle n'était pas obligée de jouer un rôle pour survivre. Elle pouvait simplement être elle-même.

C'était une chose dont elle n'avait jamais même rêvé lorsqu'elle avait décidé de venir à Minneapolis.

Chapitre 21

Marcus brandit le *paddle*, et le craquement du bois résonna dans le Donjon . Le hurlement du Soumis fut suivi d'un « Mercin monsieur. Encore, s'il vous plaît ».

La sueur coulait sur les larges épaules de son client. Attaché à un banc, l'homme n'avait aucun moyen de lui échapper, pourtant il tirait sur les liens qui maintenaient ses poignets, ses genoux et ses chevilles attachés. Cela faisait partie de la Séance.

— Ne bouge pas, vociféra Marcus en saisissant l'homme par les cheveux, tirant sa tête en arrière jusqu'à ce qu'il ne puisse plus bouger. Tu comprends ?

— Oui, monsieur, dit le Soumis à voix basse, la gorge serrée, le visage rouge. Je suis désolé, monsieur.

Marcus ne relâcha pas ses cheveux et lui administra un nouveau coup. L'homme inspira avec difficulté mais ne bougea pas. Ce Soumis adorait la lutte et voulait être forcé à se soumettre, jusqu'à un certain point. Marcus lui donna deux coups de plus, et le Soumis finit par céder. Il cessa de résister, ses muscles se détendirent et ses yeux se fermèrent.

— Merci, monsieur, murmura-t-il, haletant. Encore… s'il vous plaît.

Marcus fut envahi par une bouffée d'adrénaline. Chaque

fois qu'il arrivait à ce stade avec un Soumis, il éprouvait la même excitation enivrante. Chaque client était différent, ce qui faisait de chacun d'eux une énigme complexe.

C'était son troisième client en deux nuits, et il retrouvait ses habitudes et sa maîtrise.

Il baissa la tête de l'homme et lui caressa doucement le crâne, qu'il avait mis à rude épreuve. Le Soumis poussa un gémissement de gratitude. Marcus glissa la main le long de son dos musclé. Le Soumis était bien foutu et prenait grand soin de son apparence. Marcus respectait cela. Il n'était pas attiré par les hommes sexuellement parlant mais, en tant que dominateur, il aimait les corps bien faits. Et jouir d'un tel pouvoir était incroyable.

L'homme avait les fesses extrêmement rouges. Il aurait des bleus pendant plusieurs jours. Marcus posa le *paddle* et prit le *plug* anal qu'il avait préparé. Il se plaça devant le Soumis pour que ce dernier puisse voir chacun de ses mouvements, et saisit un tube de lubrifiant. Les yeux de l'homme s'écarquillèrent.

— Tu vas te laisser faire. Et sans te plaindre.

— Oui, monsieur.

Marcus recula pour admirer son œuvre. Le rouge intense contrastait joliment avec la peau blanche du haut des cuisses. L'homme bandait fermement.

Puis il inséra le *plug* et entendit le Soumis gémir. Cela ne changeait rien qu'il utilise ses accessoires sur un homme ou une femme. Cela lui donnait la même sensation de pouvoir.

Le Soumis remua les fesses et Marcus le frappa de la main.

— Ne bouge pas.

Le Soumis s'immobilisa.

— Oui, monsieur.

Ce Soumis prétendait ne pas être gay. Mais ce qu'il trouvait au Red Room était une chose qu'il ne pouvait pas demander à ceux qui partageaient sa vie. Et Marcus éprouvait une certaine fierté de savoir qu'il pouvait le lui apporter. L'homme lui faisait confiance au point de lui confier un secret qu'il ne pouvait partager avec ceux dont il était le plus proche.

Marcus saisit le *paddle*, et passa la main sur les fesses rougies de l'homme.

— Encore cinq. Et un de plus pour avoir bougé.

— Oui, monsieur.

La voix du Soumis était encore chargée d'excitation, indiquant à Marcus qu'il était toujours dans la Séance.

Il lui assena les derniers coups de façon régulière et mesurée. Les vibrations causées par chaque coup feraient monter l'excitation de son client, Marcus le savait. A la fin des cinq coups, il marqua une pause.

— Merci, monsieur, dit-il d'une voix essoufflée. Vous m'aviez promis un autre coup, monsieur. S'il vous plaît.

Marcus mit toute sa force dans ce dernier coup. Le Soumis laissa échapper un cri, les larmes coulant sur ses joues. Marcus saisit son sexe en érection.

— Jouis pour moi.

L'homme gémit, eut un soubresaut et jouit.

Marcus s'écarta de lui, le cœur battant. Il reprit son souffle avant de s'approcher de l'homme pour le délivrer de ses liens. Il prit une mince couverture et le couvrit. Ce Soumis aimait être couvert après une Séance. Il ne serait pas capable de bouger avant un bon moment, mais il avait le temps. Cela faisait partie de leur accord bihebdomadaire. Accord qui avait été interrompu depuis plus de trois mois en raison de la fermeture du club.

Il s'agenouilla près de la tête de l'homme et embrassa sa tempe en sueur.

— Merci. Tu as été extraordinaire.

Il le pensait. Il appréciait réellement le don d'eux-mêmes que lui offraient les gens en se soumettant à lui. Et il mettait un point d'honneur à ce qu'ils le sachent. C'était sa façon à lui de faire. Sans doute un reliquat de son éducation qui lui avait appris à ne jamais rien prendre pour acquis.

Il fit un signe à un Soumis chargé du service de venir s'occuper de son client.

Marcus prit une serviette et essuya son visage en sueur. Un regard alentour lui confirma que les membres arrivaient de façon régulière. Plus de la moitié des équipements du Donjon étaient occupés, ce qui était bien pour un soir en semaine. Les affaires avaient repris leur cours normal.

Il se tourna et se dirigea vers le vestiaire des employés pour prendre une douche rapide. Il n'avait fait que deux pas lorsqu'il se figea. Quinn était adossée au mur. A sa vue, il fut envahi par une immense fierté. Il avait été totalement absorbé durant la Séance, donnant au Soumis exactement ce qu'il désirait. Et le fait que Quinn ait visiblement assisté à une partie de la Séance l'emplissait de satisfaction. Il était vraiment doué dans son boulot, et elle avait pu en être témoin.

Et pourtant, quelque chose n'allait pas. Elle avait les yeux écarquillés, et sur son visage il lut quelque chose qui était soit de la terreur, soit de la crainte mêlée d'admiration. Il ne savait déterminer exactement ce que c'était, et il sentit monter en lui une froide appréhension. Comme elle avait rendez-vous avec son frère la veille, ils ne s'étaient pas vus, et maintenant elle était confrontée de la façon la plus directe qui soit à son boulot. *Merde.*

Il sentit sa gorge se serrer en s'avançant vers elle. La robe sans bretelles qu'elle avait revêtue était si ajustée qu'il voyait sa poitrine se comprimer chaque fois qu'elle respirait. Les suçons qu'il lui avait faits dimanche s'étaient estompés, mais de légères marques étaient encore visibles, allant de son collier au haut de sa robe. Ses cheveux étaient relâchés en boucles blondes, exactement comme il aimait.

Elle s'était habillée pour lui plaire et elle était magnifique… si on faisait abstraction de son regard confus et de ses sourcils froncés.

— Que fais-tu là ?

Il n'avait pas eu l'intention de sembler si bourru, mais il n'aimait pas qu'on puisse la voir au Red Room sans qu'il soit à ses côtés. Ce putain de vigile était censé l'avertir de son arrivée. L'idée qu'elle ait pu errer seule dans le club… La colère prit le pas sur son inquiétude.

Quinn était sur le point de fuir. Il le sentait, tout comme il voyait son pouls battre au-dessus du collier.

Dans leur discussion à propos de son boulot, il n'avait pas été question qu'elle le voie à l'œuvre avec quelqu'un d'autre. Et encore moins avec un Soumis masculin. Il n'avait jamais été gêné d'être regardé par qui que ce soit. C'était même un des aspects de son boulot qu'il aimait. Mais la déception qu'il lisait dans le regard de Quinn fit retomber son excitation.

Elle leva les yeux vers lui et il la vit se métamorphoser, comme lorsqu'elle se cachait derrière un de ses rôles pour se protéger. Merde. Impassible, elle fit demi-tour et s'éloigna à grands pas, balançant les hanches avec grâce, perchée sur ces chaussures aux talons incroyablement hauts qu'elle portait toujours.

— Quinn !

Elle se figea en l'entendant crier son nom, le dos rigide, les poings serrés.

— Ne pars pas comme ça.

Merde. Il était coincé. Qu'elle en soit consciente ou non, elle était en train de le défier ouvertement. Le lieu où ils se trouvaient ne lui laissait pas le choix. Elle portait son collier et le bravait devant tout le monde. Il ne pouvait pas laisser passer ce comportement. Pas ici. Pas maintenant, alors qu'il était formateur du club et son dominateur.

— Viens ici, ma petite chatte, dit-il d'une voix menaçante.

Pourtant, il sentit le doute poindre en lui. Que ferait-il si elle ne lui obéissait pas ?

Il se passa de longues secondes avant qu'elle ne se retourne. Les lèvres pincées, le regard brillant — de colère ou de détresse ? —, elle lui fit face. Ce n'était pas juste. Pas comme ça, avec elle. Mais elle lui avait forcé la main. Elle devait le comprendre. Il sentit son ventre se nouer, lui rappelant le jeu qui était en train de se jouer quand des dizaines d'yeux braqués sur lui analysaient chacun de ses gestes.

Il attendit qu'elle s'arrête devant lui. Il ne pouvait réfléchir à ce qu'il faisait. Tout n'était plus qu'un enchaînement machinal de gestes. Il pointa son doigt vers le sol. S'agenouillerait-elle ? Ils n'avaient plus de contrat maintenant. Rien ne la forçait à lui obéir en dehors de ce fin collier de cuir autour du cou. Et que signifiait ce dernier pour elle ?

Il ne se concentra plus que sur eux deux. Cette concentration s'imposait à lui lors de chaque Séance, comme si à ce moment-là rien n'était plus important que le Soumis avec qui il était. Ceci n'était pas une Séance mais, à cet instant, Quinn avait toute son attention. Et le seul fait qu'elle puisse décider que tout était fini faisait battre son cœur à tout rompre.

Il ne pouvait pas laisser cela se produire. Il devait sauver ce qui existait entre eux. Les sauver, eux.

Elle ferma les yeux, le visage impassible, puis s'agenouilla lentement. Elle croisa les mains dans le dos et baissa la tête, puis dit :

— Désolée, monsieur.

Oh ! Dieu merci. Il inspira profondément. La pose de Quinn était parfaite et le soulagement qu'il ressentit était mâtiné d'un intense sentiment de fierté. A moins que… Elle avait mis un terme à cette situation embarrassante. Mais jouait-elle la comédie, ou était-elle sincère ?

Il mit cette question de côté pour l'instant et reporta son attention sur Quinn, agenouillée devant lui. Pour la première fois, le dominateur en lui luttait avec l'homme qu'il était. Il avait toujours pensé que ces deux aspects se confondaient parfaitement en lui, jusqu'à cet instant. Des gens passaient autour d'eux, et le vacarme du Donjon ajoutait à la tension qui montait entre eux et continuait à monter à chaque seconde où il forçait Quinn à rester à genoux.

— Elle est belle.

Marcus jeta un coup d'œil en direction de Lucas, un autre dominateur du club, et hocha simplement la tête. En temps normal, il se serait réjoui de son compliment, il aurait même engagé la conversation avec Lucas. Mais les commentaires des autres dominateurs lui donnaient envie de montrer les dents pour les tenir à l'écart de Quinn.

Son coup d'œil avait dû être chargé d'ondes négatives, car Lucas sembla étonné, puis s'éloigna sans autre commentaire.

Pendant tout ce temps, Quinn resta immobile. Ses cheveux étaient retombés sur son visage, et Marcus mourait d'envie de le dégager. Au lieu de cela, il fit un pas en arrière, jusqu'à ce que ses bottes ne soient plus dans son champ de vision. Elle leva la tête, puis la baissa presque aussitôt, corrigeant sa posture.

Il brûlait de savoir ce qui se passait dans son esprit. Suivait-elle ses ordres par obligation ou par plaisir ? Marcus parcourut lentement la salle des yeux, croisant délibérément le regard de tous les dominateurs qui regardaient dans sa direction. La plupart des Soumis détournaient les yeux, mais il était clair qu'ils étaient nombreux à observer leur échange.

Jake était adossé au mur à l'autre bout de la salle, les bras croisés sur le torse dans une position apparemment décontractée. Marcus comprit qu'il n'en était rien. Il avait les épaules raides et le regard dur.

Ce fut l'élément déclencheur. Il en avait assez de montrer l'image que tout le monde attendait de lui. Quinn était plus importante que ce que les autres pensaient de lui ou de ses talents de dominateur. Cette révélation le fit agir.

Il passa les doigts dans les cheveux de la jeune femme et fut récompensé lorsqu'elle inclina la tête vers lui. Il se sentit envahi par une vague de bien-être.

— Lève-toi, ma petite chatte.

Elle prit la main qu'il lui offrait et se leva, toujours sans croiser son regard. Il la conduisit jusqu'à la porte des employés, puis dans le couloir sans un mot. Dès qu'ils furent seuls, elle essaya de dégager sa main, mais il ne céda pas.

— Marcus…

Il regarda autour de lui, et lui fit un signe de tête en signe d'avertissement. Ils ne parleraient de rien tant qu'ils n'auraient pas un peu d'intimité. Il y avait trop d'yeux qui les épiaient et d'oreilles qui traînaient pour la discussion qui s'annonçait — qui ne regardait personne d'autre qu'eux.

Quinn suivit Marcus. Le cliquetis de ses talons sur le carrelage contrastait avec le bruit plus sourd des bottes de Marcus. Elle aurait dû lui faire une scène, mais elle ne semblait pas y parvenir. Les mots restaient bloqués au fond de sa gorge.

Elle l'avait déçu. La sensation horrible qui accompagnait

toujours cette prise de conscience rendait sa respiration difficile.

Qu'était-elle en train de faire ?

Elle était venue à Minneapolis pour échapper à cette sensation bien précise et elle retombait dans les mêmes travers : culpabiliser et se plier aux attentes des autres au lieu de se défendre.

Etait-ce ce que signifiait le collier ? Que Marcus dirigeait toutes ses décisions, ses actes et ses sentiments ? Elle n'avait pas eu cette impression jusqu'à présent mais, si c'était le cas, alors cela rendait Marcus semblable au reste des gens qui peuplaient sa vie. Elle était sa chose qu'il dirigeait et contrôlait.

Mais qui était-il pour elle ? Avait-elle son mot à dire sur ce qu'il faisait ?

Apparemment pas.

Cette prise de conscience lui fit monter les larmes aux yeux. Elle avait été si stupide de tomber amoureuse de lui. Leur relation était censée être un partenariat mais, à cet instant, ce n'était pas du tout la sensation qu'elle avait.

Le voir dominer un autre Soumis l'avait à la fois impressionnée et démolie. Il était totalement absorbé par ce qu'il faisait, et aussi magnifique à regarder que la première fois qu'elle l'avait vu. Mais une violente bouffée de jalousie avait failli la faire défaillir. Peu importait qu'il s'agît d'un homme, ou qu'il n'y ait pas eu de rapport sexuel.

Si elle lui appartenait, alors il lui appartenait aussi.

Il ouvrit une porte, et elle se figea. Elle souffrirait davantage si elle continuait à le suivre. Marcus avança, mais elle retira sa main, refusant d'aller plus loin. Si juste et agréable que cette relation ait pu lui sembler, elle ne pouvait continuer.

— Non, dit-elle. Je ne peux pas faire ça.

Il se tourna vers elle et elle recula d'un pas. Il avait le

regard sombre, les lèvres serrées, en mode Dominateur, celui qui pouvait si facilement avoir l'ascendant sur elle.

— Quinn ?

Elle secoua la tête et essaya de reculer de nouveau, mais il l'en empêcha.

— Parle-moi, dit-il en lui reprenant la main, avant de l'embrasser avec une douceur qui contrastait avec son visage sévère. S'il te plaît.

Mince ! Ça n'était pas juste. Il suffisait d'une légère pression de ses lèvres sur sa peau pour qu'elle soit envahie d'une onde de chaleur, et sente les pointes de ses seins se dresser contre sa volonté. Son corps répondait à son contact, même si elle ne le voulait pas.

Elle était si désorientée.

— Je me suis trompée, dit-elle enfin. Je ferais mieux de partir.

Le temps qu'elle devait passer à Minneapolis était bientôt écoulé de toute façon. Et ils n'avaient pas parlé d'avenir. Comment y aurait-il pu y en avoir un ? Ils avaient des vies trop différentes à des milliers de kilomètres l'un de l'autre. Leur histoire n'avait été qu'un interlude inattendu qui était arrivé à son terme. Elle s'était fait des illusions en pensant que cela pouvait durer.

Marcus serra doucement sa main.

— Viens en haut, pour qu'on puisse parler.

— De quoi ?

— De nous, bon sang, dit-il, laissant échapper sa frustration. De ce qui s'est passé là-bas, dit-il en désignant le Donjon d'un geste.

Pouvait-elle faire cela ? Il était moins risqué de fuir dès maintenant. C'était plus facile aussi. Mais c'était justement ce qu'elle essayait de dépasser — sa propension à opter pour les solutions de facilité. Si elle voulait être maîtresse de sa vie, elle devait prendre la responsabilité de ses propres choix — de ses décisions comme de ses erreurs.

— O.K.

Il desserra un peu son emprise, qui était devenue presque douloureuse, mais il ne lui lâcha pas la main.

— Merci.

Le loft était froid et sombre quand ils entrèrent, ou peut-être était-ce elle qui était froide. Marcus lui lâcha la main après avoir refermé la porte et alluma une lampe.

Son pantalon en cuir épousait ses jambes et mettait en valeur sa démarche assurée tandis qu'il traversait la pièce. Son harnais dessinait un X sur ses muscles saillants. Comme toujours, il était impressionnant, mais elle refusait de se laisser déstabiliser.

— Asseyons-nous, dit-il en désignant le canapé.

Le dominateur du Donjon avait disparu. C'était comme s'il s'était débarrassé de ce personnage en entrant dans le loft. Mais il contrôlait encore la situation avec sa fermeté habituelle. Il était l'homme dont elle était tombée amoureuse.

Non, pas amoureuse. C'était trop rapide, trop stupide et effrayant à admettre. Ce qu'elle ressentait pour lui ne pouvait être de l'amour.

Elle s'assit sur le canapé, mais assez loin de lui pour qu'ils ne se touchent pas. Elle ne pouvait prendre le risque que quelque chose d'aussi simple que la main de Marcus sur son genou lui fasse perdre le contrôle. Il se tourna vers elle, étendant le bras sur le dos du canapé. Quinn croisa les mains sur les genoux pour s'empêcher de les tendre vers lui.

— Je ne t'attendais pas si tôt.

Ce n'était pas ce qu'elle avait espéré l'entendre dire pour commencer la conversation. Elle se mit sur la défensive et ravala la réponse amère qui se forma aussitôt dans son esprit.

— Je ne savais pas que je devais te tenir informé de tous mes déplacements.

Il soupira et passa une main dans ses cheveux épais.

— Ce n'est pas ce que je voulais dire. Je n'aime pas que tu te promènes au club sans moi, c'est tout.

Elle se redressa.

— Tu n'as pas confiance en moi ?

— Ça n'est pas ça. Bien sûr que je te fais confiance, c'est juste que…, dit-il, détournant les yeux et reprenant son souffle avant de continuer. Tu es à moi. Le collier que tu portes l'indique à tout le monde au Red Room. Et tu errais librement à travers le club. C'était comme déclarer au monde mon manque de contrôle sur toi.

Ces mots lui firent l'effet d'une gifle.

— Tu es inquiet pour ton image ? Sur la façon dont mes actes rejaillissent sur toi en tant que dominateur ?

— Oui et non, dit-il avant de secouer la tête.

— Et tu ne te demandes pas si tes actes peuvent avoir une incidence sur moi ? demanda-t-elle avec colère. Je suis ta soi-disant Soumise, mais ça ne t'empêche pas d'en dominer d'autres. Que crois-tu que j'aie ressenti en te regardant faire tous ces trucs à cet homme, en sachant que chaque personne qui te regardait devait se dire que je comptais bien peu pour toi pour que tu puisses encore faire ça avec d'autres.

— Je suis dominateur professionnel ! s'exclama-t-il d'une voix dure et furieuse. C'est ce que je fais pour gagner ma vie. Tu le sais, non ? Je l'ai fait jouir dans le cadre d'une Séance, oui. Mais je ne l'ai pas baisé. Ma queue t'est réservée. Je te l'ai déjà dit.

La gorge nouée, presque incapable de respirer, elle s'écarta violemment de lui. Une douleur atroce formait une boule dans son ventre. Elle se mordit la lèvre et essaya de rassembler ses pensées — à défaut de ses émotions. Elle avait déjà totalement perdu le contrôle.

— Tu as raison. Je le savais depuis le début, dit-elle en se levant. Je n'ai évidemment aucun droit de te demander de changer de vie pour moi, dit-elle en touchant son collier — et pour la première fois, ce contact fut douloureux et désagréable. Je pense que tu devrais m'enlever ça. Notre histoire ne pouvait pas durer, de toute façon.

Ces mots lui brûlaient la gorge, ils étaient physiquement douloureux à prononcer, mais elle ne comptait pas revenir sur ses paroles. C'était mieux ainsi.

— Non, dit-il en se levant d'un bond, les yeux brillants. Je ne t'enlève pas ton collier. Nous pouvons arranger tout cela.

Face à la colère de Marcus, elle revêtit son masque de calme froid. Elle ferma les yeux pour trouver en elle la force de tenir bon. Elle avait traversé tellement d'événements, affronté tant d'accusations, de piques et de moqueries qu'elle était surprise d'avoir encore quelque chose à quoi se raccrocher. Mais cette chose était là, et elle espérait qu'elle la protégerait.

Elle ouvrit les yeux et le regarda. Les mains sur les hanches, les muscles bandés, il avait l'allure de quelqu'un de féroce. Mais, étrangement, il ne paraissait pas menaçant. L'envie de se lover dans ses bras et de se sentir protégée par la force protectrice qu'il offrait était tentante. Mais elle ne pouvait pas. Elle devait partir maintenant si elle voulait avoir la moindre chance d'y parvenir.

— Qu'y a-t-il à arranger ? demanda-t-elle d'un ton las. Notre relation n'était pas censée durer. C'était une expérimentation qui est allée trop loin. Nous nous sommes emballés à propos de quelque chose qui est impossible. Mieux vaut y mettre un terme maintenant, avant que cela ne devienne encore plus difficile.

Marcus avança vers elle, et elle l'empêcha d'aller plus loin d'un geste de la main.

— Non, s'il te plaît.

— Bon sang, Quinn, dit-il en levant les mains au ciel avant de faire demi-tour et de prendre le ballon de foot posé sur le bar. Je ne veux pas que ça finisse comme ça entre nous.

— Alors, dis-moi, comment penses-tu que les choses allaient se passer ?

— Je ne sais pas, dit-il, se tournant vers elle, mais restant à l'autre bout de la pièce, le ballon serré entre les mains, dans la pénombre. Je… Merde, je ne veux pas que tu t'en ailles.

— Et puis quoi ? Tu veux que je laisse tomber toute ma vie, ma carrière et tout le reste pour venir m'installer ici et devenir ta bonne petite Soumise ?

— Non, s'exclama-t-il. Tu me connais mieux que ça.

— Vraiment ?

Si quelqu'un lui avait posé la question l'après-midi même, elle aurait été d'accord avec lui. Mais, maintenant, plus rien n'était évident.

— Tu crois vraiment qu'on se connaît si bien que ça ? Tu ne m'as jamais posé de questions sur ma vie, ma carrière, ni sur mon prochain rôle de Soumise. Ne pas parler des choses ne les faisait pas disparaître.

Il fit un pas vers elle, jeta le ballon contre le mur, puis s'arrêta, le corps raide de tension.

— Je ne t'ai pas parlé de ta carrière parce que je pensais que c'était la dernière chose dont tu avais envie de parler. Je voulais qu'il soit question de nous. Toi et moi. Et pas du personnage que tu joues, ni de ton image, ni de toutes ces conneries que tu subis tous les jours.

— Alors tu acceptes que je m'agenouille devant un autre homme, que je l'embrasse, et même que je le baise devant la caméra ?

— Mon Dieu, non. Tu es folle ? dit-il, faisant les cent pas loin d'elle avant de se retourner brusquement. Tu ne vas pas le baiser. Tu ne fais pas du porno, si ? demanda-t-il avec un regard noir.

Elle eut envie de rire, un rire écœuré et las qui aurait tout balayé, mais elle ne pouvait pas.

— Non, je ne fais pas de porno. Mais aux yeux du monde, ce sera comme si je baisais avec lui. Ça ne te pose pas de problème ?

Il avait la mâchoire si contractée qu'elle s'étonna presque de ne pas entendre ses dents craquer. Elle n'avait pas besoin de connaître sa réponse pour savoir ce qu'il pensait.

— C'est mon boulot, insista-t-elle. On n'en a pas parlé parce qu'une partie de toi ne peut pas l'accepter.

Elle venait de le comprendre. Et la révélation lui coupa le souffle. Il l'avait mise en garde contre la possessivité des dominateurs. Elle aurait pu être prête à faire quelques concessions, mais jamais elle n'aurait abandonné sa carrière pour lui.

— On peut aussi parler de ton personnage, insista-t-elle comme il ne répondait pas. Ton image qui t'inquiète tant !

— C'est… Merde, commença-t-il avant de détourner les yeux en soupirant, résigné. Tu portes mon collier, et tu m'as défié dans le seul endroit où tu ne peux pas le faire. Qu'étais-je censé faire ? C'est mon boulot ! Si seulement tu étais arrivée à l'heure où tu étais supposée le faire, on n'en serait pas là.

La critique lui fit l'effet d'une nouvelle gifle. Il n'y avait plus rien à dire. Elle devait partir le plus vite possible avant de s'effondrer. Elle lui avait donné tellement, mais elle refusait de lui faire cadeau de ses larmes.

— Tu as raison, c'est ma faute. Je suis désolée, dit-elle en faisant un effort surhumain pour marcher et se diriger vers la porte. Merci pour la formation, je suis sûre que je pourrai jouer mon rôle avec beaucoup plus de réalisme maintenant.

— Bon sang, ce n'est pas ce que je voulais dire, Quinn.

En quelques enjambées, il fut devant elle, et se mit en travers de son chemin.

— Ne pars pas. Ce n'est pas ta faute, O.K. ?

Elle inclina la tête comme si elle avait pu le voir différemment, simplement en le regardant sous un autre angle. Ce ne fut pas le cas. Il était toujours le bel homme qu'elle avait rencontré. Mais peut-être y voyait-elle un peu plus clair à présent. Sous son apparente assurance, derrière l'autorité qu'il dégageait et son charme ravageur, se cachait une arrogance dont il n'avait peut-être même pas conscience.

— Bien sûr que si. Je n'ai pas suivi les règles que tu avais fixées. J'ai pris ma propre décision en venant ici ce soir, et voilà le résultat. Mais cette conversation aurait eu lieu de toute façon. Je pars dimanche, dit-elle en haussant les épaules. Quelques jours de plus ou de moins… On a passé de bons moments, et maintenant c'est terminé.

— Je ne te crois pas, dit-il d'une voix rageuse.

Avant qu'elle n'ait eu le temps de fuir, ni même de s'y préparer, il parcourut les quelques centimètres qui les séparaient.

Il la saisit par les bras et la plaqua contre le mur. Quinn émit un léger cri de protestation, qui fut étouffé par les lèvres de Marcus tandis qu'il la soulevait, lui enroulant les jambes autour de ses hanches. Il prit sa bouche avec fougue, vibrant de toute la rage et du désespoir qui l'animait. Elle ne résista pas, même si elle savait qu'elle aurait dû. C'était trop intense, trop bon pour arrêter.

Elle plongea les doigts dans les cheveux de Marcus, l'attirant vers elle. Mue par l'envie irrépressible de le goûter encore, elle sentit ses sens s'enflammer. Elle voulait l'avoir en elle une dernière fois. Elle sentait ses mains partout sur elle, sur ses cuisses, son ventre, ses seins… mais ça ne lui suffisait pas.

Elle n'aurait pas dû le dire, c'était stupide et une très mauvaise idée, mais les mots lui échappèrent :

— S'il te plaît, Marcus.

Savait-il ce qu'elle le suppliait de faire ? Elle n'en était pas sûre elle-même.

— Oh ! Quinn…, dit-il d'une voix rauque de désir.

Il la mordit dans le cou et remonta sa robe jusqu'à la taille.

Quinn heurta de la tête le mur de pierre quand il lui pinça les pointes des seins. Sa robe n'était plus qu'un amas de tissu autour de sa taille, laissant le reste de son corps exposé aux mains et à la bouche avides de Marcus.

— Oui, souffla-t-elle, haletante.

Elle était prise d'un vertige, grisée par l'urgence qu'elle ressentait à le sentir en elle — qu'il la prenne comme personne d'autre n'aurait pu le faire.

— Tu es à moi, Quinn.

Il glissa un doigt en elle et elle se cambra. Elle s'agrippa aux cheveux de Marcus et l'embrassa avec passion. Elle était à lui. Il avait raison. Mais elle ne pouvait pas rester. Elle ne pouvait pas être tout ce qu'il voulait qu'elle soit. Mais elle pouvait prendre ce qu'il lui donnait maintenant et s'offrir à lui une dernière fois.

Elle lui mordit l'épaule, enfonçant les dents dans sa chair pour le provoquer.

— Oui, Marcus.

Il laissa échapper un léger cri et glissa un second doigt en elle. C'était tellement bon.

Elle se retint de gémir et lui souffla :

— Et tu es à moi.

Elle sentait la peau chaude et humide de Marcus glisser sous ses mains. Elle serra les jambes autour de ses hanches pour mieux onduler contre ses doigts. Il posa le pouce sur son clitoris et ce fut comme une décharge électrique qui lui arracha un cri. Elle lutta pour retenir l'orgasme qui montait en elle, le griffant de ses ongles avant de les enfoncer dans sa chair.

— Merde, lâcha-t-il tandis qu'il tentait de déboutonner son pantalon.

— Vite, le supplia-t-elle. S'il te plaît.

Puis elle sentit son sexe, dur et chaud, pressé contre elle. Elle n'attendit pas son ordre, elle glissa sur lui d'un coup de hanches.

— Putain !

Le juron de Marcus exprimait exactement ce qu'elle ressentait. La sensation était d'une telle intensité. Elle voulait le baiser avec frénésie. Non, rester immobile. Elle voulait le savourer et de le dévorer à la fois. C'était exactement ce qu'elle avait toujours désiré.

Elle se laissait glisser sur lui avec une lenteur vertigineuse, envahie par des sensations indescriptibles. Elle était si près de jouir...

— Arrête, s'il te plaît.

Marcus s'immobilisa aussitôt. Elle le regarda dans les yeux, impressionnée par sa maîtrise. Il y avait tant de choses dans son regard — la passion, le désir de possession, la douleur et quelque chose de plus profond, de plus vrai, cette chose que ni l'un ni l'autre n'osait dire à voix haute. La passion qui les avait fait se jeter l'un contre l'autre s'était transformée en un désir d'osmose pour lui aussi. C'était ce qu'elle voulait.

— Tu es magnifique, Quinn, dit-il en lui prenant les

fesses dans ses mains pour s'enfoncer en elle. Parfaite. Tu es tout ce que je désire.

L'émotion dans la voix de Marcus lui fit monter les larmes aux yeux. Elle l'attira à elle et l'embrassa. Lui montrant ce qu'elle refusait de lui dire. Lui donnant ce qu'elle pouvait, de la seule façon qu'elle s'autorisait. Et il comprendrait, elle le savait. Car malgré tout ce qu'elle venait de lui dire, il connaissait sa véritable personnalité mieux que quiconque.

Il augmenta le rythme de ses va-et-vient en elle, et elle dut interrompre leur baiser pour reprendre son souffle. Elle bougea à l'unisson avec lui. Elle avait perdu toute notion de la réalité et lui appartenait corps et âme.

Il lui saisit les poignets et les rabattit brusquement contre le mur, haut au-dessus de sa tête, la forçant à lui offrir ses seins. Il supportait tout son poids comme si elle ne pesait rien. Il avait un contrôle absolu sur elle, et c'était elle qui le lui avait donné.

Elle sentait ses cheveux lui coller au cou et aux joues, les pointes de ses seins effleuraient le torse de Marcus à chaque mouvement et elle avait les cuisses en feu. C'était une passion charnelle et une débauche de sens qu'elle n'avait jamais connues. Même pas avec lui. Leur étreinte avait quelque chose de brut qui fit exploser ses dernières défenses.

— Je t'en prie, cria-t-elle.

Cette fois encore, elle ne savait pas de quoi elle le suppliait. Que cela se termine ou que cela continue ? Qu'il se donne à elle ? Entièrement ?

— Oui, s'écria-t-il. Oh ! jouis, Quinn. Jouis avec moi.

Il lui mordit l'épaule et elle sombra dans le plaisir, insensible à la douleur. Il gémit et fut secoué de spasmes tandis qu'elle se délectait des sensations qui se propageaient dans son corps tout entier.

Pendant un long moment, ils restèrent ainsi, sans bouger, noyés dans le brouillard du plaisir. Elle sentit le souffle frais de Marcus contre son cou trempé de sueur. Elle dégagea lentement ses poignets pour relâcher la tension de ses bras qu'elle enroula autour des épaules de Marcus. Elle sentait son odeur, mêlée à celle du sexe, à chaque inspiration tandis qu'elle redescendait lentement sur terre.

Ses jambes tremblaient et elle dut s'agripper à lui pour ne pas vaciller. Et maintenant ? Cela n'aurait pas dû se produire. Mais *cela* avait bien eu lieu. Et *cela* ne changeait rien.

Il prit son visage entre ses mains et déposa un tendre baiser sur ses lèvres. Le contraste après leur corps-à-corps effréné la bouleversa.

Il plongea le regard dans le sien et elle y lut une profonde émotion, qu'elle ne lui avait jamais vue.

— Je t'aime, Quinn, souffla-t-il d'une voix tellement émue qu'elle en était presque inaudible. Tu dois le savoir, maintenant.

Elle secoua la tête, instinctivement.

— Tu ne peux pas. Ça ne marchera jamais. Je ne suis pas celle que tu voudrais.

Sa voix tremblait et elle se dégagea de son étreinte.

— Si, tu l'es, insista-t-il, tout en la laissant partir.

Il s'éloigna vers la cuisine sans se retourner. Il ne pouvait pas le penser réellement. Elle ne voulait pas y croire. Cela ne ferait que la faire souffrir davantage. Et c'était forcément faux, si elle en croyait la douleur qui lui comprimait la poitrine.

Elle se détourna et se concentra sur sa robe. Le tissu en coton extensible épousait ses formes, mais elle prit le temps de défroisser des plis inexistants de ses paumes moites.

Elle enfilait ses chaussures à talons lorsque Marcus réapparut près d'elle. Elle sentit ses mains trembler mais ne releva pas les yeux vers lui. Il fallait qu'elle soit forte, même si elle était anéantie.

— Je vais partir maintenant.

Malgré tous ses efforts, elle n'avait pas pu empêcher sa voix de trembler.

— Pourquoi ? demanda-t-il, secouant la tête. Comment peux-tu partir après ça ?

Il désigna le mur de la main, comme si cela expliquait tout. Il avait de nouveau cette expression de colère et de frustration sur le visage. Cela ajouté au désordre de ses cheveux lui donnait un air rebelle et intrépide qui était réellement intimidant. Mais elle ne pouvait plus se courber devant lui, ni s'effondrer sous la pression.

— C'était juste sexuel, dit-elle sur un ton dédaigneux, passant de nouveau les mains sur sa robe avant de redresser le menton. Je pensais que toi au moins tu saurais faire la différence entre le désir et l'amour.

— Je fais la différence, dit-il sur un ton péremptoire en avançant vers elle. J'ai baisé avec beaucoup de femmes, je ne le nierai pas. Mais je n'en ai aimé qu'une. Toi.

Quinn ferma les yeux. C'était tout ce qu'elle n'aurait jamais voulu avoir à affronter. Cet homme était un dominateur professionnel. Elle ne lui suffirait jamais. Et la pensée qu'il fût possible qu'elle lui suffise était tout aussi terrifiante.

— Je suis désolée, dit-elle. Je ne peux pas t'aimer.

Et elle s'enfuit sur ces mots. Elle devait partir sur-le-champ si elle ne voulait pas s'effondrer.

Elle ouvrit brusquement la porte et fila à toute vitesse dans le couloir, s'attendant à chaque instant à entendre le bruit des bottes de Marcus derrière elle. Ce bruit ne vint pas. Elle entra dans l'ascenseur en trébuchant et appuya frénétiquement sur le bouton du rez-de-chaussée. Son souffle haché allait de pair avec le rythme désordonné des battements de son cœur.

C'était ce qu'elle voulait.

Ce qui devait nécessairement arriver.

Et malgré tout, cela lui déchirait le cœur. Elle était envahie par ce mélange de douleur, de culpabilité et de dégoût de soi qu'elle avait passé sa vie à essayer d'enfouir au plus profond d'elle-même.

Chapitre 22

Marcus, le regard fixé sur la porte ouverte de son loft était dans un état de choc et d'incrédulité. Quinn fuyait. Elle le quittait, lui et tout ce qu'il lui avait offert, pour retourner se cacher derrière ses rôles. Ça n'était pas vrai ! Il lui avait donné tout ce qu'il avait, et cela n'avait aucune valeur à ses yeux.

— Merde.

Il shoota le canapé. Une intense douleur lui traversa la poitrine, comme si on lui avait donné un coup de poing dans le sternum.

Où s'était-il planté ? Il savait qu'elle ne pouvait pas rester à Minneapolis pour toujours, mais il ne s'était pas attendu à ce qu'elle parte comme si entre eux cela n'avait été qu'une amusante diversion. Ils auraient pu trouver une solution.

Ils le pouvaient encore.

Il était hors de question qu'il accepte cela. Il n'allait pas la laisser fuir.

Il sortit en trombe, se dirigeant directement vers l'escalier. Le fracas de ses bottes résonna sur le sol en ciment jusqu'au rez-de-chaussée. Son cœur battait à tout rompre, pas d'essoufflement mais de peur. La peur de ne pas réussir à la rattraper.

Il se précipita dans le couloir à toute vitesse, puis fit irruption dans la cuisine du club. Les têtes se tournèrent lorsqu'il passa comme un dératé devant les cuisiniers pour sortir par la porte de derrière qui claqua derrière lui.

L'air froid cinglait sa peau brûlante, mais il le remarqua à peine. Il courut dans l'allée et tourna à l'angle pour foncer vers l'entrée du Red Room.

Les réverbères projetaient de pâles halos de lumière sur le trottoir et illuminaient la rue presque déserte. Son souffle formait de petits nuages blancs qui disparaissaient aussitôt dans la nuit. Pendant toute la durée de sa course, il n'eut qu'une obsession : l'arrêter. La retenir. Arranger les choses.

Il s'arrêta brusquement, haletant, devant le regard interloqué du videur.

— Quelque chose ne va pas, patron ? demanda Tom avec des coups d'œil inquiets vers la rue.

Marcus reprit son souffle.

— Elle est déjà partie ?

Tom cessa de scruter dans la rue pour regarder Marcus, l'air interdit.

— Qui ça ?

— Quinn Andrews, répondit-il d'une voix hargneuse. Et pourquoi ne m'avez-vous pas prévenu quand elle est arrivée, ce soir ?

Tom redressa les épaules et son visage se durcit.

— Je vous ai envoyé un texto. Ce n'est pas mon problème si vous ne regardez pas votre téléphone.

En dépit de sa carrure imposante et de son mètre quatre-vingt-quinze, le videur ne l'impressionnait. A cet instant, il était plus que prêt à l'affronter.

— Elle. Est. Partie ? demanda-t-il avec une rage contenue.

Un léger sourire se dessina sur le visage du vigile, puis il fit un signe de tête.

— Voilà sa voiture.

Marcus se retourna brusquement et vit un 4x4 noir s'arrêter au bord du trottoir. Le conducteur lui fit un signe de la main, et Marcus respira enfin. Il n'avait jamais été aussi content de voir le visage souriant d'Adam. Il l'avait engagé pour reconduire Quinn après sa première visite. Adam était un employé et un Soumis qui ne rechignait pas à faire diverses tâches et à rendre service dès qu'il le pouvait. Il avait un besoin excessif de satisfaire.

Adam baissa la vitre côté passager et se pencha au-dessus du siège.

— Tout va bien ?

La porte du club s'ouvrit avant que Marcus n'ait eu à répondre. Le bruit des conversations se répandit à l'extérieur et Quinn apparut. Recroquevillée dans son long trench-coat, elle semblait encore plus petite que d'habitude. Son col remonté cachait une partie de son visage, mais ses cheveux dorés retombaient dans son dos, reconnaissables entre mille. Enfin, il l'aurait reconnue de toute façon.

— Quinn !

Son cri sembla fendre l'air froid comme une balle.

Elle se figea, tressaillit et resserra son trench. Sa réaction le blessa. Il ne lui avait jamais fait de mal. Jamais il ne pourrait.

Il avança vers elle et dit d'une voix plus douce :

— Parle-moi, Quinn.

Pour toute réponse, elle secoua brusquement la tête, le regard rivé au sol. Bon sang ! Ça n'était pas possible.

— Je t'en prie, murmura-t-il, peu habitué à être celui qui suppliait, et très conscient des regards médusés qui pesaient sur lui. Nous pouvons régler ça, trouver une solution.

Il tendit la main pour lui caresser le visage, et elle eut un mouvement de recul si rapide qu'elle chancela. Son talon se coinça dans un trou. Il se précipita vers elle et lui saisit le bras pour l'empêcher de tomber.

— Hé, Missy !

Marcus se retourna pour voir qui avait lancé l'apostrophe. Qui pouvait appeler Quinn par son nom de scène, ici ? La lumière vive du flash l'aveugla immédiatement.

— Merde !

Un autre flash crépita avant que quiconque n'ait le temps de réagir.

Il ne lui fallut pas plus d'une seconde pour comprendre. Il attira Quinn contre lui et pointa le doigt en direction de la lumière.

— Arrêtez-le ! hurla-t-il.

Sa vue était obscurcie par la violence du flash, mais il n'avait pas besoin de voir pour sentir le corps tremblant de Quinn dans ses bras.

Le son strident d'une moto qui partait en trombe couvrit le bruit des bottes de Tom et d'Adam qui poursuivaient le paparazzi. Comment ce type avait-il pu la trouver, nom de Dieu ? Il lui ferait passer un sale quart d'heure s'il mettait la main sur lui. Etait-ce à cela que Quinn était confrontée en permanence ? Ça rendrait n'importe qui complètement dingue.

— Désolé, Marcus, marmonna Tom, encore essoufflé. Le connard nous a échappé.

Marcus lança un regard furieux au videur.

— Que faisait-il là ? N'aviez-vous pas vérifié les environs ?

Tom serra les dents et détourna les yeux. Avec un effort visible sur lui-même, il se tourna vers Marcus et lui répondit calmement.

— La moto était là à mon arrivée. Elle était garée sur une place autorisée, et personne ne rôdait autour. Que vouliez-vous exactement que je fasse ?

— Laisse-moi partir.

Quinn se dégagea de ses bras et il la laissa s'écarter de lui, même si c'était la dernière chose dont il avait envie. La détresse qu'il lut sur son visage lui broya le cœur. Il la saisit par le coude et l'entraîna vers la porte du club, mais elle secoua la tête.

— Non. Il faut que je parte.

— Alors on en est toujours là ?

Merde !

— Rien n'a changé, dit-elle en dégageant son bras et en se dirigeant vers le 4x4 qui l'attendait. Et ce qui vient de se passer ne fait que confirmer que nos deux mondes sont incompatibles. Je m'excuse à l'avance pour les dégâts que ces photos te causeront peut-être.

Les photos ? Putain, il s'en foutait royalement. Cette femme guindée, polie et distante n'était pas sa Quinn.

— Je n'en ai rien à foutre des photos. Ça ne peut pas finir comme ça.

Elle s'éloigna encore d'un pas, le regard froid.

— Laisse-moi partir, Marcus. Ou dois-je dire « safran » pour que tu comprennes ?

La vérité le frappa en plein visage. Il sentit sa poitrine se comprimer tandis qu'il restait figé sur place, incrédule. Il vacilla et faillit trébucher, mais se rattrapa en prenant appui sur le mur, encore sonné.

Elle voulait réellement partir. Et le quitter.

Adam se tenait debout devant la portière ouverte du 4x4, détournant les yeux, respectueux. Marcus aurait pu lui ordonner de partir pour empêcher Quinn de le fuir, mais il avait encore assez de lucidité pour savoir que c'était inutile. Il l'avait déjà suppliée de rester, et cela n'avait rien changé.

Il n'y avait plus rien à sauver.

Elle monta dans la voiture sans un regard. Le claquement

sec de la portière résonna dans la nuit comme le bruit de la fin. Hésitant, Adam resta sur le trottoir jusqu'à ce que Marcus lui adresse un hochement de tête.

Les vitres teintées l'empêchaient de voir Quinn. Le regardait-elle ? Si c'était le cas, il ne laisserait rien percevoir de sa souffrance. Une froideur glaciale s'était emparée de lui, figeant ses traits et toutes les émotions qui avaient été si près de jaillir. Une rafale de vent souffla dans la rue, glaciale sur son torse nu, comme pour lui dire d'abandonner. De la laisser partir.

Il avait été si aveugle et arrogant. Il avait été tellement sûr que tout finirait par s'arranger qu'il avait fait ce qu'il s'était toujours interdit de faire avec une Soumise. Il l'avait considérée comme acquise, il avait supposé qu'elle accepterait son style de vie sans restriction. Et maintenant elle était partie.

Les feux arrière du 4x4 disparaissaient déjà dans la nuit quand les troupes arrivèrent. Marcus secoua la tête quand il vit Vanessa, Jake et Deklan franchir la porte à grand fracas. Super ! Comme s'il n'y avait déjà pas eu assez de gens témoins de son humiliation.

Il leur tourna le dos et se dirigea vers la porte de derrière.

— Marcus ! hurla Jake. Que s'est-il passé ? Où vas-tu ?

Le besoin de fuir et de les ignorer était si fort que Marcus faillit y céder. Mais sa maturité prit le dessus. Fichue éducation. Il poussa un soupir et fit face à ses associés.

— Il y avait un putain de paparazzi devant le club. Et il a pris une photo de Quinn qui était en train de partir.

— Quoi ? s'exclama Vanessa avec une expression de choc et de colère qui ne pouvait être feinte. Comment ont-ils pu savoir, nom de Dieu ?

— Merde, on n'a pas besoin de ce genre de publicité, dit Jake en lançant un regard furieux à Marcus.

— Tu crois que je ne le sais pas ? répliqua-t-il, excédé.

— Est-ce qu'elle va bien ?

La question posée avec calme par Deklan sembla leur faire reprendre leurs esprits.

— Oui, elle va bien. Adam la raccompagne chez elle, dit Marcus dans un effort pour se concentrer sur les urgences liées au club.

— Y a-t-il un moyen d'empêcher les photos de paraître ? demanda Jake.

— C'est peu probable, répondit Vanessa. Nous n'avons aucune idée de l'identité de ce connard.

Si les caméras de sécurité avaient filmé quoi que ce soit, Rock pourrait certainement retrouver ce salaud. Mais après ?

— Que peut-on y faire ? Le mal est fait, dit-il.

Marcus ne pouvait supporter l'idée que tout le monde analyse sa dernière entrevue avec Quinn sur une vidéo. C'était déjà assez pénible que Tom et Adam y aient assisté. Etait-ce ce que ressentait Quinn chaque fois que sa photo paraissait dans un magazine ?

— Marcus a raison, acquiesça Vanessa. Il est toujours possible de les soudoyer, mais je suis sûre que cela dépasserait largement notre budget. Peut-on parler de ça à l'intérieur ? On commence à attirer l'attention.

Marcus regarda autour d'eux et vit quelques membres du club ralentir près de l'entrée. Ils n'avaient pas besoin que l'information commence à circuler. Il suivit les autres à l'intérieur, sortit son téléphone de sa poche et se maudit en voyant les textos manqués. Il devait des excuses à Tom. 21 heures. Il était encore tôt, mais il était tellement vidé qu'il aurait pu jurer qu'il était 3 heures du matin.

Quinn était partie. C'était tout ce à quoi il semblait capable de penser.

*
* *

Quinn écouta l'annonce des vols en partance, tiraillée par des émotions contradictoires. Elle s'était changée et avait fait ses bagages avec une telle précipitation qu'elle avait oublié une partie de ses affaires. Cela n'avait pas d'importance. L'entreprise de nettoyage les lui ferait suivre, sinon elle pourrait vivre sans. C'était le dernier vol de la soirée et, par chance, elle était arrivée à temps. Elle n'avait pas assez confiance en elle pour rester un jour de plus dans cette ville. Pas si elle voulait échapper à Marcus.

Elle fit glisser ses lunettes noires sur sa tête et résista à l'envie de vérifier si sa perruque rousse était en place. La coupe au carré était un de ses meilleurs déguisements et, ajoutée à l'absence de maquillage et aux écouteurs, la faisait passer sans problème pour une adolescente rebelle. Soit exactement l'image qu'elle avait voulu changer en venant à Minneapolis. C'était ironique et triste à la fois.

Quand les portes de l'avion se fermèrent enfin, Quinn poussa un long soupir — de soulagement ou de tristesse ? Elle sentit les larmes lui monter aux yeux et remit ses lunettes noires. L'oreiller était minuscule et le siège de la classe Economie plus petit que ce à quoi elle était habituée, mais, compte tenu de son gabarit, cela ne la dérangeait pas vraiment.

Elle se pelotonna sous la couverture et appuya la tête près du hublot tandis que l'avion commençait à rouler lentement au sol. Marcus ne s'était pas lancé à sa poursuite. Cela dit, elle lui avait demandé de ne pas le faire. Elle ne pouvait pas exiger une chose et en attendre une autre, mais cela ne l'empêchait pas d'avoir des visions de Marcus courant sur la piste, demandant à l'avion de s'arrêter, comme dans un film romantique de série B. Le genre de chose qui n'arrivait jamais dans la vraie vie. Après toutes ces années, elle aurait dû savoir combien tout cela était faux.

Et combien sa propre vie était fausse.

Elle fut saisie d'un frisson et remonta la couverture sur elle. Etait-ce la grande leçon qu'elle avait apprise pendant son séjour à Minneapolis ? Sans doute pas, elle le savait déjà plus ou moins avant d'arriver.

Peut-être était-ce la raison de la distance entre son frère, son père et elle. Ils étaient trop vrais. C'était sans doute une bonne chose qu'elle n'ait pas appelé son père ni accepté son invitation à dîner. Ainsi, elle ne risquait pas de le décevoir.

La secousse du décollage la plaqua contre le dossier de son siège et elle regarda par le hublot tandis que les lumières défilaient. L'avion venait à peine de quitter le sol lorsqu'elle remarqua les flocons de neige qui venaient s'écraser sur les ailes. Un pauvre sourire se dessina sur ses lèvres lorsqu'elle pensa à l'ironie de la chose. Si elle avait suivi son plan initial et était restée jusqu'à la fin de la semaine, elle aurait pu jouer dans la neige avec Marcus.

Soudain, la clémence du climat de la Californie du Sud qu'elle aimait tant perdit tout son attrait.

Elle ferma les yeux et enfouit le nez sous la couverture rêche. Le froid glacial qui l'avait envahie et lui avait permis de quitter le loft de Marcus commençait à se dissiper pour laisser place à un immense sentiment de vacuité. Elle avait toujours endossé toutes sortes d'identités, et maintenant elle avait l'impression de ne plus en avoir aucune. Elle était seulement Quinn.

Elle avait deux vols consécutifs et une longue nuit devant elle pour comprendre qui était Quinn avant de devoir redevenir Missy. Si toutefois c'était possible.

Chapitre 23

Les photos firent la une d'un magazine à scandale. Il y en avait deux, côte à côte. L'une en gros plan, montrant son visage en état de choc, la bouche ouverte, laissait croire qu'elle criait. La seconde, en grand-angle, où ils figuraient tous les deux. Marcus la tenait par un bras, l'autre était levé comme s'il était sur le point de la frapper.

Et il y en avait beaucoup d'autres à l'intérieur.

Sur le point de défaillir, Quinn prit une profonde inspiration pour essayer de garder une expression neutre. Les photos avaient fini par sortir, après deux semaines et demie d'attente, d'inquiétude et de stress.

Mais à bien y réfléchir, elle s'en tirait bien comparée aux « actrices sur la plage » qui figuraient dans le magazine. Une minute ! Pensait-elle vraiment qu'il valait mieux passer pour une petite amie victime de mauvais traitements plutôt que de voir ses bourrelets étalés en première page d'un magazine ? Elle secoua la tête. Qu'est-ce qui n'allait pas chez elle ? Un mois plus tôt, elle ne se serait peut-être même pas rendu compte qu'elle avait tort.

— Qu'en penses-tu ?

Sa mère reposa la pile de magazines qu'elle était en train de feuilleter pour finir de préparer le petit déjeuner — tâche qui obéissait à une discipline bien trop stricte pour être laissée à qui que ce soit d'autre. Le couteau beurré qui grattait le toast grillé aiguisait les nerfs de Quinn à chaque passage.

— A propos de quoi ?

Quinn se retint de soupirer et but une gorgée de café. Le cappuccino concocté avec une rare expertise lui laissa un goût amer dans la bouche. Etrangement, elle regrettait le café qu'elle se faisait elle-même dans une petite cafetière à Minneapolis.

Sa mère leva les yeux au ciel, chose qu'elle faisait rarement car cela dessinait des rides sur son front habituellement si lisse.

— Des photos, bien sûr. Elles sont super, tu ne trouves pas ?

— Ce n'est pas exactement le terme que j'emploierais.

« Révoltantes » conviendrait mieux, mais elle ne pouvait pas dire cela.

— Oh ! arrête ça ! s'exclama sa mère en posant son couteau avant d'écarter une mèche de ses cheveux blonds coupés au carré de son visage. On n'aurait pas eu une meilleure photo si cela avait été mis en scène. Ce n'était pas prévu, si ? Oh ! peu importe, elle est parfaite de toute façon. Maintenant, vas-tu me dire qui est ce beau garçon qui est sur le point de te frapper ?

Quinn était habituée à son déluge de questions. Le bon côté, c'était qu'elle pouvait choisir celles auxquelles elle avait envie de répondre.

— Non, ce n'était pas mis en scène. Mais cela prête sans aucun doute à la méprise.

— Peu importe. C'est la perception qui compte. Et ce type a l'air d'être sur le point de te frapper comme un damné. Son harnais me donne des frissons chaque fois que je le regarde. Les élans de sympathie vont affluer de toutes parts. As-tu déjà regardé les réseaux sociaux ?

Quinn ne pouvait détacher les yeux de la photo de Marcus. Même pris par surprise, il était d'une beauté à couper le souffle. Elle avait du mal à s'empêcher de caresser son image.

— Et si c'était vrai, maman ?

Quinn défia du regard celle qui dirigeait sa vie depuis le jour de sa naissance. Elle savait que sa mère tenait à elle, mais elle avait trop souvent eu l'impression qu'elle se préoccupait davantage de sa carrière que de son bonheur.

— Et s'il m'avait réellement frappée ? Tu t'en soucierais ?

— Bien sûr que je m'en soucierais, dit-elle en mordant délicatement dans son toast à peine beurré avant de mâcher consciencieusement. Mais je sais que ce n'est pas arrivé, car tu ne portes pas de marques.

Quinn se retint d'éclater de rire, mais elle ne put s'empêcher de sourire. Par chance, les pulls à col roulé étaient encore à la mode, et elle en possédait une grande collection. Le maquillage avait ses limites pour cacher les marques de suçons laissées sur son corps par Marcus.

Elle avait enlevé le collier après un passage chez un serrurier, à l'ouest d'Hollywood. L'homme avait crocheté la serrure, ce qui lui avait permis de l'enlever sans l'abîmer. Elle n'avait pu se résoudre à le couper. Elle ne reverrait peut-être jamais Marcus, mais le collier renfermait trop de souvenirs pour être détruit.

Elle continua de lire la presse avec détachement. Chaque journal affichait un gros titre où il était question de violence, ou de fétichisme, ou de sa descente aux enfers dans le sombre univers du BDSM. Cela montrait à quel point ce genre de magazines était loin de l'investigation journalistique. Certains avaient cité le nom de Marcus, mais la plupart titraient : « *L'homme mystérieux* », ce qui était toujours plus vendeur qu'un nom inconnu du grand public.

— Où les as-tu trouvés ? demanda Quinn en désignant les magazines.

— Jewels les a envoyés ce matin. Elle a dit que ça allait nous plaire.

Bien sûr, son attachée de presse était au courant, c'était son boulot. Mais comment avait-elle su que ces photos allaient paraître ? Quinn n'avait dit à personne pourquoi elle était rentrée plus tôt que prévu. Elle avait simplement dit qu'elle avait terminé ses recherches et commençait à s'ennuyer. Ces photos auraient dû être une surprise, à moins que Jewels n'ait été prévenue à l'avance.

— Pourquoi sont-elles censées nous plaire ? Elles insinuent que je suis une femme battue.

— Mon Dieu, Missy ! s'exclama sa mère en levant les yeux au ciel avec un air condescendant. Tu es dans ce milieu depuis toujours. Tu sais qu'il est toujours bon d'avoir de la publicité, bonne ou mauvaise. Et ces photos sont une parfaite façon d'annoncer ton nouveau rôle. Jewels est probablement déjà en train de préparer les communiqués de presse. Le public va adorer !

Sa mère avait raison. C'était le coup monté parfait. Un coup monté dont elle avait été victime.

Comme venait de dire sa mère, elle était dans ce milieu depuis trop longtemps pour ne pas subodorer que Jewels avait très certainement organisé toute cette mascarade. Et qu'elle avait sans doute retenu la parution de ces articles jusqu'au moment où elle était prête à révéler la suite. Quoi que la suite puisse être.

Quinn aurait dû le savoir. Elle n'avait jamais suspecté le Red Room d'être à l'origine de la fuite, et il n'y avait aucune chance pour que la sortie des photos la veille du tournage de sa nouvelle série soit une coïncidence. D'un point de vue stratégique, il y avait une forme de génie absurde dans tout ça, mais Quinn ne parvenait pas à y trouver quoi que ce soit de positif. Plus maintenant.

Le bruit assourdi d'une tondeuse à gazon s'immisça dans la pièce par la fenêtre ouverte, lui rappelant qu'il y avait encore des gens qui se foutaient royalement de sa vie. Simplement, elle ne savait pas où les trouver.

Faux. Elle les avait trouvés pendant quelques jours, et elle avait fui.

— Ça me fait penser que Martin a appelé ce matin.

Quinn faillit avaler ses fraises de travers.

— Que voulait-il ?

Sa mère la regarda d'un air supérieur, indiquant qu'elle ne trouvait pas cela amusant.

— Je suppose que c'est à propos de demain.

Quinn l'avait deviné. Son agent voulait sans doute lui donner des détails sur sa première journée de tournage. Elle ne savait pas pourquoi elle asticotait sa mère ainsi. Par simple amusement ? Peut-être. A cause d'une rancune ancienne ? Certainement.

— Je peux te poser une question ?

Elle inspira lentement et essaya de faire comme si la réponse de sa mère n'avait pas d'importance.

— Bien sûr, dit cette dernière avec un coup d'œil à sa montre. J'ai rendez-vous au spa avec Shirley dans une heure.

Comme si cela avait le moindre rapport avec sa question.

Le bruit de la tondeuse continuait dehors, le soleil filtrait à travers les vitres du patio et Quinn était glacée. Ce qui était stupide. Il était grand temps qu'elles abordent ce sujet.

— Pourquoi papa et toi vous êtes-vous séparés ?

Elle ignora le regard mauvais de sa mère et ses lèvres pincées. Son cœur battait à tout rompre dans sa poitrine.

Sa mère se redressa sur sa chaise, puis plia sa serviette avec soin avant de la poser à côté de son assiette.

— Je crois qu'on en a déjà parlé.

— Non, tu as toujours évité le sujet, insista Quinn. Tu as toujours éludé la question avant de changer de sujet.

— Je suis sûre que tu te trompes, dit sa mère en joignant les mains, avant de croiser le regard de Quinn. Ça fait des années de toute façon.

— Et j'en souffre encore aujourd'hui, répliqua-t-elle sur un ton catégorique, défiant sa mère de l'ignorer.

— Oh.

Ce simple mot était la chose la plus honnête qu'elle ait jamais entendue de la bouche de sa mère sur le sujet.

— Je n'en avais pas conscience…

Mary regarda par la fenêtre et Quinn, comprenant qu'elle n'allait pas finir sa phrase, redoubla d'efforts.

— Tu peux m'expliquer ?

Un sourire forcé dérida légèrement les lèvres pincées de sa mère.

— Il n'y a vraiment pas grand-chose à expliquer. Tu avais tellement de talent, même quand tu étais petite. Tout le monde le voyait. Et il fallait absolument que tu sois ici si tu voulais réussir en tant qu'actrice. Je voulais que tu aies cette chance.

— Mais pourquoi nous séparer, Lance et moi ? Et nous tenir éloignés l'un de l'autre ? Avions-nous fait quelque chose ? Papa pensait-il que j'avais mauvaise influence sur Lance ? Je ne… Je ne comprends pas.

— Oh ! Missy…, dit sa mère en tendant la main vers elle au-dessus de la table, mais sans réussir à l'atteindre. Cela n'avait rien à voir avec toi ou ton frère.

— Mais tu viens juste de dire que c'était à cause de moi. J'ai détruit la famille.

Et voilà la vérité exposée en mots simples. Elle était la raison pour laquelle sa famille avait été brisée. Elle eut aussitôt la nausée.

Sa mère fit le tour de la table pour s'asseoir près d'elle et lui prit les mains dans les siennes. En l'espace d'un instant, la femme distante et déterminée redevint la mère réconfortante et aimante dont Quinn avait presque oublié l'existence.

— Missy.

— Quinn, répliqua-t-elle, avec un regard furieux avant de détourner les yeux en marmonnant : Je m'appelle Quinn. « Missy » est le nom stupide que tu as inventé parce que ça allait bien avec « Mary ».

Sa mère ne répondit, mais attendit en silence que Quinn la regarde. Il y avait de la tristesse dans ses yeux.

— Je suis désolée si tu penses ce que tu viens de dire, ou si tu l'as jamais pensé. Cela n'a jamais été ta faute. Tu étais une enfant. Et ton père et moi étions censés être les adultes. Mais, manifestement, on a lamentablement échoué sur ce point.

— Alors, que s'est-il passé ?

Même à cet instant, Quinn ressentait le besoin irrépressible de fuir. La peur de connaître la vérité était-elle presque plus grande que la douleur de s'imaginer que tout était sa faute ?

Le profond soupir qu'elle entendit était une nouvelle réaction totalement inhabituelle chez sa mère qui avait toujours une maîtrise absolue d'elle-même.

— Le divorce peut pousser les gens à faire des choses horribles, dit-elle lui en serrant. Dan et moi n'étions pas d'accord sur tant de choses. Nous nous étions éloignés, mais cela n'avait rien à voir avec ton frère et toi. La séparation n'aurait jamais dû être aussi brutale.

Elle marqua un temps d'arrêt et prit une nouvelle inspiration. Pour la première fois, sa mère paraissait son âge. Ses traits accusaient ses cinquante-cinq ans. Quinn voyait les cernes et les petites rides au coin de ses yeux. Les questions se bousculaient dans sa tête, mais elle laissa sa mère finir.

— Quand nous avons emménagé ici, tout s'est passé si vite. Tu as obtenu le rôle de Cici, ton succès a été si soudain, nous avons dû nous adapter, apprendre tant de choses. Je luttais sans cesse pour maîtriser la situation, m'assurer de ta sécurité tout en assurant ta promotion. Et ton père s'est concentré sur la carrière de Lance dans le base-ball. Il avait à peine dix ans quand il a commencé à être remarqué par les grandes universités. Le temps nous a simplement filé entre les doigts.

— Lance ne te manquait pas ?

— Bien sûr que si. Horriblement. Mais tu avais besoin de moi, et même si Dan et moi nous sommes séparés en mauvais termes, je savais qu'il aimait Lance et qu'il veillerait sur lui. Il était mieux avec son père. Lance aurait détesté la vie ici. Ton père et moi parlions au téléphone, nous prenions des nouvelles. Nous avons essayé d'organiser des visites les premières années, mais cela provoquait toujours des conflits. Finalement il a juste été plus simple d'abandonner cette idée.

— Plus simple pour qui ? demanda Quinn d'une voix involontairement sèche.

Mary détourna les yeux et essuya rapidement une larme sur sa joue.

— Pour nous. C'était plus facile pour ton père et moi.

Il arrivait enfin. L'aveu qu'elle avait tant attendu. Mais au lieu du soulagement tant attendu, Quinn ne ressentit qu'un grand vide. Aucune joie ne l'envahit en entendant sa mère reconnaître ses erreurs.

— Je suis désolée, Miss… Quinn, dit sa mère en tendant

la main vers elle, avant d'interrompre son geste. Aucun de nous deux n'avait l'intention de vous blesser, toi et ton frère.

Les yeux rivés à la table, incapable de croiser le regard de sa mère, Quinn hocha la tête. Ce n'était peut-être pas intentionnel, mais cela n'avait pas empêché la douleur.

— Pourquoi as-tu fait ça ? Me pousser là-dedans, je veux dire.

— Parce que je pensais que c'était ce que tu voulais. Tu étais toujours rayonnante sur scène et devant la caméra. Tu me répétais sans cesse que tu voulais être une star. Tu en avais les capacités, le physique et le charme, et je voulais t'offrir cette possibilité. Est-ce vraiment si mal de ma part ?

Son ton défensif était celui auquel Quinn était habituée. Celui de la femme qui avait tenu tête à tous les réalisateurs ou producteurs qui avaient menacé la carrière de sa fille.

— Crois-tu vraiment que tout ça, c'était pour moi ? Et que rien de tout cela… (Quinn engloba la pièce et la maison d'un geste de la main.) n'était pour toi ?

— Que veux-tu que je te dise ? Oui, tout ça, c'était pour toi, pour que tu puisses culpabiliser ? Ou non, pour que tu puisses me reprocher tout ce qui ne te plaît pas dans ta vie ? Dis-moi juste quelle réponse tu veux entendre.

— Ce n'est pas…

Quinn s'interrompit, prenant quelques instants pour réfléchir à ce qu'elle voulait vraiment. Et la réalité la frappa de plein fouet : elle n'en avait absolument aucune idée. Mais sa mère avait raison sur ce point. Il n'y avait pas de bonne réponse. Elle avait égoïstement passé tellement de temps à reprocher à sa mère tout ce qui n'allait pas dans sa vie qu'elle n'avait jamais réellement apprécié ce qui allait bien. Ni tous les sacrifices que sa mère avait faits pour elle.

Marcus avait raison. Elle était une sale gamine capricieuse. Elle ne voulait pas le croire, mais il était difficile de le nier quand tant d'indices lui montraient que c'était vrai. Elle avait laissé tout le monde lui dire ce qu'elle devait faire, puis elle le leur avait reproché.

Elle avait vingt-cinq ans, vivait encore avec sa mère, et laissait son attachée de presse, son agent, son comptable, son avocat, ses réalisateurs et sa mère lui dire ce qu'elle devait faire de sa vie.

Soudain, tout devint clair. Elle se mit à rire, de petits gloussements d'abord, qui se transformèrent en éclats de rire à mesure que l'évidence se révélait à elle. Elle avait toujours été une soumise. Toute sa vie. « Elle a ça dans le sang », c'était ce qu'elle avait entendu au Red Room. Elle n'y avait pas prêté attention alors. Maintenant, c'était d'une clarté affligeante.

Elle ne contrôlait absolument aucun aspect de sa vie. Elle ne contrôlait ni ses rôles, ni son argent, ni sa carrière, ni son image, ni rien d'autre. Elle avait volontairement donné le contrôle aux autres, puis elle s'était cachée derrière eux. Elle avait joué les rôles qu'on attendait d'elle, jusqu'à ce qu'elle ne sache plus rien faire d'autre.

Jusqu'à Marcus. Il n'avait jamais essayé de contrôler sa vie. Il aurait pu. Elle l'aurait laissé faire. Elle en avait conscience à présent. Puis elle lui aurait sans doute fait des reproches pour tout ce qui aurait été de travers. A la seconde où elle aurait été malheureuse, cela aurait été sa faute. C'était ridicule, elle était seule responsable de son bonheur. Et pourtant, c'était exactement ce qu'elle avait fait. Elle lui avait fait des reproches et elle avait fui.

— Ma chérie, est-ce que ça va ?

Sa mère se pencha vers elle, et posa la main sur son bras en signe d'inquiétude.

Malheureusement, Quinn n'avait aucune idée de la

réponse à donner cette question. Elle essuya ses larmes et essaya de se ressaisir.

Sans un mot, sa mère la prit dans ses bras, attira sa tête au creux de son épaule et lui caressa les cheveux d'un geste qui la ramena à son enfance. Le parfum de sa mère lui sembla soudain réconfortant, et ses bras protecteurs.

Les larmes qui vinrent alors furent profondes et douloureuses. Elle avait tant à apprendre. Tant à résoudre.

Et personne pour lui montrer comment faire.

Chapitre 24

La musique résonnait dans la salle principale et Marcus avait l'impression de l'entendre cogner à l'intérieur de son cerveau. Il prit appui sur le mur pour éviter d'être pris de vertige. Il était censé être dans le Donjon dans moins de trente minutes et cette seule idée suffisait à aggraver son mal de crâne.

Trois semaines. Cela faisait trois semaines que Quinn était partie. Trois semaines qui lui avaient semblé être une éternité et il n'éprouvait toujours aucune envie de s'amuser avec qui que ce soit. Il avait fait son boulot, conservé ses rendez-vous avec ses clients, mais n'en avait tiré aucun plaisir.

Il était déterminé à remplir ses obligations, tout comme il était résolu à oublier Quinn. Leur relation n'avait pas évolué comme il l'avait prévu, c'était la vie. Il s'était donc recentré sur son travail, ce qu'il aurait dû faire depuis le début. Il avait besoin de travailler, d'être un dominateur et un associé dans une affaire florissante. Il pouvait le faire. Il y avait toujours excellé — avant de la rencontrer.

Et s'il continuait de se le répéter, il finirait sans doute par le croire. Merde. Quinn faisait partie de son passé, et il devait l'y laisser.

Il s'éloigna du mur et se fraya un passage au milieu des

gens qui dansaient pour rejoindre le bar. Il avait vraiment besoin d'un verre, de quelque chose de fort pour oublier. S'il avait réussi à ne pas céder à cette tentation en trois semaines, c'était seulement parce qu'il avait travaillé tous les soirs depuis qu'elle était partie. Et il ne buvait pas lorsqu'il travaillait.

— Salut, mec, dit Tyler en le voyant arriver. Tu veux quelque chose ?

— De l'eau et deux aspirines, si t'as ça.

— C'est comme si c'était fait, dit Tyler en prenant les comprimés sous le bar, avant de les tendre à Marcus avec un verre d'eau.

— Merci.

Tyler lui jeta un coup d'œil appuyé.

— Tu tiens le coup ?

— Ouais.

Sa réponse avait fusé sur un ton un peu sec. Il ignora l'air sceptique de Tyler et avala les comprimés. Ce serait peut-être efficace cette fois.

Tyler s'accouda au bar, un sourire inquiet sur le visage. L'expression qu'il lisait sur tous les visages depuis le départ de Quinn. Ça devenait franchement agaçant. Il avait toujours eu beaucoup d'amis, mais c'était la première fois qu'il aurait voulu tous les envoyer au diable.

— Bon, qu'est-ce que tu vas faire ?

Marcus se renfrogna, puis prit le temps de boire une longue gorgée d'eau.

— A propos de quoi ?

— A propos de Quinn, imbécile.

— Y'a rien à faire.

Rien qui puisse changer quoi que ce soit. Quinn avait été très claire sur ce point en partant.

— Comment s'en sort-elle avec les tabloïds ?

Putains de tabloïds ! Encore un truc qu'il essayait d'oublier. Son nom n'avait peut-être figuré que dans certains articles, mais ça ne l'avait pas empêché d'être identifié par tous ceux qui le connaissaient. Ces putains de photos étaient partout.

Sa mère l'avait appelé après avoir vu sa photo dans la file d'attente du supermarché. Et elle l'avait bien entendu interrogé sur son comportement, ses actes, et son boulot. Elle avait cru sa version, mais le mal était fait. Et les problèmes n'avaient fait qu'empirer à partir de là. Les demandes de renseignements, appels et e-mails étaient devenus si odieux qu'il avait cessé de répondre à qui que ce soit.

Il haussa les épaules et espéra que Tyler n'avait pas remarqué ses poings serrés.

— Je suis sûr qu'elle s'en sort très bien.

— Ah oui ? Tu en es vraiment sûr ?

Marcus poussa le verre vide vers Tyler en s'éloignant.

— Tout à fait.

Putain ! Il détestait mentir. Il ne savait absolument pas comment Quinn supportait toute cette attention médiatique. Et en dépit de la résolution qu'il avait prise, il s'inquiétait pour elle. L'envie de prendre de ses nouvelles ne fit que le frustrer davantage.

Il traversa le club, s'arrêta pour parler avec un dominateur assis à une table et commenter la pose d'une Soumise. Le videur lui fit un signe de tête en ouvrant la porte rouge pour le laisser entrer.

Les bruits familiers du Donjon l'accueillirent. Certains étaient ténus et éloignés, mais tous étaient assez distincts pour qu'il pût les identifier. Le claquement du *paddle*, le bruit sourd du martinet, le sifflement de la canne, les gémissements et les cris. Ils étaient tous si familiers, et pourtant si agaçants à présent.

Il se força à avancer, se dirigeant vers l'escalier avec une détermination qui était à mille lieues de ce qu'il ressentait. Le Donjon était bondé ce soir. La foule du samedi soir était prête à s'amuser.

Il balaya du regard la rangée de Soumis qui attendaient le long du mur. Certains étaient agenouillés, d'autres debout, et tous attendaient un dominateur. Chaque personne présente dans cette salle ne pensait qu'à une chose : assouvir ses désirs.

Et ce soir, son désir à lui était de fuir.

Comme chaque soir, depuis le départ de Quinn. Il n'éprouvait pas la satisfaction qu'il obtenait auparavant, mais la concentration nécessaire à chaque Séance lui occupait l'esprit un moment, et c'était le mieux qu'il puisse espérer.

Il observa le choix qui s'offrait à lui et opta pour une femme brune. Une séduction lente avec le martinet lui donnerait l'exercice et la distraction qu'il cherchait. S'il épuisait son esprit et son corps, alors peut-être parviendrait-il à dormir ce soir.

Peut-être.

Chapitre 25

Quinn se tenait sur le côté du plateau, attendant d'être appelée par le réalisateur. Elle resserra la ceinture de son peignoir et ferma les yeux. Le cri du régisseur couvrit le brouhaha des conversations des comédiens et des techniciens, mais elle essaya de faire le vide en elle. Ses mains tremblaient, ce qui expliquait pourquoi elle les avait enfoncées dans les poches de son peignoir.

C'était la dernière scène qu'ils devaient tourner avant l'interruption du tournage pour les fêtes de Noël. Et sa première scène dans le Donjon . Elle avait besoin de rentrer dans la peau de son personnage. Elle survivrait à ce tournage. Cela avait été son mantra depuis la toute première scène. Elle était actrice et son rôle exigeait qu'elle joue une Soumise. Mais, au fond de son cœur, elle était toujours la Soumise de Marcus. Faire semblant d'appartenir à quelqu'un d'autre s'était avéré la chose la plus difficile qu'elle ait jamais faite.

Son téléphone vibra. Elle le sortit de sa poche et essaya de ne pas espérer. Elle arrêta de respirer, puis relâcha son souffle. Elle se mordit la lèvre pour cacher sa déception, avant de se rappeler qu'elle portait du rouge à lèvres. Ce n'était pas Marcus.

Se raccrochait-elle encore à l'espoir qu'il l'appelle ? Il

lui avait envoyé un bref texto la semaine où les photos étaient sorties dans les tabloïds pour voir si ça allait. Ces quelques mots lui avaient donné un regain d'optimisme qui était aussi ridicule que stupide. Mais elle ne pouvait s'empêcher d'espérer.

— Evacuez le plateau.

L'annonce résonna et la foule commença à se dissiper lentement. Le réalisateur avait demandé qu'on ferme l'accès au plateau pour la scène suivante.

— On tourne dans dix minutes.

Quinn sentit son ventre se nouer et ferma les yeux pour maîtriser la nausée qui montait en elle. En vain. Elle éteignit son téléphone sans répondre à Martin, le remit dans la poche du peignoir et prit de profondes inspirations. C'était juste un rôle. Elle laissa le peignoir sur sa chaise, et avança, les mains serrées contre son corps.

Le sol en ciment était froid sous ses pieds, en adéquation avec l'atmosphère du plateau. Il n'y avait là ni la chaleur ni le sentiment d'appartenance qui régnaient au Red Room. Le faux Donjon était entièrement équipé : croix de Saint-André, banc de fessée, et un mur qui comportait tous les accessoires du BDSM. Au milieu se trouvait une sorte de table de massage portable, d'où pendaient des menottes.

La préparation fut rapide. On fit une dernière retouche maquillage, on ajusta son costume, puis sa position. Des gens parlaient autour d'elle, mais leurs voix étaient juste un bourdonnement dans son esprit. Le contact du vinyle était chaud sur ses bras et ses jambes nus, mais elle eut la chair de poule quand les menottes se refermèrent sur ses poignets, lui maintenant les bras au-dessus de la tête.

Ensuite, ce fut au tour de ses chevilles et elle maîtrisa tant bien que mal le tremblement de ses jambes. Elle avait été coiffée d'une queue-de-cheval haute, destinée à être saisie par le dominateur pendant la Séance.

Ils avaient tout passé en revue la veille lors des répétitions avec un consultant « expert » qui leur donnait des conseils pour chaque geste. Tout était mécanique et écrit à l'avance. L'acteur qui jouait le rôle du dominateur lui mettrait un bâillon, la déshabillerait, et lui donnerait des coups de martinet sur le dos et les fesses. Elle savait exactement ce qui allait se passer, mais cela ne l'aidait pas.

Pourtant, elle devait le faire. C'était le rôle qu'on lui demandait de jouer, alors elle le ferait.

Son cœur battait la chamade et l'odeur chimique du désinfectant appliqué sur la table lui donna de nouveau la nausée.

— Prêt dans cinq, quatre…

… *trois, deux, un,* compta-t-elle dans sa tête, et la scène commença.

Elle sentait les lumières cogner dans son dos, elle avait chaud, son corset en cuir l'étouffait. Elle avait perdu le fil et ne savait plus quel plan était en train d'être tourné, ni depuis combien de temps elle était sur cette table. Tout s'était brouillé à partir du moment où on lui avait mis le bâillon boule. L'accessoire lui maintenait la bouche grande ouverte et tirait sur ses lèvres.

Elle devait faire un immense effort de concentration pour éviter d'avoir un haut-le-cœur. Heureusement que Marcus avait utilisé ce genre de bâillon sur elle. Cela l'avait préparée. C'était presque insupportable, mais nécessaire à la scène, alors elle le supporterait sans paniquer.

Elle ferma les yeux et se concentra sur sa respiration. Lentement. Par le nez. Chaque inspiration était une occasion de s'échapper et de s'effacer derrière son rôle, mais une occasion sans cesse manquée.

Le réalisateur avait fait l'éloge de ses talents d'actrice, de l'émotion qu'elle apportait à son personnage. C'était gratifiant et elle avait accepté le compliment avec professionnalisme, refaisant chaque prise jusqu'à ce que le metteur en scène soit satisfait. Mais elle était la seule à savoir que ce n'était pas un rôle.

Sur le plateau, devant les caméras, pour la première fois de sa vie elle était la seule à savoir qu'elle ne jouait pas. Elle laissait la caméra tourner, mais elle n'était pas vraiment là. Elle n'avait pas la tête à ça. Elle avait cherché à incarner un personnage, et elle n'avait trouvé qu'elle-même.

Elle, Quinn Andrews, la Soumise.

Sa nuque était trempée de sueur, et elle sentit une goutte couler sur son visage, se rapprochant dangereusement de son nez. Le bâillon appuyait sur sa langue et renforçait sa sensation d'étranglement. Elle se concentra pour refouler sa panique.

— Comment va ma petite pute ?

Elle eut un mouvement de recul en entendant le grondement de l'acteur. Sa voix sonnait faux et son ton était empreint d'un mépris qui lui donna envie de disparaître. Elle savait ce qui venait ensuite et s'arma de courage pour rester immobile tandis qu'elle sentait la main du Dominateur remonter le long de son dos pour la prendre par les cheveux.

Son menton se redressa, sa gorge s'arqua et sa respiration devint trop rapide. Elle sentit sa salive couler dans sa gorge, menaçant de l'étouffer. Elle tenta de reprendre son souffle.

Elle pouvait y arriver. Elle n'allait pas foutre en l'air le plan. Inspiration. Il ne faisait pas si chaud. Ses mains n'étaient pas engourdies. Expiration. Elle ne se sentait pas prise au piège. Inspiration. Elle n'allait pas s'étouffer.

Elle sentit une caresse sur sa joue, brisant sa concentration. Elle eut un mouvement de recul. Elle détestait ce contact. Elle voulait le repousser. Mais les menottes maintenaient ses poignets en place, l'empêchant de s'échapper. Elle laissa échapper un cri étouffé, et sa gorge se comprima en signe d'avertissement.

Merde. Merde. Merde. Elle ne pouvait pas faire ça.

La bile remonta si vite qu'elle s'étouffa et eut un haut-le-cœur. Elle sentit sa tête tourner, sa gorge brûler, et elle tira sur ses liens, essayant de se libérer. Elle ne cessait de crier « safran », encore et encore, mais cela n'était d'aucune utilité, ça ne s'arrêtait pas. Le mot résonnait dans sa tête, mais aucun son ne sortait de sa bouche. Elle ouvrit la main, mais il n'y avait pas de foulard. Aucun signal d'alarme à déclencher.

— Missy ! Missy !

Les appels affolés n'avaient aucun sens dans son esprit embrouillé. Les mains qui la touchaient la révulsaient — dures et brutales. Sans aucune attention. Ce n'étaient pas les mains de Marcus. Non ! Elle devait leur échapper.

Puis tout sembla se ralentir autour d'elle jusqu'à ce que le monde lui parvienne par le biais d'un long tunnel assourdi. Les gens hurlaient, se précipitaient, couraient vers elle. Impossible de fuir.

Elle eut un nouveau haut-le-cœur, et ne put rien faire pour s'empêcher de vomir. Elle était près de s'étouffer pour de bon quand on lui ôta son bâillon.

— Missy, merde ! Respire, chérie !

Des larmes coulèrent sur ses joues et quelqu'un l'aida à se redresser et à descendre de la table. Elle avait besoin d'air, mais ne parvenait pas à inspirer. Ses mains se mirent à trembler et elle se mit à tousser dans sa lutte pour reprendre son souffle. Sa poitrine et sa gorge étaient en feu, chaque sanglot dans sa tentative désespérée de respirer lui procurait une douleur insoutenable.

Tout ça était une erreur. Elle faisait fausse route. Elle avait besoin de Marcus. Elle voulait qu'il soit à son côté. Il n'aurait jamais laissé cela se produire.

— Tiens bon, Missy, dit la voix paniquée du réalisateur. L'ambulance ne va pas tarder.

Tenir bon ? C'était trop difficile. Cela faisait trop mal. Et Marcus n'était pas là pour la rattraper si elle tombait. Elle sombrait, et il n'était pas là pour la protéger.

— Par ici, vite ! Merde. Aidez-la !

Des voix graves, des mains qui s'affairaient, tout devenait si sombre.

— Missy, vous nous entendez ?

De nouvelles voix. Toujours les mauvaises voix. Ce n'était pas Marcus. Il n'était pas là, parce qu'elle l'avait repoussé. Elle avait fui. Et il l'avait laissée partir.

L'obscurité était un soulagement et elle s'y abandonna. Peut-être qu'avec un peu de chance les ténèbres la protégeraient du profond sentiment de solitude qui l'envahissait.

Chapitre 26

Marcus jeta un coup d'œil au texto et râla. Merde. Il se gratta la barbe, agacé de sentir qu'il piquait après avoir oublié de se raser deux jours de suite. Pourquoi Vanessa voulait-elle le voir maintenant ?

Il regarda autour de lui les décorations de Noël et la foule de gens qui faisaient leurs courses. A trois jours de Noël, la circulation pour quitter le centre commercial serait très ralentie. Il avait mis deux fois plus de temps que d'habitude à l'aller, et ce serait sans doute pire au retour.

Il sortit du flot de piétons et cala ses paquets sous son bras pour pouvoir relire le message. Après le fiasco avec Quinn, Vanessa l'avait soutenu de façon surprenante, étant donné les réserves qu'elle avait émises vis-à-vis de leur relation.

Par chance, l'excès d'attention suscité par les articles parus dans la presse à scandale était retombé presque aussi vite qu'il avait commencé. Mais une semaine sous le feu des projecteurs avait été largement suffisante pour lui. Vanessa avait fait des prouesses et avait réussi à éviter toute retombée négative pour le Red Room.

Marcus passa mentalement en revue sa liste de cadeaux. Il était loin d'avoir fini, mais sa patience était à bout. Le message de Vanessa était une excuse valable pour fuir la foule. Son ventre lui rappela qu'il n'avait pas mangé de la journée, mais il n'y prêta pas attention et se dirigea vers le parking.

Comme il s'y était attendu, le trajet du retour fut long et très pénible. En général, il aimait la période des fêtes de Noël mais, cette année, comme pour tout le reste depuis un mois, ce n'était qu'une chose de plus à affronter.

Inévitablement, ses pensées se dirigèrent vers Quinn et il se demanda ce qu'elle faisait pour les fêtes. Avait-elle décoré un sapin ? Se rappelait-elle Noël sous la neige ? Lui manquait-il ? Il avait beau essayer de noyer son chagrin et sa colère dans le travail, la douleur restait intacte. La colère avait fini par s'atténuer à mesure qu'il avait pris conscience qu'il était seul responsable de son propre malheur.

Il laissa ses paquets dans son loft, jeta son blouson sur le canapé et envoya un message à Vanessa pour savoir où elle se trouvait. Il descendit au rez-de-chaussée pour prendre un verre au bar en attendant sa réponse. Le club était ouvert depuis quelques heures, mais ils n'attendaient pas beaucoup de monde et il avait pris sa soirée. En vérité, on lui en avait donné l'ordre.

Il fut interrompu par le vibreur de son téléphone avant d'atteindre le bar.

Retrouve-moi dans le bureau de Seth.

Merde. Il fit demi-tour en direction du couloir. Il sentit une boule au creux de son ventre en voyant que Jake et Deklan étaient là aussi.

— Que se passe-t-il ? demanda-t-il en refermant la porte derrière lui, s'efforçant de garder une voix calme.

Seth lui fit signe d'avancer.

— Assieds-toi. Il y a une chose dont nous devons parler.

Marcus resta près de la porte, comme si ses pieds étaient

collés au sol. Il sentit tous ses muscles se contracter et son instinct lui dit que cela ne présageait rien de bon.

— Quelque chose ne va pas ?

— Oui et non.

La réponse de Seth était loin d'être rassurante. Il regarda les autres. Deklan était adossé au mur, et Jake au comptoir situé derrière le bureau de Seth. Aucun d'eux n'était en tenue pour venir au club et il n'était d'ailleurs pas prévu qu'ils travaillent ce soir, ce qui voulait dire qu'ils étaient venus spécialement pour cette réunion. Leurs visages graves et leurs postures guindées indiquaient que la discussion allait être pénible.

Vanessa s'assit dans un fauteuil et lui fit signe d'approcher.

— Assieds-toi, Marcus.

— Non, vas-y, dis-moi.

Une centaine de scénarios défila dans son esprit. Son regard balaya chaque personne présente, à la recherche d'indices inexistants. Tout ce qui concernait sa famille ne lui serait pas annoncé par eux, c'était donc lié au club.

Vanessa se leva de son fauteuil, et sa longue jupe noire virevolta tandis qu'elle s'avançait vers lui. Comme toujours, elle était étourdissante dans sa tenue de Dominatrice. Sa veste rouge en cuir laissait paraître un décolleté pigeonnant et ses cheveux bruns étaient attachés en une simple queue-de-cheval.

— J'ai reçu un appel de l'attachée de presse de Quinn.

La sensation de panique qui le gagna à une vitesse phénoménale n'était pas logique, et il sentit sa gorge se contracter. Il serra les dents pour éviter qu'une foule de questions — bien trop révélatrices — ne sortent de sa bouche. Il se contenta d'un bref hochement de tête, espérant que Vanessa continue sans délai.

— Les médias ont annoncé que Quinn avait été emmenée

d'urgence du plateau de tournage vers un hôpital privé en début d'après-midi, dit-elle en lui prenant le bras, mais il sentit à peine sa main. Son attachée de presse dit que l'état de Quinn est stable, mais les médecins sont suffisamment inquiets pour la garder en observation. Elle ne m'a pas donné plus de détails sur ce qui s'est passé.

Non. Ce fut le seul mot qui lui vint à l'esprit. Non, cela n'était pas possible. Non, elle n'était pas blessée. Pourtant, il réussit à demander :

— Alors pourquoi t'a-t-elle appelée ?

Vanessa se retourna pour regarder les autres et marqua un temps d'hésitation. Une lueur de doute passa dans son regard, puis elle reprit avec son assurance habituelle :

— Quinn demande à te voir.

Instantanément, ses jambes se dérobèrent sous lui. Il bascula contre la porte et s'y appuya pour éviter de tomber. Quinn avait besoin de lui. En un éclair, il s'était redressé et avait posé la main sur la poignée de la porte.

— Attends une minute, fit la voix grave de Deklan. Tu dois nous écouter avant de te précipiter là-bas poussé par la colère.

Marcus fit demi-tour et les regarda d'un air furieux.

— Pourquoi ? Aucun de vous n'a soutenu notre relation. Vous pensiez tous que c'était une mauvaise idée depuis le début. Et toi…, dit-il d'une voix rageuse en pointant le doigt sur Vanessa, tu as même essayé de lui faire peur !

— Ce n'est pas vrai, dit Jake d'une voix étonnamment calme. Le problème, c'est que nous avons tous vu à quel point vous étiez bien ensemble.

— Qu'est-ce que c'est que ces conneries ? dit Marcus sur un ton rageur. Ça n'a aucun sens.

— Non ? dit Jake. Alors dis-nous qu'on avait tort de

s'inquiéter quand on t'a vu bosser comme un dingue depuis un mois pour essayer de l'oublier.

— Je vais bien, marmonna Marcus.

— Tu tiens encore à elle ? demanda Vanessa.

— Bien sûr que oui. Je lui ai donné mon collier. Elle l'avait même autour du cou quand elle est partie, nom de Dieu !

Il sentit sa poitrine se comprimer en repensant à l'instant de son départ. Il en avait trop dit, mais inutile de faire semblant à ce stade. Et ça n'avait aucune importance. Il n'y avait rien qu'ils puissent dire ni faire pour l'empêcher d'aller la retrouver.

Il l'avait laissée partir, tirer un trait sur leur histoire, alors qu'il savait qu'elle n'était pas finie. Et il était hors de question qu'il n'aille pas la retrouver.

— Je l'aime, dit-il en les défiant un à un du regard. Nous devons être ensemble. Et si cela veut dire que je dois partir d'ici pour que cela soit possible, alors je le ferai. Elle a besoin de moi et je ne vais pas l'abandonner.

— C'est ce que nous pensions, dit Seth en prenant un dossier sur son bureau. Voilà ton billet d'avion et ta réservation d'hôtel. Rock a trouvé les coordonnées de l'hôpital et t'a joint un plan, le numéro de sa chambre et des indications pour éviter l'entrée principale, qui sera certainement envahie par les paparazzis.

— Je contacterai l'attachée de presse pour la prévenir de ton arrivée et qu'elle s'assure que ton nom figure sur la liste des visiteurs, ajouta Vanessa.

Marcus était stupéfait.

— Pourquoi ?

C'était une question stupide, mais il ne pouvait s'empêcher de la poser.

— Nous prenons soin de notre famille, dit Deklan. Et tu en fais partie.

— Tiens, dit Seth, qui fit le tour du bureau pour lui remettre le dossier. Ton avion part dans deux heures. Mets quelques affaires dans un sac et retrouve Jake au garage. Il t'accompagnera à l'aéroport.

Encore interloqué, Marcus prit le dossier.

— Merci.

Le mot était peu approprié pour exprimer la profonde gratitude qu'il ressentait, mais il avait la gorge trop serrée pour en dire plus.

— Allez, dit Vanessa en le poussant vers la sortie. Vas-y et trouve une solution à tout ça.

Marcus hocha la tête.

— D'accord, je vous tiens au courant dès que j'en sais plus.

Sur une impulsion, il prit Vanessa dans ses bras et se précipita vers la sortie. Tyler et Rock l'attendaient devant la porte de son loft.

— Hé, les mecs, vous n'avez pas de boulot ?

Tyler haussa les épaules.

— On s'est dit qu'on pouvait lancer quelques confettis pour la fête de départ, pour te souhaiter un bon voyage.

Les deux hommes le suivirent dans son loft, puis dans sa chambre.

— Sérieusement, qu'est-ce que vous voulez ? demanda-t-il en sortant un sac marin et commençant à y jeter quelques vêtements.

Il n'avait pas le temps de leur faire la conversation. Pas quand Quinn avait besoin de lui. Il était incapable de penser à quoi que ce soit d'autre.

Rock croisa les bras et s'adossa à l'encadrement de la porte. Il quittait rarement sa salle de sécurité, et Marcus ne savait pas trop ce qu'il faisait là.

— T'as tout ce qu'il te faut pour récupérer ta petite chatte ?

Marcus se retourna, prêt à frapper ce connard, mais

s'interrompit quand il vit un sourire bienveillant sur le visage de Rock et entendit le rire étouffé de Tyler.

— Salopards, marmonna-t-il.

L'éclat de rire de Rock le suivit jusque dans la salle de bains, et il faillit se retourner pour le dévisager tant ce son était inhabituel chez lui. Qu'est-ce qui lui prenait ?

— Ça va aller, mec ?

Marcus jeta un coup d'œil vers Tyler tout en lançant de quoi se raser dans son sac, avant de le fermer d'un coup sec.

— Oui, ou du moins dès que Quinn ira bien.

— J'ai essayé d'obtenir plus d'infos, mais rien n'a été divulgué. Si j'en sais plus, je te le transmets.

— Merci.

Marcus prit son sac et passa devant les deux hommes en se dirigeant vers la porte. Inutile de demander à Rock comment il avait obtenu les infos. Il les avait eues, c'était ce qui importait.

— Hé, attends, lança Tyler en rattrapant Marcus. T'as oublié de prendre ça, dit-il en lui tendant une poignée de préservatifs, un sourire malicieux aux lèvres.

— Imbécile ! dit Marcus sans animosité.

Il les mit dans la poche extérieure du sac, prit son manteau et sortit du loft.

— Bon voyage ! s'exclama Tyler depuis l'autre bout du couloir.

— Où sont les confettis ? demanda Rock à Tyler.

— Merde ! Je savais bien que j'avais oublié quelque chose.

— On pourrait lui lancer des préservatifs dans le couloir.

— Je n'en ai presque plus et j'ai entendu dire qu'ils ne t'étaient d'aucune utilité.

— Va te faire foutre.

— Je suis déjà pris, mais ton petit cul est assez tentant.

Marcus vit Rock donner un coup dans le bras de Tyler

lorsque les portes de l'ascenseur se refermèrent. Il rit et secoua la tête avant de se concentrer sur Quinn. Il refusait de penser qu'elle pouvait être blessée, et d'imaginer à quel point cela pouvait être grave. Il ne voulait pas laisser ses pensées l'entraîner dans cette direction. Pas tant qu'il ne l'aurait pas vue.

Elle irait bien. Ils trouveraient une solution. C'étaient les seules pensées qu'il s'autorisait.

Chapitre 27

Le faible bip d'une machine retentissait à un rythme lent qui était étrangement apaisant au lieu d'être agaçant. Quinn était pelotonnée sur le côté, les couvertures remontées jusqu'au menton pour se maintenir au chaud. La tubulure à oxygène lui appuyait contre la joue, mais c'était bien ce qui la gênait le moins.

Elle avait l'impression que sa gorge et ses poumons étaient à vif. Elle prit une profonde inspiration, et la douleur lui brûla la poitrine. Elle ravala ses larmes et essuya celles qu'elle ne put retenir avec la couverture. Elle pouvait enfin pleurer maintenant qu'elle était seule.

La pendule fixée au mur indiquait qu'il était minuit passé. On avait baissé les lumières et sa mère était partie depuis plus d'une heure pour dormir un peu. Elle aurait dû faire de même, mais elle ne pouvait s'empêcher de penser.

Elle avait failli mourir.

Seul le docteur avait prononcé ces mots. En dehors de lui, tout le monde essayait de minimiser ce qui s'était passé, au cas où elle aurait envie de tout raconter à la presse.

Mais elle avait failli mourir.

Elle frémit et essuya de nouvelles larmes sur son visage. Cela n'était pas normal. Cela n'aurait jamais dû se produire.

Et elle ne pouvait blâmer personne d'autre qu'elle-même. Pour tout. Jamais elle n'aurait dû accepter ce rôle. Mais si elle ne l'avait pas fait, elle n'aurait pas rencontré Marcus. Et elle ne pouvait se résoudre à le regretter. Pour rien au monde.

Marcus avait apporté de la vie dans son univers étriqué. Il lui avait donné une liberté qu'elle avait toujours recherchée. Il l'avait vue — elle, Quinn. Pas Cici, le personnage de télévision qu'elle incarnait enfant, ni l'actrice Missy Andrews, mais elle — et elle l'avait rejeté.

Le temps passait lentement, et elle se perdit dans la litanie envoûtante des bips réguliers. Jewels lui avait dit qu'il viendrait, mais elle ne voulait pas y croire tant qu'elle ne l'aurait pas vu, et elle ne voulait pas prendre le risque de le manquer. Et s'il venait et repartait pendant qu'elle dormait ? Elle ne pourrait pas lui en vouloir après la façon dont cela s'était terminé entre eux.

Il ne lui devait rien.

Elle n'avait aucune idée de ce qu'elle allait lui dire en dehors du fait qu'elle était désolée. Elle savait juste qu'elle avait besoin qu'il soit auprès d'elle. Elle s'était sentie si vide depuis qu'elle l'avait quitté. Une nouvelle larme coula sur sa joue et elle ne se donna même pas la peine de l'essuyer.

Elle l'aimait. Peut-être pouvait-elle le lui dire si c'était ce qu'il avait envie d'entendre. Y avait-il une chance qu'il l'aime encore ? Elle l'espérait de tout son cœur.

Sa mère s'était montrée étonnamment calme quand elle avait demandé à Jewels de prévenir Marcus. Elle s'était attendue à son habituel bombardement de questions, mais peut-être sa mère était-elle encore sous le choc de la journée écoulée. De toute façon, cela n'avait pas d'importance. Quoi que puisse en penser sa mère, elle avait besoin de Marcus auprès d'elle.

Elle jeta un nouveau coup d'œil à l'horloge. Son avion

aurait dû atterrir depuis longtemps. L'hôpital privé apportait toute la tranquillité que l'argent pouvait acheter, mais il était presque trop silencieux.

Bip, bip, bip. Une nouvelle larme coula sur sa joue et elle finit par fermer les yeux.

Marcus venait d'entrer dans la chambre, attendant que ses yeux s'adaptent à l'obscurité après avoir été aveuglé par la lumière du couloir. Il referma doucement la porte derrière lui et posa son sac sur le sol. Les bips constants des nombreuses machines qui entouraient le lit confirmaient que Quinn était encore en vie. D'après les dernières nouvelles de Rock et de Vanessa, son état était stable, elle n'avait rien de cassé et ils pensaient qu'elle allait bien. Mais ce n'étaient que des mots. Le poids qui pesait sur sa poitrine depuis le début de l'après-midi se dissipait enfin maintenant qu'il en avait la confirmation visuelle.

Il s'avança vers la petite forme recroquevillée dans le lit — sa Quinn. Elle était pelotonnée sur le côté, la couverture remontée sous le menton. Elle semblait si frêle. Mon Dieu. Il sentit les larmes lui monter aux yeux et remercia en silence l'univers — elle allait bien.

Il brûlait de la toucher, mais il ne voulait surtout pas la réveiller. Le retard de l'avion ne lui avait pas permis d'arriver à l'heure prévue, et elle avait besoin de dormir. Ses cheveux blonds étaient attachés en queue-de-cheval et dégageaient son visage, soulignant ses traits tirés et ses yeux cernés. La tubulure à oxygène qui passait sous son nez venait compléter cette image de fragilité.

Avec des précautions infinies, il tendit la main et lui caressa doucement la joue. Elle était glacée. Il regarda dans la pièce mais ne vit pas d'autre couverture. Sa position recroquevillée le rassura. Elle aurait été sur le dos si elle avait eu quelque chose de cassé. Si les renseignements de Rock étaient justes, elle avait été hospitalisée suite à une asphyxie, mais il n'avait pu en connaître les raisons.

Pris d'un bâillement, Marcus se frotta les yeux puis la barbe. Il n'avait toujours pas eu le temps de se raser.

Il y avait un fauteuil près du lit. Conçu pour quelqu'un de bien plus petit que lui. Il ne lui fallut pas deux secondes pour prendre une décision. Il ôta ses bottes et son manteau, puis fit le tour du lit.

Le lit n'était pas très grand, mais Quinn ne prenait presque pas de place. Il s'allongea près d'elle, passant doucement un bras autour de sa taille. Il glissa son autre bras sous la tête de la jeune femme. Elle murmura quelque chose dans son sommeil, et il eut envie de croire que c'était son nom. Il sentit son cœur se serrer, puis ferma les yeux, savourant le plaisir de l'avoir de nouveau dans ses bras.

Cela faisait trop longtemps. Une éternité. Mais il n'avait pas oublié la sensation de son corps contre le sien. La courbe de ses fesses, ses cheveux soyeux contre sa peau, les légers mouvements de sa poitrine au gré de sa respiration — tout cela était gravé dans son esprit.

Il l'embrassa doucement sur la tempe, puis derrière l'oreille, et enfouit son visage dans son cou. Les effluves légers de son parfum parvenaient jusqu'à lui. Il était à sa place. Il lui appartenait. Il ressentit l'envie irrépressible de la serrer contre lui, mais se maîtrisa. Pour l'instant, il se contenterait de ce contact léger et délicat.

Elle était dans ses bras. Et c'était tout ce qui comptait. Il l'avait retrouvée et, cette fois, il la garderait auprès de lui.

Chapitre 28

Elle était en sécurité. Ce fut sa première pensée tandis qu'elle s'éveillait lentement. L'étrange sensation d'être dans un lieu inconnu était compensée par la chaleur qu'elle sentait dans son dos et par l'odeur familière qui l'enveloppait.

Marcus. Quinn eut une conscience diffuse de sa présence avant même d'ouvrir les yeux. Il était là. Tout l'espoir qu'elle s'était interdit de ressentir l'envahit lentement. Elle sentit de nouveau les larmes couler sur ses joues mais, cette fois, c'étaient des larmes de soulagement. Il était venu.

Elle resta immobile, de peur qu'il ne parte si elle bougeait. Elle n'était pas préparée à cela. Pas encore. Jamais elle ne le serait.

Une des jambes de Marcus était posée sur les siennes, et son souffle balayait sa nuque. Chaque respiration qui venait la chatouiller était une confirmation de sa présence. Elle sentait la chaleur de la peau de son bras sous sa joue, et son autre bras lui enlaçait la taille, comme s'il avait peur qu'elle ne tombe du lit.

Les bips de la machine et l'odeur d'antiseptique qui flottait dans l'air lui confirmèrent qu'elle était toujours à l'hôpital. Et d'après les bruits de pas et les voix qui émanaient du couloir, c'était le matin. Pourtant, elle n'était pas prête à s'éveiller de ce merveilleux rêve. Quand elle ouvrirait les yeux, elle serait confrontée à la réalité.

— Tu es réveillée, ma petite chatte ?

Marcus avait parlé à voix basse, mais elle sentit les vibrations de sa voix contre son dos, et cela la fit sourire.

— Oui.

Sa propre voix rauque. Elle avait la gorge incroyablement sèche et une douleur sourde dans la poitrine.

Il ne dit rien pendant un instant, et l'anxiété commençait à la gagner lorsqu'il l'embrassa doucement sur la tempe.

— Tu m'as fait peur.

Son souffle était chaud sur sa peau, ses lèvres humides, et elle frémit.

Elle essaya de s'éclaircir la gorge.

— Je suis désolée, parvint-elle à murmurer. Moi aussi, je me suis fait peur.

Il rit doucement, et la serra dans ses bras.

— Ne recommence pas. S'il te plaît.

— Non.

Pas si elle était avec lui.

Il tendit le bras pour prendre un verre sur la table à roulettes.

— Tiens, dit-il en inclinant la paille vers elle.

Chaque gorgée était douloureuse mais rafraîchissante. Elle fit un petit signe de tête quand elle eut fini, et il but à son tour avant de reposer le verre.

— Comment te sens-tu ?

— J'ai mal, mais ça va mieux. Merci d'être venu.

Il se serra contre elle de nouveau.

— Personne n'aurait pu m'empêcher de venir, pas même toi.

— Vraiment ? demanda-t-elle, incertaine. Je n'en étais pas sûre.

— Vraiment, répondit-il, la serrant dans ses bras. Bon sang, Quinn, j'ai été terrifié en apprenant que tu étais blessée. Que s'est-il passé ?

Elle savait que cette question finirait par arriver, mais il n'était pas pour autant facile d'y répondre.

— Il y a eu un accident sur le plateau pendant le tournage.

Il y avait peu de chances qu'il la laisse s'en tirer à si bon compte, mais cela valait la peine d'essayer.

— Je sais que tu as été victime d'asphyxie, mais que s'est-il passé ?

Il lui caressa le bras, et avait parlé d'une voix douce alors qu'elle pensait qu'il serait en colère.

La porte s'ouvrit, ce qui lui évita de répondre. Aveuglée par la lumière vive du couloir, elle cligna les yeux et fit un petit sourire au médecin. Médecin qui ne parut pas dérouté par la présence de Marcus à son côté dans le lit.

— Mademoiselle Andrews, dit-il d'une voix ferme et directe en mettant ses lunettes pour jeter un coup d'œil à la feuille des constantes qu'il tenait à la main. Comment vous sentez-vous ce matin ?

Marcus n'avait pas bougé à l'entrée du médecin, il avait simplement resserré son étreinte autour de sa taille.

— Bien, dit-elle.

Elle n'ajouta pas que c'était parce que Marcus était auprès d'elle.

Le médecin ôta ses lunettes et les remit dans la poche de sa blouse. Avec ses cheveux blancs et son visage allongé, il semblait tout droit sorti d'une série télé. Son pantalon à plis et sa luxueuse cravate ne faisaient que renforcer cette image et indiquaient qu'il avait l'habitude de travailler avec des célébrités.

— J'aimerais vous parler de votre état, dit-il en jetant

un coup d'œil à Marcus, avant de se tourner de nouveau vers elle.

— Vous pourriez nous laisser une minute, s'il vous plaît, l'interrompit-elle.

Il regarda sa montre et hocha la tête.

— Je vais passer voir mes autres patients, et je reviendrai après.

Il sortit et referma la porte derrière lui.

Quinn regarda l'horloge. Il était 7 heures. Derrière elle, Marcus attendait toujours une explication. Le ventre noué, elle inspira lentement par le nez pour se calmer. Elle la lui devait, cette explication, mais elle ne savait pas par où commencer.

Marcus frotta sa joue contre la sienne, et elle rit doucement. Sa barbe lui râpait le visage. Elle lui sembla plus longue que dans son souvenir. Une part d'elle mourait d'envie de se retourner pour le voir. L'autre avait peur de le faire.

— Parle-moi, Quinn, dit-il, dégageant une mèche de son visage pour lui embrasser la tempe. Je te promets que je te rattraperai.

Le ferait-il vraiment quand elle lui aurait tout raconté ?

Elle ferma les yeux en une prière muette pour que ce soit le cas.

Puis elle se lança dans un rapide récapitulatif de l'accident, s'en tenant à l'essentiel — la scène, le bâillon, les vomissements et l'hôpital. Elle sentit les muscles de Marcus se raidir au fil de son récit.

— C'est pas vrai, bon sang ! grommela-t-il quand elle eut fini. Où étaient les mesures de sécurité ? Pourquoi leur a-t-il fallu si longtemps pour t'enlever le bâillon ?

Il s'appuya sur un coude et la fit lentement tourner vers lui. Alors, elle l'observa enfin tout soûl. L'inquiétude se lisait sur son front plissé et dans son regard. Sa barbe lui donnait un air plus sombre et dangereux encore.

Il était tellement beau. Trop beau.

Elle se mordit la lèvre et tendit la main vers lui pour lui caresser la joue. Elle avait peur qu'il ne l'évite, mais au lieu de cela, il appuya le visage sur sa main et poussa un soupir.

— Oh ! Quinn... dit-il, tournant la tête pour lui embrasser la paume de la main. Tu as failli mourir, n'est-ce pas ?

Elle aurait pu éluder la question, mais elle ne voulait plus se dérober. Pas avec lui.

— Oui, c'est ce que m'a dit le médecin.

— Merde. Je vais tuer celui qui a permis que cela se produise.

Sa voix était pleine de colère. Oui, il pourrait peut-être tuer quelqu'un. Elle lui caressa doucement le visage.

— Alors, tu vas devoir me tuer, parce que c'est ma faute.

— C'est des conneries, tu étais attachée et bâillonnée. Je me fiche que ce soit de la comédie, un jeu ou je ne sais quoi. Tu leur as fait confiance pour qu'ils s'assurent de ta sécurité et ils ont manqué à leurs engagements envers toi. Point final.

Il y avait tellement de conviction dans ses yeux qu'elle avait envie de le croire.

— Tu n'aurais jamais laissé cela se produire. Je le sais.

— Jamais. Tu n'aimes pas les bâillons. Pourquoi l'as-tu mis ?

Elle haussa les épaules, puis baissa les yeux.

— Cela faisait partie du script, et je n'ai rien dit. Je pensais... Je pensais pouvoir y arriver. J'ai eu tort.

Elle s'interrompit. Oserait-elle lui dire le reste ? Il le fallait. C'était trop important pour se dérober.

— Mais ce n'est pas à cause de cela que j'ai paniqué, poursuivit-elle en s'efforçant de le regarder.

Les mots restèrent coincés au fond de sa gorge.

— Dis-moi, la pressa-t-il. Ça va aller.

Le ton doux et inquiet de sa voix lui donna le courage de continuer.

— J'étais incapable de jouer ce rôle. Je ne pouvais pas surmonter le fait que l'acteur qui jouait le dominateur n'était pas toi, dit-elle avant de reprendre son souffle. Je suis à toi, et toute cette scène, comédie ou pas, sonnait faux.

Marcus poussa un soupir appréciateur.

— Oui, tu es à moi, dit-il avant de l'embrasser enfin.

Un baiser tendre, rempli de promesses. Elle savoura chacune de ces délicieuses sensations.

Mais elle sentit de nouveau son ventre se nouer et elle s'écarta de lui.

— Ce n'est pas tout.

Elle devait le lui dire au plus vite, sinon elle n'y parviendrait jamais. Il méritait de le savoir — il devait le savoir —, même si elle était terrifiée. Elle venait juste de le retrouver et l'idée qu'elle risquait de le perdre de nouveau faillit la faire changer d'avis. Cela pouvait attendre. Elle n'était pas obligée de le lui dire maintenant. Il serait si facile de différer, mais elle n'était plus cette personne qui choisissait toujours la solution de facilité.

Elle prit une profonde inspiration, et se lança.

— Le médecin m'a expliqué pourquoi j'étais si nauséeuse et fatiguée depuis une semaine. Je pensais que c'était juste parce que j'étais nerveuse à propos du film, mais ce n'était pas cela.

Le visage de Marcus prit de nouveau un air inquiet.

— Tu es malade ?

— Non. Pas exactement. Il a dit que j'étais enceinte.

Elle eut envie de fermer les yeux et de se cacher, mais

elle aurait manqué toutes les émotions qui se succédèrent sur le visage de Marcus. Le choc, le doute, l'étonnement.

— C'est pas possible !

Elle se mordit la lèvre et hocha la tête en guise de confirmation.

— C'est ce que je lui ai dit... Et il m'a répondu que si.

— Comment ? demanda-t-il, les yeux écarquillés.

— De la façon habituelle, répondit-elle avec un petit rire, même si elle savait que ce n'était pas ce qu'il voulait dire.

Elle crut voir un sourire se dessiner sur les lèvres de Marcus tandis qu'il secouait la tête. Il ne semblait pas en colère, juste médusé. Il se passa la main sur le visage. Au moins, il n'avait pas remis en cause le fait qu'il était le père. Malgré elle, elle sentit une minuscule pointe d'espoir s'insinuer en elle.

— Les préservatifs ne sont pas fiables à cent pour cent, dit-elle d'une voix nerveuse. Le risque d'échec est de l'ordre de deux pour cent, d'après le médecin.

— Waouh.

Il se rallongea près d'elle et posa une main sur son ventre, délicatement. Ce geste en disait bien plus long que tous les mots.

Quinn sentit de nouveau les larmes lui monter aux yeux. Les bips insistants de la machine décomptaient chaque seconde qui passait en silence. De l'autre côté de la porte, le monde continuait sa marche au son d'un chariot qui grinçait et du murmure des conversations. Mais, en elle, le temps semblait s'être arrêté.

— J'ai réagi comme toi, murmura-t-elle enfin.

Elle avait tellement envie de croire que tout irait bien, qu'il voudrait du bébé, mais elle avait peur de trop s'avancer.

Elle posa la main sur celle de Marcus et attendit. Le poids et la chaleur de sa main se diffusèrent sur son ventre, calmant un peu son cœur qui battait la chamade. Elle n'avait eu qu'une demi-journée pour se faire à cette idée. Elle allait devenir mère — si tout allait bien. Marcus était toujours sous le choc, mais il n'était pas parti en courant. Pas encore.

— Tu le savais ? Avant de venir ici, je veux dire.

Le ton calme de sa voix ne livrait rien de ses pensées.

— Non.

— Tu ne prends pas la pilule ?

— Non, je ne la supporte pas, dit-elle, un peu gênée. Et je n'étais pas assez active sexuellement pour avoir besoin d'une autre méthode. Les préservatifs ont toujours été suffisants.

Il y eut de nouveau un long silence, avant qu'elle n'entende sa voix vibrer à son oreille de nouveau.

— Tu es enceinte de combien ?

— Presque six semaines. C'est encore tôt, et il peut encore se passer beaucoup de choses, mais le médecin a dit que tout avait l'air d'aller.

La main de Marcus serra la sienne, puis se détendit sur son ventre, qu'il caressa doucement.

— Un bébé, murmura-t-il contre sa tempe. On va avoir un bébé.

On va avoir un bébé.

— Oui, dit-elle.

Elle ferma les yeux et s'imprégna de ces quelques mots. Mais ce n'était qu'un petit pas. Et la peur et les doutes lui firent marmonner la suite.

— Je comprendrais si tu ne veux pas être impliqué.

Elle le pensait. C'était si soudain et une étape si importante dans une vie.

— Mais je vais le garder, reprit-elle. Je ne veux pas avorter.

Etait-elle prête à être mère ? Non, mais elle ne voulait pas fuir cette responsabilité.

— Quoi ? fit-il, se redressant aussitôt pour lui prendre

le visage et la forcer à le regarder. Bien sûr que je veux être impliqué. Merde, Quinn. C'est *notre* bébé. Le tien, et le mien, dit-il en posant la main sur son ventre. Et jamais plus je ne te laisserai partir.

— Oh…

Elle sentit de nouveau les larmes lui monter aux yeux. Ce qu'il venait de dire aurait dû l'effrayer, et d'une certaine façon c'était le cas, mais seulement parce que c'était ce qu'elle avait eu si peur d'espérer. Elle laissa échapper un sanglot.

— J'étais si inquiète. Tu m'as tout donné, et je suis partie. Je suis désolée… Si tu savais comme je suis désolée… Je n'ai jamais voulu te faire de mal.

Il se pencha vers elle et l'embrassa sur le front, tandis qu'elle ne pouvait empêcher ses larmes de couler.

— Je t'aime, Quinn. Je t'aimerai toujours.

— Comment peux-tu m'aimer après ce que j'ai fait ?

Il s'écarta d'elle pour regarder son visage, comme s'il pouvait y voir toutes les émotions qui l'agitaient.

— Comment pourrais-je ne pas t'aimer ? Tu as eu raison de partir. Je le sais maintenant, dit-il en séchant doucement ses larmes d'une main tremblante. Je ne veux pas que tu abandonnes ton boulot et ta vie ici. Je n'ai jamais vraiment voulu ça. Il y a… tellement de choses dont nous n'avons jamais parlé. Nous pouvons trouver des solutions… Les questions de logistique ne sont qu'une excuse. Je m'installerai ici. Ou nous pouvons faire les allers-retours quand tu ne tournes pas. On… On fera en sorte que ça marche. Pour nous aussi. Je te le promets.

— Une nouvelle promesse ?

— Oui, insista-t-il avant de lui donner un long baiser.

Un baiser d'une telle intensité qu'elle ferma les yeux et osa espérer.

— Quand vas-tu accepter que c'est toi, Quinn, que j'aime ? Le bébé n'y change rien.

— Merci, murmura-t-elle d'une voix brisée par l'émotion.

— Fais-moi confiance.

Oui, elle avait confiance en lui. Plus qu'en qui que ce soit. Mais ils avaient encore tellement de choses à résoudre. Toutes les questions qui les avaient séparés étaient toujours là, en suspens, prêtes à les séparer de nouveau. Et le bébé ne faisait que compliquer les choses en ajoutant une énorme dose de réalité et de responsabilités à leur quotidien.

Mais elle espérait que cela suffirait, elle l'espérait de toutes ses forces parce que l'idée de vivre sans Marcus lui brisait le cœur. Mais elle y parviendrait si elle y était contrainte.

Elle était plus forte qu'avant leur rencontre. Et plus avisée qu'elle ne l'aurait été si rien de tout cela n'était arrivé. Elle ne voulait pas redevenir comme avant. Elle voulait évoluer auprès de lui.

Alors, elle se décida enfin à lui dire la vérité.

— Oui. Je te fais confiance.

Chapitre 29

Marcus se précipita à l'extérieur et vérifia d'un coup d'œil qu'il n'y avait pas de paparazzi. Le personnel de l'hôpital lui avait assuré que l'établissement était privé et bien protégé, mais il n'avait pas trop confiance. Le patio entouré de grands murs de brique et d'arbustes semblait isolé et accueillant, et par bonheur il était désert.

Il inspira profondément, soulagé de sentir enfin autre chose que l'odeur des antiseptiques. Il se laissa tomber sur une chaise et ferma les yeux. Le soleil sur son visage commença lentement à le réchauffer. Un vent léger lui ébouriffait les cheveux, charriant avec lui une odeur de fleurs.

Il était loin des paysages enneigés qu'il avait quittés la veille. C'était une journée magnifique et il ne portait qu'un T-shirt, mais pourrait-il vraiment vivre ici ? On était deux jours avant Noël, et aucune chance qu'il y ait de la neige.

Et alors ? Pourquoi diable s'inquiétait-il de cette fichue météo ?

Il se passa les mains sur le visage, puis se pencha en avant, les bras en appui sur les genoux. Il allait être papa. Merde. Etait-il prêt à ça ?

Il laissa échapper un petit rire. Peu importait qu'il fût prêt ou non, c'était en train de se produire.

Il y avait des moments, des événements qui changeaient une vie de façon irrémédiable. Comme le craquement et la douleur fulgurante à la jambe qui avaient mis un terme à sa carrière de footballeur en une seconde. Les mots « Je suis enceinte » avaient tout changé.

Non, c'était bien avant. L'instant où Quinn était entrée au Red Room avait tout changé.

Il ne l'avait pas vue venir. Il était encore sous le choc, mais il ne le montrerait pas à Quinn. Elle était au moins aussi choquée que lui, et jamais il ne la laisserait tomber. Plus jamais.

Il était temps de se comporter comme un homme, ce qui voulait dire qu'il devait opérer des changements importants dans sa vie.

Il sortit son téléphone de sa poche et afficha la liste de ses contacts. Sans réfléchir, il appuya sur le bouton d'appel et attendit que Jake réponde.

— Salut, lança Jake. Comment ça va ? Est-ce que Quinn va bien ?

La voix calme de Jake était remplie de sollicitude. Pendant une seconde qui lui sembla une éternité, Marcus fut incapable de parler.

— Salut, Jake.

— Marcus ?

Maintenant qu'il avait son ami au téléphone, Marcus était à court de mots. Par où commencer ?

— Hé, qu'est-ce qui ne va pas ? Tu m'inquiètes, mec.

L'appréhension qu'il perçut dans la voix de Jake le poussa à parler.

— Désolé… Elle va bien maintenant, répondit-il avant de lui relater les détails de l'accident.

— Merde. Mais à quoi pensaient-ils, nom de Dieu ? Qui peut laisser un truc pareil arriver ?

L'exaspération de Jake lui fit du bien mais ne suffit pas à apaiser sa colère.

— Ouais, j'ai posé la même question.

— Que comptes-tu faire ? demanda Jake avec un soupir.

Marcus reprit son souffle et lâcha le morceau.

— Elle est enceinte.

Le long silence qui lui répondit valait tous les mots. C'était exactement ce à quoi il s'était attendu. Que pouvait dire un homme à un autre en entendant ces mots ? « Félicitations » ? « Merde » ? « Désolé » ? Les trois pouvaient convenir. Et dans ce cas, les trois étaient envisageables.

— O.K.

Rien dans le ton de la voix de Jake n'indiquait ce qu'il pensait.

— De quoi as-tu besoin ? demanda ce dernier.

S'il connaissait la réponse à cette question, il ne serait pas assis là, à se demander ce qu'il allait faire.

— De temps, dit-il car c'était la seule chose dont il était à peu près sûr. On a besoin de temps pour réfléchir à tout ça. J'espérais pouvoir rester un peu si tout le monde est d'accord.

— Oui, pas de problème. Je m'arrangerai avec les autres. C'est toujours calme ici jusqu'au réveillon du jour de l'an, de toute façon.

Il n'avait pas réellement pensé que Jake dirait non, mais sentir qu'il le soutenait dénoua quelque peu la tension de ses épaules.

— Merci. Je t'appelle dès que j'en sais plus.

— Oui, bien sûr.

— Merci.

Il le lui avait déjà dit, mais il ne savait que dire d'autre.

— Hé, lança Jake avant de marquer une pause. Vous allez trouver une solution.

Marcus laissa échapper un rire nerveux.

— J'espère que tu as raison.

— Bien sûr que j'ai raison. Dis-nous si on peut faire quelque chose. On te soutiendra, quoi que tu décides.

— Merci.

Il raccrocha, et se leva pour retourner dans la chambre. Il voulait y être quand Quinn se réveillerait. Il aurait aimé prendre une douche et se raser, mais prendre soin de Quinn était sa priorité pour l'instant.

Il remit son téléphone dans sa poche. Il appellerait sa mère plus tard, quand il en saurait plus. Il ne savait pas quelle serait la réaction de ses parents en entendant les dernières nouvelles, mais il savait qu'ils seraient là pour lui, même s'il les avait déçus.

Ils étaient le genre de parents qu'il avait envie d'être. Le genre d'homme qu'il serait pour Quinn et leur bébé.

Quinn ouvrit les yeux en entendant le bruit de la porte. L'infirmière était passée quelques instants plus tôt et avait enfin baissé le son de la machine. Elle lui avait également ôté sa tubulure à oxygène et lui avait donné les comprimés prescrits par le médecin.

— Comment te sens-tu ?

La voix de sa mère était plus douce qu'à l'accoutumée. Elle avait les traits tirés, et ses petites rides au coin de ses yeux semblaient plus marquées que d'ordinaire.

— Mieux.

En dépit de leur relation parfois tendue, la présence de sa mère la rassurait. Sa mère n'était pas parfaite, mais elle non plus. Depuis leur discussion, quelques semaines plus tôt, elles essayaient de trouver un nouvel équilibre.

Sa mère jeta un coup d'œil à sa montre.

— J'ai manqué le docteur ?

— Oui, il est passé un peu plus tôt ce matin.

Sa mère fit une grimace.

— Désolée, j'étais au téléphone avec Jewels et Martin, dit-elle en tendant la main pour lui caresser le front.

Ce geste, ajouté au parfum de sa mère, lui procura une étrange sensation de bien-être.

— Le studio essaie évidemment de faire en sorte que rien ne soit divulgué, reprit sa mère, mais Jewels et Martin veulent impliquer les médias pour pouvoir faire pression sur la production. Je leur ai dit de ne rien faire pour l'instant. Que veux-tu faire ?

Quinn prit la main de sa mère et la serra dans la sienne.

— Merci de me poser la question.

— C'est ta vie, tu avais raison. Le rôle de la méchante mère qui dirige la carrière de sa fille n'est pas mon meilleur profil, dit-elle, ravalant ses larmes. Tu as failli mourir…

— Je vais bien, assura Quinn d'une voix qui se voulait rassurante. J'ai eu un accident, mais je vais bien.

— Je sais, répondit sa mère en s'essuyant le coin des yeux avec un mouchoir. Dieu merci.

Quinn prit une profonde inspiration avant d'oser affronter le regard de sa mère.

— Je ne retournerai pas sur ce plateau. Je parlerai à mon avocat pour qu'il fasse annuler le contrat. Je ne pense pas que le studio me poursuive après ce qui s'est passé.

— Bien, acquiesça sa mère. Je pense que c'est une bonne idée. Le plateau n'est pas sûr.

— C'est plus que ça, maman. Le rôle n'est pas pour moi. Ce n'est pas la direction dans laquelle je veux que ma carrière s'oriente. Et je ne veux pas non plus que cette histoire soit montée en épingle. Au même titre que les gens du studio, je veux considérer cet épisode comme un incident mineur.

Sa mère resta silencieuse quelques instants, puis elle hocha la tête.

— Très bien, je le dirai à Jewels et à Martin.

— Non. Je le leur dirai moi-même, dit-elle, reprenant son souffle. Je vais également les virer tous les deux. Une attachée de presse et un agent sont censés agir au mieux de mes intérêts. Et je n'ai pas l'impression que ce soit le cas. Plus maintenant, en tout cas.

Le simple fait d'avoir prononcé cette phrase à voix haute lui donna la sensation d'être plus forte. C'était sa décision, et elle s'y tiendrait. C'était libérateur et valorisant, et elle devrait remercier Marcus pour lui avoir montré la voie.

Sa mère s'enfonça dans le fauteuil, près du lit, et posa son sac sur le sol, les yeux rivés sur ses ongles manucurés.

— Je comprends, Quinn. Vraiment. Et j'essaie de me mettre en retrait, dit-elle avant de relever les yeux vers elle. Mais comprends-tu ma position ? J'ai passé vingt ans à m'occuper de toi. Tu es mon boulot. Ma carrière. Que suis-je censée faire maintenant ?

Quinn n'avait jamais vu cet air égaré sur le visage de sa mère.

— Etre ma mère, dit-elle en tendant une main vers elle. Et apprécier ta retraite.

— Et toi, que vas-tu faire ?

— Je ne sais pas exactement. Je vais faire un break pour y réfléchir, dit-elle.

Elle devrait aborder la question avec Marcus, ce qui la poussa à aborder le sujet suivant.

— Il y a autre chose que j'ai à te dire.

Sa mère lui lâcha la main et se cala dans son fauteuil, une expression à la fois résignée et déterminée sur le visage.

— Très bien, vide ton sac, je suis prête.

Quinn sourit. C'était bien sa mère : affronter les ennuis sans détour. Elle avait encore beaucoup à apprendre d'elle.

— Je suis enceinte.

— Quoi ? lâcha-t-elle, sans rien cacher du choc qui la secouait. Comment ? Quand ? Qui ? Où avais-tu la tête pour laisser cela se produire ?

L'habituel déluge de questions fut interrompu par l'arrivée de Marcus dans la chambre. Sa mère se leva en un éclair, s'interposant entre sa fille et l'intrus.

— Qui êtes-vous ? C'est une chambre privée. Partez, s'il vous plaît.

— Maman, dit Quinn en s'asseyant pour poser une main sur le bras de sa mère. Tout va bien, c'est Marcus. Je veux qu'il soit là.

Sa mère se retourna, les regardant tour à tour l'un et l'autre.

— Marcus ? L'homme que tu as demandé à Jewels d'appeler ?

— Oui, dit Quinn en lui faisant signe d'entrer. Marcus, je te présente ma mère, Mary.

Il lui tendit la main.

— Ravi de vous rencontrer.

La raideur de sa mère indiquait qu'une politesse bien enracinée était la seule chose qui la poussait à prendre sa main. Mais elle n'alla pas plus loin — ni bonjour ni sourire aimable.

Marcus fit le tour du lit et se pencha pour embrasser Quinn.

— Comment te sens-tu ?

Elle commençait à en avoir assez qu'on lui pose sans cesse cette question.

— Bien. L'infirmière a dit que le médecin me laisserait probablement sortir cet après-midi.

— Attendez une minute ! s'exclama sa mère qui semblait

avoir retrouvé sa voix. Vous êtes l'homme des photos, dit-elle sur un ton accusateur. Quinn, que se passe-t-il ?

Marcus passa un bras autour de ses épaules, comme pour lui communiquer sa chaleur. Et soudain, une foule d'émotions contradictoires défila sur le visage de sa mère, passant du choc à la confusion, pour aboutir à… la compréhension ?

— Marcus est le père, confirma Quinn avant qu'elle ait le temps de poser la question.

— Mais… mais, bredouilla sa mère. Il t'a frappée, dit-elle en secouant la tête avant de reculer d'un pas. Il est un de ces… dominateurs.

Marcus se raidit derrière elle, mais Quinn se contenta de sourire. C'était puéril, mais voir s'ébranler la façade imperturbable de sa mère était hautement jouissif.

— Maman, Marcus ne m'a jamais fait de mal. Et il ne le fera jamais. Tu as dit toi-même que cette image était bidon. Il me rattrapait alors que j'étais en train de tomber.

— Mais il est l'un d'*eux*, n'est-ce pas ?

— Un *quoi*, maman ? s'exclama Quinn, incapable de masquer son irritation. Un homme ? Quelqu'un qui m'aime ? Oui. Il est bien l'un d'eux.

Le regard furieux de sa mère était celui qu'elle lui connaissait bien, et qui annonçait un reproche.

— Un dominateur, répliqua-t-elle. Est-ce un dominateur ?

— Oui, répondit Marcus d'une voix qui ne trahissait aucune émotion.

Quinn se serra contre lui pour puiser dans la chaleur de son corps toute la force qu'elle pouvait.

— C'est un homme bien, maman. Tu peux lui donner tous les noms que tu veux, mais ça ne changera rien au fait qu'il fait partie de ma vie.

Un silence pesant s'installa tandis que Mary les regardait, les mains croisées, avec un air désapprobateur.

— Est-il la raison de tous tes changements de carrière ?

— Oui et non, répondit Quinn le plus honnêtement possible. Je les fais pour moi, mais, oui, Marcus m'a aidée à voir ce que je voulais vraiment. Il m'a aussi montré que je pouvais obtenir ce que je désirais si j'arrêtais de faire passivement ce qu'on attendait de moi.

— Je ne te comprends pas, se lamenta sa mère.

Elle se pencha pour ramasser son sac posé par terre, repoussa une mèche de cheveux sur son visage, et leur lança un regard furieux qui ne cachait rien de la souffrance qu'elle ressentait.

— Tu me dis que tu veux reprendre le contrôle de ta vie, et en réalité tu laisses cet homme te dire ce que tu dois faire. Il va détruire ta carrière.

Elle jeta un dernier regard plein de mépris à Marcus et sortit de la pièce avec précipitation.

Quinn regarda la porte se refermer. Elle n'était pas surprise par la réaction de sa mère, mais cela ne l'empêchait pas de ressentir une amère déception. Elle aurait dû savoir que sa mère n'accepterait pas facilement d'être remplacée.

Marcus s'assit près d'elle, et elle se réfugia dans ses bras sans une hésitation.

— Laisse-lui un peu de temps, lui murmura-t-il.

Quinn hocha la tête. Il avait raison. Ils auraient tous besoin d'un peu de temps pour s'adapter à la situation. Mais elle ne savait pas si cela résoudrait quoi que ce soit. Marcus et elle avaient encore tant de questions à aborder et à résoudre. Et ça c'était sans même compter tous les problèmes avec sa mère. Toutes ces décisions à prendre… Elle commençait à se demander si elle aurait jamais assez de temps pour y parvenir.

Chapitre 30

— Tu es sûre que ça va ? lui demanda Marcus pour ce qui lui sembla être la centième fois.

— Oui, répéta Quinn. Ça va. Si tu n'arrêtes pas de tourner en rond, tu vas me rendre dingue.

Elle réprima un soupir en voyant son air renfrogné et tenta de se rappeler qu'ils étaient tous deux stressés. Elle s'assit sur le canapé et tendit une main vers lui.

— Viens t'asseoir près de moi.

Il haussa les épaules, puis finit par s'exécuter. Comme toujours, une autorité naturelle se dégageait de lui, même lorsqu'il portait un simple T-shirt bleu marine et un jean. Elle était sortie de l'hôpital dans l'après-midi, et ils avaient pris une douche chaude ensemble dans sa maison de Beverly Hills. Il s'était aussi rasé, et elle regrettait un peu son air voyou.

Il se laissa tomber près d'elle en soupirant.

— Désolé, marmonna-t-il en passant un bras autour de ses épaules pour l'attirer contre lui. Je ne peux pas m'empêcher de m'inquiéter.

— Le médecin dit que je vais bien. Je te le dirai si ça ne va pas.

— Promis ?

— Oui.

Son agacement avait dû transparaître dans sa voix, car il la serra contre lui et l'embrassa sur la tempe. Elle ferma les yeux et se détendit. Elle sentait son torse musclé sous ses mains, sa présence réconfortante tout contre elle.

Les lumières scintillèrent dans le sapin de Noël installé dans un coin de la chambre. L'arbre était impeccablement décoré en blanc et bleu, les couleurs à la mode cette année. Sa mère achetait de nouveaux ornements tous les ans, correspondant à sa vision pour chacun des arbres de la maison. Il fut un temps où Quinn adorait avoir la surprise de découvrir à quoi son arbre ressemblerait. Désormais, il n'était qu'un symbole de plus de tout ce qu'elle déléguait aux autres.

Elle recroquevilla les jambes sous la couverture et se lova dans les bras de Marcus, rassemblant ses forces pour la discussion qui s'annonçait. Ils ne pouvaient plus la différer. Enfin, ils auraient pu, mais éviter le sujet ne leur aurait été d'aucune utilité. C'était une chose qu'elle avait apprise au cours des deux mois qui venaient de s'écouler.

— Quand rentres-tu ?

— Je ne sais pas. Ça dépend de toi.

— Vraiment ?

— Bien sûr que oui, dit-il en la faisant pivoter pour la forcer à le regarder dans les yeux.

Il avait raison. La discussion méritait qu'ils soient face à face.

— Je ne vais pas fuir, insista-t-il en lui caressant la joue.

En toute logique, elle le savait déjà, mais l'entendre une fois de plus la réconforta.

Le moment était venu d'affronter ses peurs.

— Qu'allons-nous faire ?

— Trouver une solution. Faire de notre mieux, dit-il

dans un sourire. Etre honnêtes l'un envers l'autre, c'est sans doute la première chose à faire.

— Oui, répondit-elle, le ventre noué. On devrait commencer par là. Que veux-tu ?

— Toi. Nous, dit-il en lui serrant la main. Je veux que ça marche entre nous.

Elle inspira profondément. Il avait dit exactement ce qu'elle voulait entendre. Et exactement ce qu'elle avait peur qu'il dise.

— Comment faire en sorte que ça marche ?

— Je ne sais pas, dit-il avec un soupir.

Elle fut rassurée par son honnêteté.

— Commençons par le début alors, dit-elle avec plus de conviction qu'elle n'en ressentait. Nos boulots, c'est ce qui nous sépare.

Elle ne savait pas trop où elle était allée chercher son courage mais, cette fois, elle ne jouait pas. Pas avec Marcus.

— Disons plutôt que c'est mon boulot qui nous a séparés.

— Non, dit-elle. Je suis partie à cause de mon travail.

— Et aussi du mien, insista-t-il avec un regard qui la mettait au défi de le contredire. Je vais le quitter. O.K. ? Je vais venir m'installer ici et je trouverai un autre boulot. Je ferai ce qu'il faut pour que ça marche.

Elle rit, ravalant ses larmes qui menaçaient de couler. Maudits changements hormonaux !

— Comme ça, on sera au chômage ensemble !?

La confusion qu'elle lut sur le visage de Marcus l'attendrit.

— Je quitte mon boulot, expliqua-t-elle. Je ne peux pas reprendre ce rôle. Ça ne me ressemble pas.

— Dieu merci ! Quinn… Je ne sais pas si j'aurais pu te laisser y retourner, lâcha-t-il avant de l'embrasser sur le front.

— J'ai aussi viré mon agent et mon attachée de presse.

Nous n'étions pas d'accord sur le sens que devait prendre ma carrière.

— Il était temps.

Elle rit, ne pouvant lui donner tort.

— Oui !

— Alors, pourquoi maintenant ? demanda-t-il.

Elle avait trouvé la réponse autour d'une tasse de café en compagnie de trois femmes remarquables.

— Parfois, on supporte certaines choses jusqu'à ce que quelque chose de mieux se présente, ou qu'on ait une bonne raison d'y mettre un terme. J'ai les deux à présent, dit-elle en se passant la main sur le ventre. Je vais faire un break, et prendre le temps d'être moi-même pendant un moment. J'ai besoin de comprendre qui est réellement Quinn. J'espère y parvenir avant d'être maman.

Le sourire de Marcus s'effaça, laissant place à la confusion la plus totale.

— Ce qui veut dire ?

— Je veux retourner à Minneapolis avec toi.

Il la prit dans ses bras et la serra si fort qu'il aurait pu lui broyer les côtes.

— Oui, oui ! J'achèterai une maison. Je trouverai un nouveau boulot. On fera tout cela.

Quinn soupira. Les paroles de Marcus et son excitation lui faisaient chaud au cœur, mais ce n'était pas ce qu'elle voulait entendre. Pas exactement. Elle se dégagea tendrement de son étreinte. Le désir de Marcus de changer de vie pour elle était la preuve de son amour, elle n'en avait jamais douté. Ou du moins elle n'en doutait plus.

Elle secoua la tête, s'adossa au canapé et tendit la main pour lui caresser le front, comme pour effacer ses soucis.

— Merci, mais nous devons discuter de cela aussi. Je ne veux pas que tu changes ta vie pour moi.

— Mais…

— Non, je t'ai dit ce que je voulais, maintenant c'est à toi de me dire ce que tu veux.

— Toi.

Le regard qu'il posa sur elle disait que c'était aussi simple que cela pour lui. Malheureusement, les choses n'étaient jamais aussi simples.

— C'est forcément un peu plus compliqué, insista-t-elle. Et ton boulot, le club, ton loft, tes associés ? Tu vas renoncer à tout ça, et ensuite que se passera-t-il ? Tu m'en voudras dans six mois, quand tu seras malheureux ? Tu n'es pas le genre d'homme à te satisfaire de vivre avec mon argent. Je sais au moins ça sur toi.

Il soupira et renversa sa tête en arrière, les yeux fixés au plafond.

— Qu'attends-tu de moi, Quinn ? Tu es partie après m'avoir vu dans une Séance. C'est mon boulot ! Je suis un dominateur. Et tu m'as dit très clairement en partant que ça n'était pas acceptable pour toi.

— Tu as raison. C'était le cas à ce moment-là. Mais j'ai eu beaucoup de temps pour y réfléchir depuis.

Trop de temps même. Elle repensa aux heures qu'elle avait passées à disséquer les moments qu'ils avaient vécus ensemble, aussi bien au Red Room qu'à l'extérieur.

— Je peux te poser une question ? demanda-t-elle.

— Quoi ?

— As-tu pensé à ce que tu ressentirais si mon métier de comédienne m'amenait à jouer une scène intime avec un autre homme ?

Aussitôt, elle le vit se raidir et une lueur de possessivité éclaira le regard de Marcus. Mais elle ne pouvait plus reculer. Plus maintenant.

— Je suis une actrice, insista-t-elle. Il est presque obligatoire que cela se produise à un moment ou à un autre. Devrais-je abandonner mon métier parce que tu n'aimes pas cet aspect-là ?

C'était la question qu'elle avait presque peur de poser, mais elle devait le faire. Elle avait peur de ce qu'elle allait entendre, mais elle devait savoir, quelle que soit sa réponse. S'ils ne parvenaient pas à résoudre ce problème, alors il y avait très peu de chances qu'ils aient un avenir commun.

L'irritation de Marcus se transforma peu à peu, il prit une mine renfrognée, puis poussa un long soupir.

— Non. Tu ne devrais pas abandonner ce que tu aimes faire. Tu finirais par me détester à cause de cela.

— Exactement, dit-elle en souriant. Et je ne peux pas te demander de faire ça non plus. Tu es un dominateur. Je le comprends et j'aime ça chez toi. Je ne veux pas que tu changes. M'attendre à ce que tu arrêtes serait comme si tu me disais que je ne peux pas être actrice, ou que tu dois approuver tous mes rôles.

Et cela ne marcherait jamais. Elle reprenait enfin le contrôle de sa carrière, ce n'était pas pour que quelqu'un lui dicte de nouveau sa conduite. Mais, en même temps, elle ne pouvait pas imaginer que Marcus ne fasse pas partie de sa vie. Elle avait besoin de son soutien, de son opinion et de ses conseils.

Il fronça les sourcils.

— Alors, qu'est-ce que ça veut dire ?

— Ne quitte pas le Red Room. Sois toi-même. Et je serai là, à tes côtés.

Oui, elle le serait. Pour toujours.

Il plongea le regard dans le sien, secouant lentement la tête, comme s'il cherchait à lire en elle.

— Mais comment ? Tu détestes l'idée que je sois avec d'autres Soumis. Comment cela pourra-t-il fonctionner ?

— Et toi, tu détestes l'idée que j'embrasse un autre homme. Comment cela fonctionnera-t-il ?

— Merde, lâcha-t-il en se passant la main dans les cheveux, avant de l'attirer dans ses bras. Je ne sais pas, c'est bien le problème. Mais je sais que je dois trouver une solution.

Et voilà, son caractère de dominateur refaisait surface. Ce n'était pas sa responsabilité de régler cela. C'était la leur, à tous les deux.

Elle se lova contre lui et cala sa tête au creux de l'épaule de Marcus.

— Tu veux savoir ce que j'ai ressenti quand je t'ai vu ce soir-là ? Au milieu de cette Séance ?

— Si je veux savoir ? s'exclama-t-il, secouant la tête. Certainement p… Merde. Désolé. Dis-moi.

Elle sourit et se lova plus étroitement contre lui, cherchant la force de continuer dans ses bras.

— J'étais fière, surprise, stupéfaite, jalouse, impressionnée. Tout ça en même temps. Tu étais incroyable à regarder. Tu contrôlais si bien la situation, tu étais tellement en phase avec ce Soumis. Je voulais être à sa place et je l'ai détesté, mais je ne voulais pas que tu t'arrêtes non plus. J'ai pris conscience de toutes ces choses une fois rentrée ici, quand j'ai eu le temps d'y réfléchir.

— Mais… Il y a un mais, non ?

Elle prit le temps de trier ses pensées avant de se redresser pour le regarder dans les yeux.

— Tu m'as dit que l'élément le plus important du mode de vie du BDSM était la confiance, n'est-ce pas ?

Il hocha simplement la tête.

— Alors je te fais confiance quand tu me dis que tu ne coucheras pas avec tes clients. De bien des façons, tu joues un rôle pour faire ton boulot, exactement comme moi. L'homme que j'ai vu dans le Donjon n'est pas le même homme qui est assis ici avec moi. Enfin, ils sont identiques et différents, non ? Je comprends enfin ce que tu essaies de me dire depuis le début. Tu es un dominateur, je suis une actrice, ce sont des éléments de notre personnalité, mais cela ne nous définit pas entièrement.

Il resta silencieux pendant si longtemps qu'elle eut peur de s'être trompée. Cela — leur relation — ne fonctionnerait pas s'il ne voyait pas la vérité derrière ses paroles. Pouvait-il l'accepter elle, l'aimer pour ce qu'elle était, tout comme elle le faisait pour lui ?

Quand il tendit enfin la main vers elle pour lui caresser le visage, elle faillit perdre son combat contre les larmes. La gorge nouée, elle attendit qu'il parle.

— Comment es-tu devenue si maligne, ma petite chatte ?

— J'ai appris auprès de quelqu'un qui était assez patient pour me montrer la voie.

Il sourit, puis son visage prit un air un peu triste.

— Ça m'étonnerait. Je pense que c'est toi qui m'as appris tout ça.

— Impossible, dit-elle en riant tandis que la joie remplaçait lentement l'inquiétude et le doute. Peut-être se l'est-on mutuellement appris.

Il s'empara de ses lèvres en un baiser dans lequel elle retrouva tout ce qui lui avait manqué. Avec force et assurance, il aspirait son souffle et ses pensées. Elle s'enflamma au rythme de sa langue. Il était de nouveau à elle, et elle ne pouvait plus se passer de lui.

Marcus dut faire un effort pour se détacher de la bouche ensorcelante de Quinn. Elle était si étonnante, si compréhensive. Il ferait en sorte que tout se passe bien. Ils y parviendraient. Il était confiant.

— Je t'aime.

Il l'aimait plus qu'il n'aurait jamais cru pouvoir aimer. Il caressa ses lèvres si douces, devant lesquelles il ne cessait jamais de s'émerveiller.

— D'autres t'embrasseront peut-être, reprit-il, mais tu es à moi, Quinn.

— Oui, dit-elle en lui léchant le doigt. A toi seul.

A ces mots, il sentit son cœur se serrer. Le souffle court, il posa la question qui lui brûlait les lèvres et dont tant de choses dépendaient.

— Que veux-tu exactement, ma petite chatte ?

Elle scruta son regard, le visage sérieux, puis se leva du canapé pour se diriger vers sa commode. Il retint son souffle. Pouvait-il oser espérer… Son cœur s'arrêta de battre lorsqu'elle sortit le collier du tiroir. Etait-ce réellement ce qu'elle voulait ?

Un sourire se dessina sur les lèvres de Quinn lorsqu'elle s'agenouilla devant lui pour lui tendre le collier. Cette simple lanière de cuir était comme une promesse entre ses mains.

— Je te l'ai dit, je suis à toi. Je t'aime, Marcus. Plus que je ne l'aurais jamais cru possible.

Elle lui donnait plus qu'il n'avait jamais osé rêver. Qu'avait-il fait pour mériter une telle chance ? Il n'en avait aucune idée, mais il n'allait pas la laisser passer.

Le cuir était frais et doux sous ses doigts quand il prit le collier des mains de Quinn.

Il faillit laisser échapper un gémissement de satisfaction lorsqu'elle courba la tête et mit les mains dans le dos. Il avait eu raison depuis le début — elle était mieux que parfaite.

— Je suis à toi, Marcus. Et tu es à moi.

Ses cheveux blonds retombaient en boucles autour de son visage, irrésistible tentation… il voulait y enfouir les doigts et la retenir pour toujours.

— Nom de Dieu…

D'un geste, il la releva et l'attira sur ses genoux. Il lui ôta son T-shirt fébrilement. Elle se cambra et il referma la bouche sur la pointe d'un de ses seins. Il était ferme et doux à la fois dans sa bouche… et il aspira, imprimant sa marque dans sa chair.

— Oui, souffla-t-elle.

Incapable de la moindre maîtrise, il s'empara de sa bouche et l'embrassa avec une intensité qui l'effraya presque. Quinn lui donnait son corps, sa bouche, sa langue avec le même sentiment d'urgence qu'il sentait gronder au plus profond de lui. Enfouissant sa main dans ses boucles blondes, il l'attira plus près encore.

Merde. Il devait se calmer, ne pas lui faire de mal. Il s'écarta d'elle, le souffle court, et la maintint à distance lorsqu'elle essaya de revenir vers lui.

— Arrête, Quinn.

Elle se figea, visiblement déconcertée.

— Quoi ? Pourquoi ?

Elle ne comprenait pas. Pas tout. Et il avait besoin de s'assurer que c'était le cas. Il lisait tellement d'amour et de confiance dans ses yeux que c'en était presque terrifiant. Cela l'aurait été s'il s'était agi d'une autre femme qu'elle.

— Je ne veux pas te faire de mal.

— Tu ne me feras pas de mal, insista-t-elle. Je t'ai dit que je me sentais bien.

Physiquement peut-être, mais émotionnellement ? Il ne voulait pas prendre ce risque.

— Je laisserai tomber mes clients. Je n'en ai pas besoin. Je t'ai toi, et ça me suffit.

— Non ! cria-t-elle.

Elle le repoussa d'un geste brusque et se releva, vacillante. Lorsque leurs regards se croisèrent, celui de Quinn était furieux, rempli de frustration. Cette colère soudaine le stupéfia, et un immense — et désagréable — sentiment d'impuissance l'envahit.

— Que veux-tu, bon sang ?

Il lui donnait absolument tout, et maintenant elle n'en voulait pas ? Il n'y comprenait rien…

Elle posa sur lui un regard exaspéré et se rhabilla. Elle était folle de rage, et était toujours sexy en diable. Elle dégagea ses cheveux de son T-shirt et s'éloigna d'un pas rageur, avant de se retourner vers lui.

— Tu n'as donc pas écouté un mot de ce que je t'ai dit ? s'exclama-t-elle en levant les mains en signe d'exaspération.

— Si, Quinn, dit-il d'une voix calme, refusant de se disputer avec elle à ce sujet. Je ne veux pas te faire du mal en étant avec un autre Soumis. Je sais que ça t'a blessée.

Elle ferma les yeux et inspira profondément, avant de lever les yeux sur lui.

— Tu aimes faire des Séances en public. Cela t'apporte quelque chose de spécial, n'est-ce pas ? Dis-moi la vérité !

Il réfléchit un instant, il ne semblait pas y avoir de bonne réponse à cette question, et il finit par lui dire ce qu'elle attendait. La vérité.

— Oui.

— Moi, pas, répliqua-t-elle.

Il eut l'impression que son cœur se brisait. Non, ce n'était pas vrai. Il n'aurait besoin de rien d'autre s'il l'avait, elle. Elle s'approcha de lui, prit son visage entre ses mains et s'assit sur ses genoux.

— Je ne peux pas faire de Séance en public. C'est trop risqué pour moi. Mais je comprends que cela t'apporte quelque chose dont tu as besoin. Et tes clients peuvent t'apporter ça.

— Mais, et toi ? Qu'obtiens-tu en retour ?

— Toi, dit-elle avec un sourire si pur et sincère qu'il lui fut difficile de douter d'elle. Je t'ai, toi, répéta-t-elle, les yeux brillants de larmes. Je suis une Soumise. J'ai enfin compris et accepté que c'était qui je suis. Mais je suis plus forte que jamais, grâce à toi. Nous devrons trouver une solution pour intégrer cette dimension à notre vie. Comme nos boulots, cela fait partie de qui nous sommes. Et nous devrons trouver le moyen de tout concilier, sans renoncer à rien.

Son premier instinct lui criait de refuser. Il ne voulait prendre aucun risque. Il ne pouvait prendre aucun risque. Il ne supporterait pas de la perdre de nouveau. Mais il n'en fit rien. Pour que leur histoire marche, il devait lui faire confiance. Et oser la croire lorsqu'elle affirmait que c'était ce qu'elle voulait. Mais il pouvait lui accorder quelques concessions.

— Seulement en public alors, promit-il. Et seulement avec quelques-uns.

Le petit baiser de Quinn scella leur engagement.

— Merci.

— Mais tu dois être honnête avec moi, lui dit-il en l'attirant tout près d'elle, pour lui signifier l'importance de ce qu'il allait dire. Si tu ressens les choses différemment à un moment donné, tu dois me le dire.

— Je le ferai.

— Promets-le-moi, O.K. ?

— Si tu me promets la même chose.

— Je te promettrais la lune, si ça te rendait heureuse.

— Mais je ne veux pas la lune, dit-elle en déposant un baiser sur ses lèvres. Je ne veux que toi.

— Mon cœur t'appartient, Quinn. Je suis à toi.

Epilogue

Marcus fit retomber la canne sur les fesses dénudées du Soumis, le bruit sec du coup retentit dans l'atmosphère, juste avant que l'homme ne tressaille, tirant sur ses liens. Les chaînes s'entrechoquèrent et le cadre vacilla tandis que le Soumis laissait échapper un cri. La sueur brillait sur la peau des deux hommes, et leur souffle était lourd.

Quinn ne pouvait détacher les yeux de cet envoûtant spectacle. Elle était en retrait, mais pouvait voir l'ensemble de la Séance. Comme la toute première fois qu'elle avait vu Marcus en public, elle était remplie d'admiration. L'attention qu'il accordait au Soumis lui rappelait tout ce qu'elle aimait en lui.

Il avait fallu un certain temps et quelques discussions pour que Marcus et elle parviennent à cette entente. Le collier qu'elle portait la serrait juste assez pour qu'elle ait conscience de sa présence.

Marcus avança derrière le Soumis et passa une main sur les marques qui lui striaient les fesses. L'homme tressaillit, puis s'immobilisa quand Marcus resserra son emprise. Le Soumis laissa échapper un gémissement et ses muscles se raidirent.

— Est-ce que tu aimes ça ? gronda Marcus à l'oreille du Soumis.

— Oui, monsieur.

Quinn respira profondément et posa une main sur son ventre. Depuis qu'elle était parvenue à dépasser la question de la confiance, elle était vraiment capable d'admettre que regarder Marcus dominer un Soumis l'excitait au plus haut point. Surtout les hommes. Voir deux hommes puissants se livrer à ces jeux de pouvoir la mettait dans tous ses états.

Marcus contourna l'homme et vint se placer devant lui.

— Ne jouis pas.

— Non… monsieur.

Marcus lui enleva ses menottes. Il saisit les poignets de l'homme d'une main et lui frappa les fesses de l'autre. L'homme se relâcha totalement.

Quinn vit le regard du Soumis basculer vers le plaisir. Elle faisait très souvent l'expérience de cette zone de transition entre douleur et plaisir maintenant qu'elle vivait avec Marcus. Et plus elle lui faisait confiance, plus grands étaient l'amour et le plaisir qu'elle recevait. C'était incroyable.

Ils étaient revenus à Minneapolis le lendemain de Noël. Un mois plus tard, ils cherchaient encore leur équilibre, mais les choses avançaient vite. Ils avaient trouvé un médecin et le bébé se portait toujours bien. Ils cherchaient une maison, mais, pour le moment, ils étaient confortablement installés dans le loft, au-dessus du club.

Sa mère avait encore du mal à s'adapter à son départ, mais elle avait fini par accepter l'idée que ce changement était permanent. Lors de leur dernière conversation, elle avait évoqué l'idée de travailler pour un des plus grands studios de production pour défendre les droits des enfants acteurs. Elle serait parfaite dans ce rôle !

Le gémissement du Soumis qui jouissait la ramena à la

Séance. L'homme s'effondra et Marcus lui caressa le dos. La tendresse de ce geste la bouleversa. Ce n'était pas sexuel, plutôt une marque d'appréciation. C'était la gratitude que Marcus accordait à chaque Soumis qu'elle trouvait touchante.

Marcus leva les yeux vers elle, et elle y vit la flamme qui n'était destinée qu'à elle. Elle se mordit la lèvre et lui adressa un clin d'œil — le signe qu'ils se faisaient pour indiquer que tout allait bien.

Puis elle se leva et se dirigea vers la sortie des employés. Marcus devait encore s'occuper des soins à prodiguer au Soumis et, pendant ce temps, elle allait se préparer.

Ils faisaient toujours l'amour de façon explosive lorsque Marcus venait de finir une Séance. Toute la tension accumulée pendant la soirée s'exprimait lorsqu'il était avec elle et qu'elle lui offrait son corps.

Elle se découvrait un peu plus chaque jour. Et Marcus l'y aidait. Il lui rappelait comment s'amuser. Comment vivre sans s'inquiéter de voir chacun de ses faits et gestes épiés et enregistrés.

Elle finirait par reprendre son métier d'actrice mais, pour l'instant, elle appréciait la liberté de l'anonymat et la simplicité d'aimer Marcus.

Elle avait découvert qu'être uniquement Quinn était en fin de compte très agréable.

Si vous avez aimé ce roman, découvrez sans attendre les précédents romans de la série « Red Room » :

Tu apprendras la confiance, Lynda AICHER
Tu dépasseras tes limites, Lynda AICHER

Disponibles dès à présent sur www.harlequin.fr

Et ne manquez pas la suite dans votre collection Sexy :

Tu assumeras tes désirs, septembre 2015
Tu chercheras ton plaisir, novembre 2015

Composé et édité par HARLEQUIN

Achevé d'imprimer en Italie (Milan)
par Rotolito Lombarda
en juin 2015

Dépôt légal en juillet 2015

Pour l'éditeur, le principe est d'utiliser des papiers composés de fibres naturelles, renouvelables, recyclables, et fabriquées à partir de bois issus de forêts qui adoptent un système d'aménagement durable. En outre, l'éditeur attend de ses fournisseurs de papier qu'ils s'inscrivent dans une démarche de certification environnementale reconnue.